清宮十三朝演義

繁華盡落離恨多

錦瑟年華一夢中，宮闈恩怨幾時空

探幽清宮，繁華夢碎，皇朝演義縱橫謀
恩怨情仇，帝子愛恨，後宮佳人淚中行
歷史滄桑，深宮舊事，留下萬古恨縈心
權謀宦海，一朝天子一朝臣，揭祕帝權更替風雲

許嘯天 著

目錄

目錄

目錄

紅燭照處美人死　綠樹蔭中帝子來

卻說孫太太回去的第二天，顧家果然打發一個媒婆來，第二次到孫家來說媒。那含芳小姐，起初聽說顧家來求婚，她猜那顧家公子，必是一個紈褲子弟，不得懂恩情的，因此，第一次求婚時便一口回絕。此番見顧少椿是一個翩翩公子，又是美貌，又是多情，她如何不肯。況且他兩人在河底裡黏皮貼骨的摟抱過，在含芳小姐心裡，這生這世，只有嫁給顧家公子的了。暗地裡問她妹子時，也願意一塊兒嫁去。到了夜裡，含芳小姐悄悄的把這個意思對她母親說了；她母親便打發媒婆來對胡氏說知。那胡氏聽孫家允了婚，且一允便是兩個，她如何不樂？便是顧少椿心裡，也是喜出望外，因此，他的病也好得很快。胡氏看她兒子全好了，便預備挑選日子給她兒子定親。

誰知好事多磨，在他們定親的前一天，忽然接到他父親從北京寄來的一封信，說已替他兒子在北京定下一頭親了，女家也是做京官的；並說當年要娶過門的，少椿看了，好似兜頭澆了一勺冷水，氣得他話也說不出來，整整地哭了一天，第二天便病倒在床上。胡氏看了，十分心疼，忙用好話安慰他；一面託媒人回絕了那孫家。那孫含芳姊妹兩人得了這個消息，一不哭，二不說話，暗地裡說定了，一輩子守著不嫁。好在她家裡有的是錢，又沒有別的兄弟，這萬貫家財，也夠她二人澆裹的了。只是那顧少椿心中十分難受。這時已到盛夏天氣，十分炎熱，少椿便把臥榻移到樓下書房來，他也是為睡在床上，可以望著對岸孫家妝樓的意思。胡氏卻不知兒子的用意，只好順著他的心意罷了。看看睡了幾天，遠望那對岸的妝樓，終日窗戶緊閉；少椿心想，含芳小姐也病倒了嗎？可憐俺兩人一段心事，隔著河，有誰替俺去說？他因想起心上人，常常終夜不得入睡。

有一天半夜時分，他在床上正翻騰不安的時候，忽然聽得窗子上有輕輕剝啄的聲音。少椿霍地跳下床來，輕輕地去開了後門；見月光下亭亭的站著一個美人兒，望去好似那含芳小姐。這時少椿情不自禁了，一縱身撲上前去拉著她的玉臂兒。說道：「想得我好苦也！」那小姐忙把少椿推開低低的說道：「俺不是含芳，俺是漱芳，姊姊想得你厲害，你快去吧！」少椿看時，見河埠下泊著一隻瓜皮小艇子；少椿便顧不得病體，和漱芳兩人手拉手兒下了艇子，輕輕地渡到對岸，只見那含芳小姐站在石埠上候著。他三人便並肩兒坐在石埠上，娓娓地清談起來；好在有一排柳蔭兒做著天然的屏障，外面的人也瞧不見他們。他三人直談到五更雞唱，才各悄悄的自回房去，從此以後，石埠聚會成了每夜的功課。

天氣自夏而秋，外面的風露，漸漸兒有些忍不住了；漱芳小姐便想了一個法子，叫少椿留心看著，每夜覷孫太太睡熟了，她們便在樓頭上點一盞紅燈，見了紅燈，便悄悄的渡過河來，她姊姊便把他接進屋子去；倘然不見紅燈千萬莫過來。少椿得了這暗號，悄悄的過去，徑進她們的妝樓；一箭雙鵰，享受溫柔滋味。這樣暗去明來，又過了半年的甜蜜光陰。

有一天，忽然大禍來了。當她姊姊點著紅燈正在樓頭懸望時，只聽「嗖」的一聲，飛過一枝毒箭來，一箭穿過她姊妹兩人的太陽穴，一齊倒在地上，這毒箭是見血封喉的，她姊妹兩人悄悄地死在樓上；那顧少椿兀是靜悄悄的守在樓下，直到天明，還不見她姊妹來開門，少椿心中越是疑惑，越是不肯走開，後來她家裡的丫頭走進小姐房裡去，見兩位小姐並肩死在地上，忙去報與太太知道，那太太聽了，直跳起來；搶到她女兒房裡，摟著兩個女兒的屍身嚎啕大哭，那少椿在門外聽到哭聲，知道事體不妙，便不管三七二十一，打進門去；搶上樓去，撲在兩位小姐的身上，哭得死去活來。那孫太太看著不雅。吩咐把少椿拉起來；一面報官去。

江都縣聽說出了這件人命案，他自來相驗。見這顧少椿形跡可疑，便把他帶回衙門去審問。顧少椿見死了他的心上人，恨不得跟她們一塊兒死去；見縣官審問他，便一口招認是自己謀害死的。待到那問官問他：為什麼要謀死孫家的小姐？和怎麼樣謀害死的？他卻說不出話來。那胡氏見她兒子被縣官捉去了，急得她拿整千銀子到衙門裡去上下打點；又寫信到京裡去，那顧大椿急趕回揚州來告衙狀。這時乾隆帝從杭州回來了，正在揚州，接了顧御史的狀子，便吩咐揚州知府，把顧少椿釋放了。那邊孫太太見釋放顧少椿，如何肯休？她也報著冤單，赴水告狀去，乾隆帝退還她的狀紙，一面推說是可憐孫家的女兒年輕死於非命，便派揚州知府御祭去，而追捕凶手的事件，絕不提起；便是地方官，也弄得莫名其妙。

後來，乾隆帝迴鑾以後，忽然有兩個少婦人，打扮得十分鮮豔，到孫家去探望孫太太，那少婦自己說：是姊妹兩人，姊姊名倩霞、妹名絳霞，原在勾欄院中，曾經得乾隆帝召幸過，後來皇帝到杭州去，吩咐她妹妹俟迴鑾過揚州的時候，在樓頭點一盞紅紗燈，便當打發人來接她們進京去，她家住在狀元橋邊，妝樓靠河樓下也有一株楊柳；如今孫家後樓也有楊柳樹，樓頭也點一盞紅紗燈，莫是皇帝錯認了孫家是倩霞家裡？原要射死倩霞姊妹兩人的，如今射死了孫家的姊妹兩人。這句話，卻被他們猜著了，乾隆帝為什麼要射死她姊妹兩人，連倩霞自己也不知道。如今待做書的來替她們說吧？只因乾隆帝見小梅刺死了汪如龍以後，便刻刻留心；疑心倩霞姊妹兩人，也是來行刺的，因此不敢留戀，忙把她姊妹兩人送回院去，帶她到京裡去只一句話，原是說著玩的，在乾隆帝心裡，原不打算結果她姊妹的性命，後來忽然想起，不帶她姊妹回京，怕她們怨恨。從前皇帝寵愛她姊妹兩人的時候，在枕蓆上什麼恩愛祕密的話都說過；深恐她姊妹怨恨至極，把宮中的祕密都洩露出去。因此便起了謀殺她姊妹的心，迴鑾過揚州的時候，便悄悄的打發一個侍衛，拿毒箭去射死她姊妹；誰知事有湊巧，那孫家姊妹在那裡做偷期密約的事體，樓頭也點一盞紅燈，那侍衛錯認是倩霞姊妹的妝樓，恰巧樓頭也有兩個美人兒並肩靠著，那侍衛以為目標是千真萬確的了，一箭射去，把好好一對姊妹花，送到枉死城去了，那倩霞姊妹兩人打聽得孫家出了這件命案，心知皇帝要結果她二人的性命，忙偷偷的把紅燈除去，躲在別院姊妹的家裡，待皇帝迴鑾以後，才出頭來，到孫家去探望。

那孫太太聽了姊妹這一番話，又是傷心，又是害怕，只得把這案件擱起不提，倒是那顧少椿不肯負心，把含芳姊妹兩口靈柩接回去，葬在自己祖墳上，算是他的原配，那北京娶來的算是繼配，又把孫太太接到自己家裡，和父母一般侍奉著，可憐他兩家人，只因皇帝一個念頭，弄得她倆家破人亡，而乾隆肚子角裡，早已把這樁事忘得一乾二淨了。

乾隆皇帝回到宮裡，那和珅承造的圓明園四十景已成功了；把天下的名勝，都造在這一座園子裡；又把天下的珍寶，也都陳列在這座園子裡，乾隆又去過驕奢淫逸的日子了，要知後事，且聽下回分解。

死寶妃高宗傷往事　遊離宮嘉王窺祕像

卻說圓明園原是在中國歷史上有名的大建築，這時和珅承造園中四十景，每一景或靠山、或傍水、或闊大、或精小，真是各抱地勢，勾心鬥角。講到全國風景最幽雅的地方，要算那安瀾園一帶了。什麼採芳洲、飛睇亭、綠帷舫，無邊風月閣，煙月清真樓，染霞樓，方壺勝境，瓊華樓；蕊珠宮、三潭印月，天宇空明，清曠樓、華照樓、澡身浴得池，都是清秀高華，四時咸宜的地方。

乾隆帝當日進園來，見了這去處，便讚不絕口，流連不肯去，和珅迎合上意，便奏請聖上駕蹕，皇帝依奏，他是一時三刻離不開春阿妃和郭佳氏蔣氏三位美人的。當時也把三人搬進園裡，春阿妃住蕊珠宮，郭佳氏住方壺勝境，蔣氏住華照樓。乾隆帝每天在正大光明殿坐朝，朝罷回園，便和這三個人調笑。每到春天，在瓊華樓一帶遊玩；到夏天，在採芳洲、飛睇亭、綠帷舫一帶遊玩；到秋天，在煙月清真樓、染霞樓、三潭印月、清曠樓一帶遊玩；到冬天，在天邊風月閣遊玩。有時想別的妃嬪，便回大內去，帶著許多宮眷進園來，滿個園中遊玩著；有時奉著皇太後來遊園，每逢四時佳節，又把文武大臣召進園來，各處遊玩，賜宴吟詩。皇帝自己做四十景圖詠，命文學大臣和詩，刻一本詩集子，頒賜王公大臣。

圓明園地方闊大，乾隆帝在裡面，四時遊玩，毫不厭倦。還有那和珅終日陪伴著，常常想出新玩意來，博得皇帝的歡心。和珅在皇帝身邊，寸步不離，皇上和宮眷嬉笑調情，他也不忌避的，內中一個郭佳氏，因長得白淨秀美，皇帝特別寵愛她。郭佳氏特別愛惜自己，她最愛洗浴，又愛那玉器，她住的屋子裡，帷帳屏幃都掛著碎玉；微風吹動，一陣陣叮噹響聲，十分悅耳。此外鏡臺牙床都嵌著白玉，便是郭佳氏衣襟裙帶上，都綴著玉片兒。眉心帽沿上，也綴著一方羊脂白玉；村著粉腮上紅紅的胭脂，真是嬌滴滴越顯紅白。乾隆帝因她愛玉，凡是四方進貢來的玉器，都搬來陳設在郭佳氏屋子裡；屋子裡有玉樹一株，高和人齊。那樹枝上掛著各種珠寶玩具，乾隆帝寵愛之極，便把郭佳氏進封寶妃。

這時，福康安收服和闐，那和闐地方是出玉的。乾隆帝因寶妃愛玉，便祕密下一道聖旨，叫他多搜玉器。不多幾天，那和闐的玉器送進京來，陳設在圓明園裡。那玉有各種顏色，有白如雪一般的，有黃如蠟一般的，有紅如霞一般，有綠如翠一般的。寶妃看了拍著手，笑得她一張櫻桃嘴合不攏。其中有一樣最貴重的東西是大塊白玉雕成一匹玉馬。長鬣高蹄，方眼紫鼻，露出幾絲血斑紋。那顏色都是天然生就的，全身潔白光潤，長約三尺餘，高約二尺餘。乾隆帝看了，笑說道：「這玉馬和寶妃，可稱得雙美了！」和珅聽了，便去在華照樓下造一座寶馬亭，把玉馬供在亭子中間。亭子四面，用白石欄杆圍繞著。

寶妃每天要洗澡的，有時拉著春阿妃和蔣佳氏同在浴池裡洗澡。這時雖在夏天，和珅怕她們嬌嫩皮膚受了風寒，便在華照樓後面，造起一座大鍋臺來，把水燒熱了，用鐵管曲曲折折的通到池底，灌進熱水去，稱做溫泉。三位美人，在溫泉裡洗浴，大家嬉弄一陣；皇帝靠在池邊，看著她們。和珅也陪在一旁看著。那班妃子，有的在水面上搶著球的，有的爬在石狻背上唱著曲子的；獨有那寶妃從浴池裡出來，用兩個宮女交著臂兒，抬著她到寶馬亭中，裸著身體坐在那玉馬背上，四五個宮女，忙著拿軟巾替她揩乾身上的水珠，又替她渾身撲著粉。拿一匹輕紗，裹住她的身子；開啟雲鬟來，宮女替她梳一個墮馬髻兒。又有一個宮女，送上琵琶來；寶妃彈著琵琶，唱著曲兒。皇帝在椅子上坐著看著，直看到穿上衣裙，才和她手拉手兒的到天宇空明納涼去。

那和珅陪著皇帝，看在眼裡，回家去也和他的姬妾照樣嬉弄著。他姬妾有一個名叫雲兒的，原是乾隆帝下江南的時候替他帶回京來賞給他的。那雲兒皮膚長得十分白淨，長身玉立，轉盼動人。乾隆帝曾經臨幸過她一次，那雲兒也仗著自己曾伺候過皇上，瞧不起同輩的姬妾們；和珅也因她是御賜的，特別寵愛她。當雲貴將軍進獻和闐玉器的時候，先請和珅過目，和珅也拿了幾樣到家裡去，給雲兒玩弄。內中有一個白玉墩，雲兒每浴罷，便裸坐墩子上，揩抹水珠，又渾身撲著香粉，也命丫鬟替她重整雲鬟，和珅也坐在一旁。忽然想起圓明園和玉馬，和珅笑對雲兒說道：「像你這樣白馬也似的肌膚，也配得騎在馬上。」

後來不多幾天，那寶妃因常常洗浴，和皇上在風裡調笑著，風寒入骨，一病身亡。寶妃一死，把個乾隆帝傷心得茶飯無心，神魂顛倒；雖說一般也有春阿妃和蔣氏伺候著，那皇帝總是鬱鬱不樂，每見了那玉馬，便想起了寶妃，掉下淚來。後來，春阿妃怕皇上傷心過甚，便悄悄的把那匹玉馬偷出園去，交給和珅，拿去藏在內庫裡。誰知那和珅也要謀吞那匹玉馬，便悄悄的拿回家去，給那雲兒騎坐取樂去。

乾隆帝見死了寶妃，連圓明園也不願住了。後來和珅想出法兒來，哄著皇帝到熱河去。這時已到八月，清宮舊例，每年秋天，必行秋獮禮，在熱河地方的木蘭圍場。乾隆帝雖然常到江南去，每年並不忘這個禮節。木蘭左近，熱河城裡，原有康熙帝造著的行宮，這地方風景是古樸，天然雄偉。後來乾隆帝嫌地方太蕭索，便在行宮四面，添造御苑，共有三十六景。此番皇帝帶了春阿妃和蔣氏到熱河打圍獵，臣下許多武將，各逞英雄，追飛逐走，一連打了十天，捉獲了許多野獸。回到行宮裡，又大排筵宴，召集了許多蒙古王公在別殿中賜酒賜肉。那王公把眷屬一齊帶進宮裡。皇帝見裡面有幾個長得英挺嫵媚的，留下了充做宮娥。內中有一位哈剌沁親王的女兒，還有一位塔固牛錄的妹妹，都是長得俊眉秀眼，顧盼動人；乾隆帝封她做妃子。如今有了新歡，便忘了舊恨。

那兩個妃子都是信奉喇嘛的。乾隆帝便在行宮裡造起高大的喇嘛廟來，和北京的雍和宮相似，裡面養著許多喇嘛和尚。皇帝常常帶著兩個妃子進廟去禮佛，那喇嘛知道皇帝的性格，也在廟裡塑起歡喜佛來，比北京的還要塑得精巧。那歡喜佛共分三種，供奉在三座祕殿裡，第一座殿，都是精銅鑄成的佛像，外面鍍著金葉。那佛像有男佛女佛，每一對都是相對著，或坐、或立、或臥，奇形怪狀，蕩人心魄。殿裡還有一座小閣，羅帳繡幃，牙床寶座；望去暗呑呑的，四面用雕欄圍住。裡面塑著兩尊佛像，一個是男身的，貂帽東珠，辮髮袍褂，坐在寶座上，好似滿清帝王的模樣；垂小眼皮，看著腳下一個女身的佛像。那女佛斜靠著身體，睡在地毯上，抬起眼望著那男像；星眼斜溜，朱唇含笑，露出十分的春意。這小閣上只有皇帝和妃嬪可以進去。第二座殿，是滿掛著畫像。第三殿，滿掛著繡像。

當時有一個郎世寧，是好畫手，他畫了十六幅，懸掛在第二座殿裡；畫上的男子，都畫著皇帝的面貌，那女子畫得卻個個是美人兒。皇帝看了，心中十分歡喜。又有一個漢畫工，也畫了十六幅，畫上的女子，卻都是畫著某妃的面貌；那男子的面貌個個不同。乾隆帝看了，大怒，立刻傳諭把那漢畫工捉來正法。獨有那喇嘛作畫，十分奇怪：他先靜悄悄的去盤腿坐在床上，閉目靜氣；坐到第七天上，他床對面的白牆壁上，忽然慢慢地露出影子來了。那影子越露越濃，竟成了一幅極好的畫兒，再叫畫工進屋子去，依著牆上的格局畫下來。畫上的相貌，也有極醜的，也有極美的；但總是縱橫顛倒，十分動人的。那繡像，都是蒙古男人繡的，也繡得十分出神。乾隆帝帶著幾個喜歡的妃嬪，天天在祕殿裡遊玩調戲；玩厭了，又在各處風景優美的地方去遊玩。行宮有三十六景，乾隆帝還嫌狹小；傳諭下去，又添造二十六景，依舊交給和珅承辦。那和珅打樣採料，日夜趕造。看看已到殘冬，太后幾次傳旨出來，喚皇帝回宮去。這時已在十二月裡，乾隆帝也無可延挨了，只得擺駕回京去。臨走的時候，吩咐和珅，趕快建造。到了第二年二月底，聖駕又幸熱河。乾隆帝此番出來，把一個幼女和孝固倫公主，和十五王子顒琰，帶在身邊。和珅見了這兩位皇子皇女，又出奇的巴結他們，常常買些新奇的玩意兒孝敬公主。又陪著十五王子到關外各處去打獵玩耍。

這時新造的二十六景，又已完工了，和珅知道皇上歡喜江南風景的，要在這窮荒寒冷的地方，裝點出許多明媚豔麗的風景來。宮中有一座磬錘山，在半山崗上造著許多亭館，四周種著合抱不交的大松樹；一陣陣風聲，夾著樹葉擺動聲，像江心怒潮。屋子裡樹蔭四合，涼意侵入，是皇帝避暑的地方。正屋裡一方匾額，是皇上的御筆，寫著「萬壑松濤」四字。東間沿山坡下去，彎彎曲曲如長蛇一般；山麓一叢雜樹，隱著一座高樓，名叫「雲山勝地」。山下一汪湖水，湖面平得好似鏡子一般；遠望湖對面，環山如帶，塔宇高低，一一倒映入水。湖中有一洲，地與水平，一頭接著一條長堤，堤旁夾種著桃柳，洲上樓閣綿直，洞房曲折，名叫煙雨墩，是帝王藏嬌的地方。入晚燈火掩映，笙歌徹耳，望去好似海上仙山。洲盡頭，一塔高聳，名叫點鰲塔。湖西面粉垣一曲，花枝出牆，名叫文園：園中小池曲橋，幽館危閣，前後都有長廊連線，賞雨看雪，不必披氅擁蓋。一樹一石，都仿著河南景孝王的遺址，自然幽雅。園東一閣，高跨牆外；閣下一河，荷田萬頃，每到夏時，皇帝憑欄賞荷，田田翠蓋，風動香來。迎面一座峭壁。一縷瀑布，倒瀉入湖；琤澎湃；好似白雨跳珠。湖岸一片平荒，花鹿鳴走。

乾隆帶著嬪妃，在這人間仙境裡消夏。每到午倦醒來，內監便送上一杯冰浸鹿乳，乾隆帝和妃嬪分嘗，並說道：「這便是西天極樂國了。」那邊峭壁絕頂，紅牆一抹，老樹倒懸，便是碧霞無君廟；妃嬪進園來，先要廟中進香，才得菩薩保佑。乾隆帝有時在山上住夜，第二天絕早起來，看東方日出。那梁詩正、紀曉嵐、和珅一班親信大臣，常得陪奉。山下一座大屋，上下九間，名文津閣，是分藏《四庫全書》的地方。閣前老樹槎玡，烏鴉成群；閱西平台一座，高與簷齊，四周叢桂成蔭，是皇帝中秋賞月的地方。宮中景色，四時不盡。乾隆帝住在裡面，正好似身在江南。

皇帝每與妃嬪玩笑到厭倦的時候，便把公主和十五皇子喚來，父子說笑著，又把大臣的子女召進宮來，陪伴他兄妹二人。這時常常被皇帝召喚的，便是和珅的兒子，名叫豐紳敬德的。紀曉嵐的女兒韻秋。他四人年幼無猜，倒也十分要好。有一年，夏天時候，十五皇子陪著父王在東閣裡避暑；見閣下花地上花鹿成群，皇帝便想考考皇子騎射的本領。便喚顒琰拿著弓箭下樓去，須一箭射中鹿頭，便賞他金鞍一副。那皇子奉命，趕下樓去；皇帝倚在樓視窗看他。只見他彎弓抽矢，颼的一聲過去，只聽得哇的一聲鹿叫，侍衛過去，把射死的鹿獻上樓來。皇帝看時，果然一箭射中在鹿頭上。乾隆帝十分歡喜。忙吩咐賞他金鞍。

和珅的兒子豐紳敬德站在一旁，看了十分羨慕。他立刻跪下，也求皇上試他的弓箭。皇帝笑問道：「你也能射中鹿頭麼？」豐紳敬德回奏道：「小子不但能射中鹿頭，且能射中鹿眼。」乾隆帝原是很寵任和珅的，如今見和珅的兒子有如此的本領，又看他面貌俊美，便越發歡喜他。說道：「你果能射中鹿眼，朕不但賞你金鞍，還要招你做駙馬呢！」和珅站在一旁，只怕兒子疏失得罪，正要攔住他，後來聽說皇帝招他做駙馬，便不好攔得，忙替兒子跪下來謝過恩。侍衛官送上弓箭來，豐紳敬德接著，走下樓去，正有一群長鹿，從樹林裡出來，只見他弓張滿月，颼一聲響，一枝箭直飛出去；那面一頭牡鹿；眼上著了一箭，應聲而倒。這時樓上有許多妃嬪宮女看著，只聽得一陣嬌聲喝好。侍衛把射倒的鹿，獻上樓去。皇帝看時，果然不偏不倚，一枝箭正正的插在鹿的右眼眶裡，乾隆帝說一聲：「好！」吩咐賞他金鞍一副，叫他陪著十五皇子到柳堤上騎馬玩耍去。

這時十五皇子得父皇的賞賜，心中正高興，忽見豐紳敬德勝過了他，眾人喝彩，心中便覺得不高興。因不高興，便恨和珅父子二人。這時父皇的命，他不敢不依，便懶洋洋的和豐紳敬德走下樓去了，便把和孝固倫公主喚出來，吩咐她拜見和珅，慌得和珅還禮不迭。那乾隆帝，便把公主的親事，當面說定了，和珅也不好推辭，便又跪下來謝過恩。從此滿朝文武，知道和珅和皇帝做了親家，誰不趨奉他？

但是，這時和孝固倫公主年紀只有十四歲，還不曾到下嫁的年紀，那十五皇子卻已有十六歲了。和珅見乾隆帝十分愛憐十五皇子，他也常常在皇帝跟前稱讚皇子如何英武如何賢德；便有左右內監們，悄悄的去告訴十五皇子，那顒琰聽了，心中非但不歡喜，他還恨著和珅。說和珅是下賤出身，只知道討好皇上，固自己的祿位。這時顒琰除學習騎射以外。還拜兵部侍郎奉寬做師傅，學習經史，十三歲讀完了五經；又跟著侍講學士朱珪學古文和古詩；跟著工部侍郎謝墉學今體詩。讀得滿肚子詩書，卻也很明白事理。他和漢學士劉統勛最好。這劉相國是正直君子，最恨和珅，他常常和顒琰說起和珅如何貪黷，如何奸險，因此眼中越發瞧不起和珅。如今見豐紳敬德因比箭勝過他，心中越發把他父子兩人痛恨著。顒琰是胸中有城府的人，他見了和珅臉上依舊十分和氣；因此和珅不曾覺察，還一味捧著這位皇子。

這時，恰巧快到了乾隆萬壽的日期，那滿漢百官，很多已先期趕到熱河來，還有那些內外蒙古的部主，朝鮮、西藏、廓爾喀，安南、緬甸、暹羅等國的國王，個個帶了家眷侍衛到行宮裡來，準備拜壽。此外還有俄國、法國、英國、荷蘭各外國使臣，也來代表他本國的國王道賀。一時裡熱河地方人擠馬碰，十分熱鬧。乾隆帝便派和珅做領班大臣，在外面替皇帝照料一切。那和珅終日和這般外臣周旋著，那班外臣誰不要討他的好？暗地裡金銀珠寶，不知道送了多少。內中有一個內蒙古小部主喜塔臘，和和珅最是知己；和珅知道喜塔臘有一個格格，長得十分美貌，他便做媒去，奏明乾隆帝，說那位格格如何賢淑美麗，請皇上選配給十五皇子做妃子。

皇帝原很聽信和珅說話的，一面照例打發兩個保母去驗看喜塔臘的女兒。那保母把這位格格領到密室裡，卸去衣服從頸子面部看起，直看到下身，果然是骨肉停勻，肌膚白嫩，便回宮復旨。皇帝下諭行聘，把喜塔臘氏聘作為十五皇子的妃子，又把十五皇子加封為嘉郡王。乾隆帝又怕嘉郡王年幼不懂得人的生理，便領他到喇嘛廟的祕閣裡去，把那塑著的美人，解開衣襟來的上身下身看過；又領他去看殿裡的歡喜佛。從此以後，便成了清宮的例規：凡是皇子大婚的前幾天，必要領他到熱河行宮裡去看歡喜佛。這都是後話。要知當時那嘉郡王看了歡喜佛以後如何情形，且聽下回分解。

燕瘦環肥國外選色　偷寒送暖宮內納姬

卻說嘉郡王平日和那班文學大臣親近，頗懂得詩書，舉動也文雅、性情也方正。自從這一次遊過喇嘛廟以後，頓時把他一點孩兒的心腸引邪了。這時，大家忙著慶祝萬壽的典禮，也沒有人去留意他；不知怎麼的，他和一個漢章京姓侯的小姐好上了，兩人常常背著人幽期密約，暗去明來。後來章京知道了，索興把女兒悄悄送進郡王府去。嘉郡王把她藏在府裡，朝夜尋歡。闔府的人都稱她侯佳氏。後來郡王娶了喜塔臘氏以後，把侯佳氏封作瑩嬪。那時還有一個漢女，選去宮中的劉佳氏，封誠妃，一個鈕鈷祿氏，封貴妃。這都是後話。

如今且說乾隆帝到了萬壽的這一天，在萬樹園裡受內外臣工的覲賀；這時熱河行宮裡，樹頭屋角，都紮成壽字燈彩。萬樹園闢出五條寬大的甬道來：正中一條，是宗室王公；左首第一條，是滿蒙親王貝勒；第二條，是西藏廓爾喀回準兩部的藩臣；右首第一條，是英法俄荷各西洋使臣；第二條，是日本朝鮮越南緬甸各國王。各分著班次，左右侍立，好似天平山上的石筍一般，靜悄悄直挺挺的。偌大一座園林，站得沒有一方空地。那外國使臣，革靴高帽，站在翎頂輝煌的許多大臣中間，煞是好看。英法各國使臣，原不肯跪拜的，只因要求和中國通商，也勉強隨班跪拜。皇帝看了十分歡喜，便在園內賜宴看戲；熱鬧了三天，才個個告辭回去。

這時，乾隆帝忽然又想出一個新鮮玩意兒來：原來乾隆皇帝是很好色的，他到了熱河，雖然收了許多妃子，內中要算喀剌沁妃和塔固妃最受寵愛的了。後來他見各部藩王帶來的女眷，都打扮得異樣風流，尤其是那西洋女子，長得天然白淨，風度翩翩。皇帝不知不覺厭棄自己的妃嬪了，便暗地裡授意給和珅，說中國皇帝受萬方子女玉帛的供養；如今玉帛有了，獨少那女子。如今朕須選幾個外藩的女子進來，養在行宮裡，朕早晚和她們盤桓著，也可以採風問俗。和珅受了這個旨意，特別高興，回相府去，便和他的親信幕友計議著。那幕友便獻計，先派人到四處採選外藩秀女；一面在行宮裡趕造起一座「獵豔館」來。

不到半年工夫，那房屋也造好了，美女也送到了。皇帝在如意洲裡召見各美女。「如意洲」原是乾隆帝和妃嬪尋歡作樂的地方，裡面有一座鏡廳，四面嵌著落地的大玻璃鏡，人走在裡面，照在鏡上，立刻化成十多個影兒，皇帝就在這裡面看美女。那班美女，有的從蒙古選來的，有的從滿洲選來的，有的是從朝鮮選來的，有的從準喀爾選來的，有的從回部選來的，有的從西藏選來的，有的從日本選來的，有的是從琉球選來的，有的是從安南選來的，有的是從緬甸選來的，有的是從暹羅選來的，有的是從南洋群島選來的，也有從印度選來的。一共是十三處地方，每處兩位美人，一正一副。皇帝一一傳到御座前去，細細賞識一番。每喚進一個美人來，由宮中的管事媽媽上去，解開她的衣襟。搜檢一番，才許她近御座去。又有領班的保母教導她跪拜的禮節。

那班美人，也有濃脂豔粉的，也有淡妝素抹的；她們初近天顏，都有些羞怯的樣子。皇上卻和顏悅色地問她們的話，有不懂話的，由通事女官在一旁傳話。皇帝看到適合自己心意的女人，便伸手去扶她起來，拉近身去，看她的手臉。內中有一位日本美女名叫千代子，長得柔媚肥豔；一個印度美女，長得俊俏活潑；一個西洋美女，長得白膩苗條，最叫人看了動心。當夜皇帝便把三位美人留下來了，在如意洲中，一連七天，不放出來。聖旨下來，封西洋美女為獵豔館第一妃，千代子是第二妃，印度美人是第三妃。後來皇帝獨幸西洋美女三天，才到獵豔館去，遍幸諸美女。

講到那獵豔館，又稱「魚臺行宮」。裡面造著十幾座院子，每一座院子，住著一處的美女。中央造著豔行宮，皇帝每天住在賞豔行宮裡，把各處的美女，一個一個輪流著傳喚進去臨幸。每臨幸一個美女，仍照著宮中舊例，先把美女上下衣裙脫下，那管事太監拿一件大氅，把美女的身體一裹，背到御榻前，揭去大氅；那美女再投身炕上，從皇帝腳邊爬上去，並頭睡下。內中有幾個美女不慣的，只因害羞，便悄悄的去吊死在院子裡。管事太監奏明了皇帝，把屍身揹出去，便在園後面葬了。有時皇帝高興，便親自到院子裡看望美人。那院子裡的裝潢，完全依著美人在家鄉的格局。有時美人想起家鄉的食品器物，和珅便打發驛卒，千里萬里去採買回來。

皇上最愛到第二妃院子裡去，那院子紙窗木屋，纖潔無塵；進門便是炕，一走進屋子，便脫下靴子，倒在炕上，拉看那千代子，什麼花樣都玩得出來。後來第一妃知道了，心懷怨恨；她覷著皇上不在院中的時候，趕過去揪住千代子的頭髮，兩人在炕蓆上廝打起來。宮女們急報與皇上，皇上親自來喝住；又拉著第一妃的手，到她院子裡住宿。那第一妃的院子，一色西洋打扮；第一妃親自做菜，孝敬皇上吃著，別有風味。皇帝在她院子裡又住了三夜。到第三夜上，皇帝正好睡的時候，忽然那千代子手裡拿著洋刺刀，跳進屋子來行刺。那西洋妃子舉手攔時，那東洋刀是有名鋒利的，早把那西洋妃子的右臂削去了。皇帝大驚失色，內侍們趕來，把千代子擒住。皇帝大怒，喝叫著推出宮門腰斬。那春阿妃知道了，便連夜來見皇上，勸著皇上：那班美人，來自四夷，野性未馴；皇上萬乘之軀，當自己保重，不可過於留戀，免遭非常之禍。這一番話，說得有情有義。皇上見了春阿妃，不覺想起舊情，便又臨幸到春阿妃宮中去。從此皇上對獵豔館的興趣也淡了些。

這時候又到殘冬。明年春天，有兩件大事要辦，不得不回京去。兩件什麼事呢？一件是嘉郡王大婚；一件是《四庫全書》抄寫完工，須得乾隆親自去檢視一回。當時便帶了幾個寵愛的妃子，從熱河迴鑾進京。第二年，便是嘉郡王大婚之年。嘉郡王娶的幾個妃嬪，前面已經說過。只因他是皇上最寵愛的皇子，乾隆帝特賞一座郡王府。府中房屋寬大，陳設精美。到大婚這一天，自有一番熱鬧。那喜塔臘氏長得美豔豐潤，夫妻兩人十分恩愛。這一年，因郡王大婚，宮中的買賣街，特意延長到三月。乾隆帝每天帶著新媳婦和幾個得寵的妃嬪，在街中遊玩。

這時和孝固倫公主已是十六歲了，皇上特別寵愛她，也帶她在宮裡天天逛著買賣街。那公主舉動活潑，語言伶俐，皇上常常逗著她玩笑。這時和珅也陪著一旁。起初公主見了，不免有害羞的樣子；乾隆帝吩咐她去拜見丈人，從此以後，公主見了和珅，便喚丈人。和珅也常常逗著她說笑。有一天，皇帝一手拉著公主逛買賣街去，和珅也陪在一旁，那公主一瞥見估衣店門口披著一件大紅呢氅，心中十分愛它，悄悄的對皇帝說要買它。皇帝笑說道：「可向你丈人要去。」那和珅聽了，忙進店去，花了二十六兩銀子買來，親自替公主披上身去。這時公主還是男孩子打扮，披著氅，越顯得面如滿月，唇若塗脂。皇帝笑說道：「你駙馬俊得好似女孩兒，你卻越發像男孩了！」公主聽了，羞得把頭低下去不說話。皇帝又說道：「今天怎的鸚哥兒封了嘴了？」公主聽了，把頭一扭，一轉身溜到別處逛去了。

買賣街停了市以後，皇帝便忙著編《四庫全書》目錄，這時總纂大臣是紀曉嵐；皇帝因要他代做序文，又怕給人知道，便把紀曉嵐留在宮中御書房裡，兩人常常商量著，如何編制，如何措詞。誰知這紀曉嵐年紀雖有六十歲了，但他天生的陽體，一天不見女人，那身上就不舒服，好似害大病一般。紀曉嵐宿在宮中已有四天，每夜孤淒淒一人睡著，骨節脹痛，肌肉抽動；到了第四天上，忽然眼珠直暴，紅筋滿臉；終日彎著腰不敢直立起來。乾隆帝看了，十分詫異。問他：「害什麼病？」紀曉嵐慌得忙爬在地下，連連磕著頭，把自己一天也不能沒有女人的話說出來。乾隆帝聽了，哈哈大笑，隨手把他扶起，吩咐他在書房裡養息一天。

到了天晚，平日是太監來替他疊被鋪床的。這時忽然進來了兩個絕色的宮女，見了紀曉嵐，行了禮去，把個紀曉嵐慌得手足無措。那宮女行過了禮，笑吟吟的上去替他疊被鋪床。紀曉嵐連說：「不敢勞動。」這兩個宮女好似不曾聽得一般，疊好了被，一個宮女上來扶他上床去；一個宮女替他松著鈕釦。紀曉嵐急得退縮不迭，連說：「不可！不可！給皇上知道了，說我在宮中調戲你們，那時不但你們的性命不保，連我這條老命也要保不住了。」

那兩個宮女一邊拉他上床，一邊嗤嗤的笑著。紀曉嵐這時既無處躲避，又不敢聲張，只得聽這兩個宮女擺布去。那兩個宮女，一邊說笑著，一邊替他脫去衣帽鞋襪，扶他上床去睡下。看看那兩個宮女依舊不想出去，竟卸下簪環，脫下衣衫來，並肩兒坐在床沿上，要鑽進被窩來了。到這時，紀曉嵐不能不說話了，倒坐在床頭，連連向兩個宮女打躬作揖，說道：「求你們兩位出去罷，這件事萬萬使不得的！可憐我一個窮讀書人，已到大學士的位份，也不是容易事體；如今這一來，明天傳出宮去，豈不是全毀了？不但我一生功名性命都毀了，便是你們兩位小妞妞的名節也毀了。再俺們今天一來，明天可還想活命嗎？求兩位小妞妞饒我一條老命罷！趁早沒人知道，悄悄出去罷。倘然給公公們知道，便不妙了。」

這兩個宮女說也奇怪，任這紀老頭再三哀求著，她們總是自己做自己的：慢慢的脫去外衣，露出裡面的銀紅小襖兒，下面的蔥綠褲子，骨篤一鑽，鑽進被窩來了。紀曉嵐到了此時，也是無可奈何，只得學老僧入定的法子，閉上雙眼，眼對鼻，鼻對心，直挺挺的睡了，無奈這兩個在被窩裡兀是悉悉索索的亂動，一會兒替他搥著腿兒，一會兒替他捺著胸口，最可惱的，便是那一陣陣的脂粉香氣，送進鼻管來，叫人慾睡不得。正在萬分窘急的時候，忽聽得窗外一聲喊到：「萬歲爺有旨，念紀曉嵐年老，非人不暖，特賞宮女兩名，在御書房伴宿，以示朕體貼老臣之至意，欽此。」那紀老頭兒顫顫巍巍的爬在地下，聽過聖旨，謝過恩來，心才放下。當夜一宿無話。

第二天起來，精神十分清爽。乾隆帝出來紀曉嵐又跪下來謝恩。皇帝笑問道：「怎麼樣？兩個宮女還不覺得討厭麼？」紀曉嵐又連連碰著頭。從此以後，這兩個宮女終日伴著紀曉嵐在御書房裡添香拂紙，疊被鋪床；直到他編書完成，退出宮來。乾隆帝便命他把這兩個宮女帶回家去，算是姨太太。北京的人，都說紀曉嵐奉旨納妾；紀太太看了，也無可奈何。

接著，又是和孝固倫公主下嫁，京城裡又是十分熱鬧起來，先在東大街造一座駙馬府，十分高大，是皇上賞賜的；屋裡陳設，十分精美，和珅有的是錢，暗地裡又添了三十萬銀子在駙馬府裡造一座大花園。因為清宮定例：公主雖嫁了駙馬，夫妻兩人不常有得見面；公主住在內院，駙馬住在外院。和珅怕他兒子住在外院氣悶，便造了這一座花園，極盡樓臺之勝。到了大喜這一天，公主辭別皇上皇后，又辭別生母魏佳氏，出宮來到駙馬府中。那和珅夫妻兩人，對著媳婦朝拜過，行過大禮。府中大熱鬧了三天。公主左右，自有保母侍女伺候著。

這位公主性情十分活潑的，她見駙馬新婚的第一天和她同過房以後，便去住了外院子裡，一連幾十天，不得見面兒；她便吩咐侍女去宣召駙馬。誰知卻被保母攔住了，說是本朝規矩，公主不得輕易宣召駙馬。公主聽了，也無可奈何，只得耐著性子守著，看看過了三個月，公主又去宣召駙馬，又被保母攔住，說：「公主不識羞！」公主氣得哭了，要進宮去奏明父皇，自己又是出嫁的公主，不能輕易進宮去，況且夫妻倆的事體，如何可以對父母說得。後來到底由駙馬花了五千塊錢，保母才放他進內院去，夫妻團圓了一回，從此以後，他夫妻兩人要見一面，保母總是百般刁難，總得給錢才能透過。這是清宮從來做公主的，都嘔這個氣的，這且不去說它。

如今再說乾隆帝這時年紀已在六十以外，對於女色的事，自然差了一層，只是喜歡微行。他沒有事的時候，常常離開宮女內監們，穿著便衣，私自出宮來，四處閒玩。這時有一個叫楊瑞蓮，是梁詩正的親戚，他仗著梁詩正是皇帝親信大臣，常常到京裡來求差使。梁詩正嫌他人太鄙塞，又沒有學問，只寫得一手好字，真、草、隸、篆都寫得不差，便給他說到西清谷鑒館裡去，充一名寫官。那楊瑞蓮到了館中，辦事卻十分勤謹，往往別人不做事體的時候，他總是埋頭寫字。

這一天，正是八月十三，館裡的人跑得一個也不剩，只有楊瑞蓮一個人閒坐著。忽然一個很威嚴的老頭兒踱進屋來，向楊瑞蓮點頭微笑。楊瑞蓮不知他是什麼人，只因自己的位卑職小，便站起來迎接他。那老人靠窗坐下，見屋子裡沒有一人，便問道：「這些人到什麼地方去了？」楊瑞蓮回說：「今兒是十三，他們都趕考去了。」那老人問：「你為什麼不去趕考？」答道：「人都走完了，倘然有內廷寫件傳出來，叫誰來承辦呢？因此俺願意丟了功名不要，在這裡守著。」那老頭點頭，又說道：「你這樣認真辦公，怕不將來一樣得了功名。」又問他名姓籍貫，那楊瑞蓮一一說了。正說話時，只見十個太監，慌慌張張的走來，爬在地下，說：「請萬歲爺回宮！」楊瑞蓮到這時，才知道這老人便是當今乾隆帝，慌得他忙跪下去叩頭。直到皇帝去遠了，他才敢爬起身來。

到了第二天，他跑到梁詩正那裡去。梁詩正在朝裡，還不曾回來。停了一會，梁詩正回來了見了楊瑞蓮，笑吟吟的對他說道：「老兄好運氣！今天皇上對我提起你來，說你辦事勤慎，字又寫得好，已有聖旨，欽賜你舉人，選你做湘潭縣官去呢。」這一樂，把個楊瑞蓮快活得忙向梁詩正打躬作揖，說：「多謝大人栽培！」隔了幾天果然聖旨下來，放湘潭縣知縣。誰知楊瑞蓮一到了任，便出奇的貪起贓來，名氣十分壞，連京裡的御史也知道了，便參他一本；接著，湖南巡撫也因為不肯替他寫字，心中懷恨，便也上一本奏摺，說他「貪佞不法」。誰知乾隆看了他們的奏章，卻笑著說道：「楊瑞蓮是老實人，朕所深知；他們所奏的，朕一概不准。」後來還是梁詩正只怕拖累了自己，便暗地寫信去，勸楊瑞蓮自己告退。要知後事如何，且聽下回分解。

老頭子紀昀妙解　女孩兒福公祝壽

卻說乾隆帝有一種古怪脾氣，凡是他相信的人，任你如何橫行不法，便是親眼看見，也總是說他好的。那楊瑞蓮，還只是一個小貪官，獨有那和珅，卻是越老越貪。他常常派自己親信的家丁，到江南湖廣各省去敲詐勒索；沿路督撫大員，迎接和相國的家丁，好似迎接皇上一般。這種風聲傳到京裡，那班御史老爺，誰敢說一句閒話！獨那劉相國，他是正人君子，便忍不住奏了一本，說和相國在外面如何招搖撞騙，貪贓枉法。乾隆帝看了，便勃然大怒，說劉相國有意挑撥，把他傳進宮去，當面訓斥了幾句，氣得劉相國鬍子根根倒豎。

嘉郡王十分敬重劉相國，那日便親自到相府去勸慰了一番。說起和珅，嘉郡王說道：「這個奸賊！小王總有一天收拾他。」當時嘉郡王悄悄地打發人到各省去，把和珅家人在外面招搖納賄的事體，一樁一樁地察訪出來，記在冊子上，預備將來查辦他。可笑那和珅還睡在鼓裡，他見皇上喜歡嘉郡王，也天天在一旁稱讚嘉郡王如何忠孝勤學。那乾隆帝聽了越發高興，便與和珅商量，說自己年紀已老，打算趁此餘年，享幾日清福，把這皇位傳給嘉郡王。和珅聽了皇上的話，也竭力慫恿乾隆傳位。他想：如今他幫了嘉郡王的忙，他年嘉郡王登了位，少不了也要算他一位開國元勛，自己的權勢，將永遠立於不敗之地。乾隆帝雖打定主意，又因自己皇子眾多，一朝宣布出去，怕要鬧出亂子來；便吩咐和珅暫守祕密，如今是乾隆五十七年，須要到六十年上，才下這讓位的聖旨。如今先下諭把毓慶宮修理起來，命嘉郡王帶了家眷，搬進宮裡去住，是防備意外的意思。又親筆寫「繼德堂」三個字的匾額，給嘉郡王懸掛在宮中，暗藏著傳位的意思。

那嘉郡王見父皇在他身上如此費心，不知是禍是福，又不好問得。心中正惶惑的時候，外邊忽然傳說和相國請見；嘉郡王因他是個貪官，十分看不起他，平日也少和他來往。如今聽說他親自上門求見，心中覺得詫異，又因他是父皇第一親信的大臣，又不好怠慢他，只得迎出去想見。那和珅見了嘉郡王，搶上來打了一個躬，開口便說：「恭喜王爺！」接著袖子裡拿出一個如意來，雙手獻上。嘉郡王接了如意，心中越發詫異。

原來當時宮中規矩：凡是秀女們點中了封妃子，妃子們點中了封皇后，那向她賀喜的人，不便說明，見了面便獻一個如意，一來是向她賀喜的意思，二來是暗地裡報一個喜信給她的意思。如今和珅要討嘉郡王的好，便來獻這個如意，也是暗地裡報一個喜信的意思。嘉郡王見了如意，便說道：「王爺有什麼喜事，卻要煩相國的駕。」那和珅又打了一個躬，悄悄地說道：「王爺還不知道嗎？如今皇上已內定傳位給王爺了。王爺倘然不信，只看皇上親手寫的『繼德堂』三字。這『繼德』二字，便可以明白了。皇上昨天曾和下官商量過來，打算到六十年上，讓位給王爺；所以把王爺預先留在宮裡。」

嘉郡王聽了，心中雖止不住歡喜，但因為和珅與聞這宮廷的機密事體，心中越發嫌惡他。當下免不過說了幾句感謝的話，把他送了出去。回進宮來，自言自語地罵道：「這個老奸賊！他到俺手中來賣弄玄虛麼？將來總要他看看俺的手段。」

和珅從毓慶宮出來，心想俺如今已巴結上新皇帝，將來的祿位，可以無憂的了。只是老皇帝待我幾十年恩寵，如今他快要退位了，俺也要想一件事體出來報答老皇的恩德。他回府去，把自己這個意思，對幕友們商量了一番。內中一胡師爺獻計道：「當今皇上，是好大喜功的。他如今的傳位給皇子，也是要學堯舜禪讓的故事。

如今相爺不如上一本奏摺，先稱頌皇上一番，再奏請交翰林院編一本紀皇上功勞的書，為傳名萬代之計。」和珅聽了胡師爺的話，不禁拍掌稱妙。當下便由胡師爺擬了一個奏章，第二天早朝，和珅當殿遞上。奏章上大概說：皇上登極六十年以來，海內澄清，功蓋環宇，宜舉行登極周甲慶祝大典；命內閣翰林院，編撰紀功書冊，曉之天下，傳之萬世。

乾隆帝看了奏章，起初是謙遜了一番。當時文武百官，誰不願討皇上的好。便你一本，我一本，都跟著和珅奏請皇上舉行慶祝大典，又交文學大臣編撰紀功書冊。後來，和珅又獨上一本奏章，說皇上登極以來，有十件大功：兩次打平準部；兩次掃平金川；平定回部，平定臺灣；收服廓爾喀；收服安南，招降緬甸；平定貴州，等等。這十回成功，都是皇上親授機宜，恩威並用，因此鬚髮交翰林院，把這十回戰功，詳細記敘。一面由百官們共上尊號，稱為「十全大帝」。聖旨下來，「紀功書」著交和珅、紀文達率領南齋各翰林詳細記敘，不得過事鋪張；至上尊號一節，著無庸議。那班文學大臣得了這個聖旨，便忙著起草的起草，修正的修正，繕寫的繕寫。那乾隆帝也常常親自到南書齋裡來檢視。

南書齋裡，以紀曉嵐為首，凡是皇帝進出起坐，都是紀曉嵐陪奉著。看看到了大熱天氣，那部紀功書，快要完工，紀曉嵐是怕熱，為了這編纂的事體，他只得忍著熱，天天到南書齋裡來督看著。他每到午後，打量皇帝不出來了，便赤膊盤辮，高坐在炕床上，拿著一柄大蒲扇搖著風，嘴裡嚷著熱。有一天，他正脫去衣裳，把辮子盤在頭頂上，正盤到一半的時候，忽聽得院子裡有唵唵幾聲喝道的聲音，知道皇帝來了，慌得那班翰林，各各在坐位上站了起來，低著頭候著。紀曉嵐已來不及穿衣服了，一時無可躲避，急向炕床底下一鑽。屏聲靜息的縮著。只聽得一陣靴腳響，乾隆帝與和珅說著話。和珅又說了許多恭維皇上戰功的話。乾隆帝又吩咐：這紀功書編纂完了，趕著再編六巡江浙的遊記。著和珅紀曉嵐兩人督率各翰林，細細地編纂；總須實事求是，不可過意鋪張。那和珅聽了，口稱「領旨」。

接著，皇帝問道：「紀曉嵐到什麼地方去了？」那領班的大臣奏稱：有私事去去便來。乾隆帝又問道：「這部紀功書定了名目沒有？」和珅奏稱：暫時定名《十全大武功記》。乾隆帝聽了，呵呵大笑，說道：「如此說來，朕便稱『十全老人』罷！」接著皇帝便下座來，走到各大書桌前隨手翻著看那文稿。這時滿屋子靜悄悄的，連咳嗽聲兒也沒有。紀曉嵐這時趴在炕板底下，氣悶得厲害，那汗珠兒似下雨一般直淋下來，熱得他撐大了嘴喘著氣。半晌，他側著耳朵聽聽，外面毫無聲息，他以為皇帝已經去了，再也忍不住了，便伸出頭來，大聲問道：「老頭子去了嗎？」把滿屋子的人，齊嚇了一跳。乾隆帝十分詫異，連問：「誰在那裡說話？」嚇得大家不敢說話。到底是和珅的膽大，回奏說：「聽去好似紀曉嵐的口音。」乾隆轉過身來，對著炕床喝問：「誰在裡面？」只聽得炕下面有人說道：臣紀文達在炕下。皇帝問：「為什麼不出來？」紀曉嵐回奏說：「臣赤身露體，不敢見駕。」乾隆帝說道：「恕你無罪！快出來說話。」紀曉嵐聽了，巴不得一下，從炕板下面鑽出來。紀曉嵐的身體高大，爬了半天才出來；看時，他上身赤著膊，渾身汗珠兒淌著，滿黏著灰塵泥土。乾隆帝上炕去坐下，紀曉嵐嚇得只是跪在地下磕著頭。隔了半晌，乾隆帝冷冷地問道：「你這『老頭子』三字，是給朕取的綽號嗎？」紀曉嵐不敢作聲。乾隆帝又說道：「你是文學侍從大臣，肚子裡是通的；如今且把這『老頭子』三個字講解給朕聽聽，若講得不差，便恕你無罪。」那紀曉嵐到底是和皇帝親近慣的，便大著膽奏說道：「皇上莫惱，且聽臣解說。老頭子三字，是京中喚皇上的通稱。皇上又稱萬歲，這不是『老』嗎！皇上是一國的元首，這不是個『頭』嗎！皇上又稱天子，這不是個『子』嗎！『老頭子』三字是尊敬皇上的稱呼，並不是誹謗皇上的綽號。」紀曉嵐說到這裡，乾隆帝忍不住說他解說得好。從此以後，這老頭子三字，宮裡人人喚著；乾隆帝有時聽得，也不生氣。

一轉眼，到了乾隆六十年。乾隆帝暗暗的把讓位的典禮籌備舒齊。這年九月初一早朝，眾大臣在勤政殿上朝，乾隆帝下諭說：「朕即位之初，便對天立誓：如能在位到一周花甲的年數，便把皇位傳給太子，不敢和聖祖在位六十一年的數相同。如今已是乾隆六十年了，朕已遵照列祖的成例，把太子的名字寫好，預藏在正大光明殿匾額後面。」便立刻派滿、漢兩位相國，帶同內監們，到正大光明殿上去，把那儲藏太子名字的金盒拿下來。當殿開啟一看，見上面寫著：「冊立皇十五子嘉郡王顒琰為太子。以乾隆六十一年為嘉慶元年。」有承宣官當殿把詔書宣讀過，文武百官一齊跪賀過；退朝下來，又趕到毓慶宮去賀太子的喜。那嘉郡王一面接過詔書；一面接待眾官員。又自己對眾人說了許多德薄寡能的客氣話。百官退出宮以後，忙趕到父皇宮中去謝恩。那時太子的生母魏佳氏，已封為第一貴妃；見了他兒子，又勸勉了一番。

到了第二年元旦早朝，乾隆帝御太和殿，行過禪位禮，把那傳國寶璽親自授給嘉慶皇帝，稱做仁宗睿皇帝；又尊乾隆帝為太上皇帝。嘉慶雖說做了皇帝，那臣下上奏章，都稱著太上皇、皇上；所有一切奏章，都須送給太上皇閱看。便是那軍國大事，也須由嘉慶皇帝去請過太上皇的訓，才可以執行。因此這位嘉慶帝，卻十分不自由。嘉慶帝是很孝敬太上皇的，便也不以為意。

這一年是太上皇八十六歲萬壽，不但文武百官都來賀壽，便是那滿蒙回藏各盟旗的貝勒臺吉，以及各外國使臣，都來上壽。皇上下旨，在太和、中和、保和三個大殿上賜宴；又召集各省官紳，年在六十歲以上的三千多人，在圓明園中舉行千叟宴。太上皇在宮中，帶領妃嬪皇帝皇后各皇子福晉開一個家宴。嘉慶皇后，便是喜塔臘氏，當時皇后拜過太上皇的壽，太上皇便親自將孝賢皇后遺留下來的帽珠和朝珠賞給喜塔臘後，又把許多珍寶賞給各皇子福晉。這時只有那春阿妃還活著，陪坐在一旁；太上皇見了春阿妃，想起從前少年時候許多風流韻事，便忍不住傷心起來。

乾隆正淒涼的時候，忽然外面太監捧進一個小楠木盒子來，說是兩廣總督福文襄孝敬太上皇的小玩意兒。嘉慶帝看了，不知是什麼東西；忙吩咐太監開啟盒子。一看，原來裡面一座小屋子，屋子中間擱著一座小屏風，屏風前面有一張書桌，桌上筆墨紙硯都擺設齊全；盒子後面安著一個小機括，把那機括輕輕一轉，忽然屏風後面轉出一個西洋女孩兒來。先走在屋簷口，向外行過三跪九叩首禮，轉身過去，站在書桌前面；慢慢的拂著桌子，又水肉在硯池裡，磨著墨；從書架上取下一幅硃砂箋來鋪在桌上。這時又一個碧眼紅髯的人從屏後出來，手裡拿著筆，醮著墨，在紙上寫「萬壽無疆」四個字；接著，第二行又寫「萬壽無疆」四個滿字。寫完了，那機括也停住了，盒子裡的人也不動了。太上皇看了，十分歡喜，忙吩咐賞福文襄十萬兩銀子；又御筆寫一個「壽」字，下面注著「十全老人」的款字，一併賞給了福文襄。

那福文襄雖得了太上皇的賞賜，但因為造這個小玩意兒，花去的銀子也不下十萬；裡面還送了一個人的性命。原來造這個玩意的人，是福文襄的一個心腹隨從；他知道總督打算送太上皇一件出色的壽禮。那親隨原有小聰明的，他早在半年以前，天天爬在屋頂上，拿一匹布緊緊地紮住他自己的頭想著。今天想，明天想，居然被他想出這巧妙的玩意來。他關著門，細細地造成了，便去獻給總督看。福文襄看了，十分稱讚。看那萬壽無疆四個字，只有漢字，怕太上皇看了不喜歡，又吩咐那親隨加上滿字。那親隨又爬上屋去，想了二十多天，便給他想通了機括，加上滿字。福文襄也十分歡喜，便賞他二萬銀子。那親隨雖得了銀子，一時裡卻把他的聰明用盡，從此便痴痴呆呆的，回家去不上兩個月，便一病死了。

這裡福文襄特打發人把這玩意兒送進京去。第一道關口，逃不過那和珅的手，花了五萬銀子，才替他送進宮去。誰知那寧壽宮總管太監，又向他要錢。說：倘然不給錢，那機括走到『萬壽無』第三個字上停住了，那時太上皇動了氣，俺卻不管。福文襄聽了害怕，便也送他三萬銀子。

這種情形，嘉慶帝通通知道；他早已要著手查辦和珅了，只因礙著太上皇的面子，只得暫時忍著氣。但他因為從前和珅遞過如意，便也嫌惡如意這種東西。滿洲風俗，凡是過年過節，一班王公大臣都要遞一柄如意，算祝頌他一生如意的意思。到了嘉慶帝手裡，便特意下旨，禁止遞如意的禮節。他諭旨裡有兩句道：「諸臣以為如意，在朕觀之，轉不如意。」那文武百官接了這個諭旨，見皇上痛恨如意，大家弄得莫名其妙；只得奉旨免了這個禮節。有許多善於奉迎的大臣，還上奏章稱頌皇上崇尚儉德；獨有那劉相國，知道嘉慶帝的心事。因此，嘉慶帝便重用劉相國，有事便和劉相國商量。

到這時，和珅才慢慢地有點覺悟嘉慶帝和他不對了。他想如今仗著太上皇的勢力，諒皇上也沒奈我何；將來太上皇過世，俺便辭官不做。因此，他常常進宮去伺候著太上皇。那太上皇也非他不可。裡面有個春阿妃，外面一個和珅，終日陪伴著乾隆帝。那乾隆帝年紀也大了，沒有精力遊玩，便十分相信喇嘛的經咒。常常盤著腿兒，坐在炕上，默念著經咒。

嘉慶帝每天早朝回宮來，便到太上皇宮裡去商量朝政。乾隆帝向南坐著，嘉慶帝向西坐著；和珅也站在一旁，參議大事。有一天，他三人正商議的時候，忽然乾隆帝盤腿闔眼，坐在炕上不作聲了。嘉慶帝看了，也不敢說話。停了半晌，便見太上皇的嘴一開一閉的動著，慢慢的喉嚨裡有聲音，說出話來。嘉慶帝留心聽時，卻一句也聽不出來，只見他喃喃的念著，半晌半晌，忽聽太上皇大聲喝道：「什麼人？」和珅在一旁忙跪下來，回奏道：「高天德，苟文明。」接著太上皇又喃喃吶吶地念了一陣，把手一揮，叫嘉慶帝出去。嘉慶帝只得退出來。

但是，太上皇這種古怪形狀，嘉慶帝看在眼裡，心下十分疑惑，問又不好問得。到第二天，悄悄去問劉相國；劉相國也說不知。後來嘉慶帝忍不住了，在沒人的時候去問和珅。和珅說道：「這是喇嘛教的密咒，凡是在念咒的時候，有人喊著名字，那被喊的人，便要立刻死去。如今外面正鬧著白蓮教，臣知道太上皇要咒死那白蓮教的首領；所以太上皇問什麼人時，臣便把那白蓮教兩個首領的名字回奏上去。」

嘉慶帝聽了，心中也是害怕，想這和珅也懂得咒語，這種奸臣，不可不除，因此心中越發容不得和珅。要知和珅日後如何結局，且聽下回分解。

奇珍異寶和珅抄家 擘石踢樹成得獻技

卻說乾隆帝一部《十全大武功記》才得編纂成功，接著那白蓮教徒又大鬧起來。湖北地方的荊州、枝江、宣都一帶接連失陷；宜昌、長樂許多地方的白蓮教徒，也響應起來。那告急的文書，雪片也似的送進京來。嘉慶帝看了，心中也著了忙。這時福安康已死，和琳也染上了瘴毒，死在苗族地方；將軍明亮，又征苗未回，一時沒有能征慣戰的大將。打聽得白蓮教匪裡面有三個頭目：一個名劉之協，一個名姚之富，一個是女匪、齊林的妻子王氏，都是十分凶狠。他們趁著湖北官兵征苗未回，便乘勢攻進襄、鄖、荊、宜、施五府，勢焰十分凶猛。那地方上的統兵官，都是和珅的私黨，暗地裡受了和相國的密意，平日把軍情隱匿不報，常常誑奏殺賊數萬，冒功領賞。直到後來，大局糜爛，不可收拾，才到京中去告急。

這種情形，嘉慶帝打聽得明明白白，一面暗暗地記入和珅罪狀裡，一面下旨：著兩湖總督畢沅，侍衛舒亮統帶兵隊，剿辦荊門、宜昌一路匪黨；湖北巡撫惠齡，總兵富志那，剿辦荊州江南一路匪黨；著都統永保，將軍恆瑞，剿辦襄陽一路匪黨；著提督鄂輝，陝甘總督宜綿，剿辦川陽一路匪黨。又調回明亮的征苗兵，防堵川陝一帶。

那班教徒被官兵殺得東奔西逃。後來又有四川教徒王三槐、冷天祿一班都響應起來，把湖北教徒迎進四川去，稱為川教，十分猖獗。官兵聽了他也害怕。那匪禍又從四川蔓延到陝西省。嘉慶帝在宮中，一日數驚，日夜和大臣們商量剿撫的辦法；便是那太上皇，也因為白蓮教的事體，急得他寢食不安。後來方得南充地方一個知縣官，名叫劉清的。恩威並用，把那班白蓮教徒漸漸地收服下來。

但是，太上皇到底是年高的人，吃不得驚嚇，在正月初一這一天，死在乾清宮裡。這邊太上皇一死，便有一班九卿科道，紛紛奏參大學士和珅貪贓枉法、弄權舞弊等種種大逆不道的罪。內中要算監察御史廣興，吏部給事中王懷祖，參得最是厲害，說和珅有大逆之罪十，有可死之罪十六。真是一字一刀，罵得他體無完膚，嘉慶帝共收到參折六十八扣，勃然大怒，立刻下旨，命成親王、儀親王帶御林軍去捉拿和珅：怕路上有人劫奪，又派御前侍衛勇士阿蘭保，沿路保護，把個和珅直拖進刑部大堂。上諭派劉相國、董中堂、八王爺、七駙馬用嚴刑審問。和珅熬刑不過，只得一一招認。劉相國吩咐釘上鐐銬，收在大牢裡，一面把審問情形，詳細呈奏上去。

嘉慶帝看了奏章，便把劉相國召進宮去，商量查辦的事體。劉相國奏稱：似這般貪贓專權、大逆枉法的奸臣，理宜從嚴究辦。嘉慶帝便下旨，派十一王爺去查抄和珅的住宅，派二皇子綿寧查抄和珅別墅。那兩位王爺，奉了聖旨，怎敢怠慢，立刻帶回番役人等，如狼似虎地分頭查抄去了。和珅屋子很大，家產又多，直查了五日五夜，才一一查點清楚，回宮復旨。

十一王爺奏稱：和珅家中有一座楠木廳房，是照大內格局蓋造，用龍柱鳳頂；又有一座多寶閣，他那槅段式樣，是仿照寧壽宮蓋造的。便是講他的花園樣式，竟是仿圓明園裡的蓬島瑤臺。此外，珍寶多不勝數。單查和珅的家奴名劉全的，也有七百餘萬家財；其平日仗著主子的權勢，任意勒索，可想而知。那七駙馬接著奏道：和珅的珍寶，不說別的，單說他密室裡收藏著一掛正珠朝珠，和那御用衣帽，已是大逆不道，死有餘辜。臣當即詢和珅貼身的家奴，據說和珅常常在夜深時候，穿戴著御用衣帽，掛上正珠朝珠，對鏡子照著，讓家奴跪拜稱臣，顯繫心存叛逆，不僅是貪黷營私的罪名罷了。

說著，十一王爺又呈上一張查抄和珅家產的總單來。上面寫著：共有家產一百零九號，已經估價的二十六號，合計共值二萬二千餘萬兩。又看那清單上寫著：正屋一所，十三進七十二間；東屋一所，七進三十八間；西屋一所，七進三十三間，徽式房屋一所，六十二間；花園一所，樓臺四十二座；東屋側室一所。除房屋外，還開列有古銅鼎、端硯、珍珠、寶石、白玉羅漢、漢玉觀音、金銀碗盞、金銀面盆、腳盆等若干。金珠翠寶首飾大小共計二萬八千餘件。另外，還有金元寶一千個，每個重一百兩；赤金五百萬兩，生沙金二百餘萬兩；銀錠折銀九百餘萬兩；當鋪七十五家，古玩鋪十二家，銀號四十二家，總計經營資本達一千二百餘萬兩銀子。家中還有綢緞庫房、洋貨庫房磁器，家具庫房共四所、儲存呢絨、裘皮、家具、洋貨無數。

外抄劉、馬兩戶家奴宅子，光金銀玉器、首飾古玩、皮貨藥材、房屋地產等項，就折銀七百餘萬兩。嘉慶皇帝看完了上列各類清單，便吩咐將現有金銀儲存戶部外庫，以備撫卹川陝楚豫等省的兵災之用。對於已查抄而未經估價的大量產業，著將原單交與八王爺、綿二爺、劉相國，會同戶工二部詳細估價。所估銀兩，悉數充公。這一抄，除古玩珍寶送入大內不計外，嘉慶帝實在到手八萬六千萬萬銀兩。因此京城裡小兒都唱著：「和珅跌倒，嘉慶吃飽」的歌謠。

嘉慶帝又下諭旨，著大學士、六部、九卿、科道會同擬具和珅應得的罪名。隔了幾天，那許多會湊趣的官員，紛紛上摺，說和珅貪贓枉法，貽誤軍機，心懷異志，大逆不道；有說應該斬首的，有說應該凌遲碎剮的，有說應該滅族的。那嘉慶帝看過奏本，心想這和珅是先帝的寵臣；如今皇帝上賓不久，便將他正法，在朕心實有所未安。如今朕特別施恩，賜他一個全屍罷。立刻下旨，說姑念和珅是首輔大臣，於萬無可貸之中，免其肆市，著加恩賜令其自盡。至於和珅之子豐紳敬德，也屬罪無可貸，只因其早年尚主，和孝固倫公主平日又最為皇考所寵愛，朕今仰體皇考慈愛之心，曲加體恤，若驟將豐紳敬德革去職位，降為平民，則於額駙體制不符。其原有和珅公爵，應照議革去；著加恩另賞伯爵，令豐紳敬德承襲。自朕加恩以後，該額駙只許在家靜守，不准出外滋事。

這道旨下去了以後，劉相國當即到刑部大堂，把和珅從大牢裡提出來，驗明正身，把聖旨宣讀一過；和珅上拜過聖恩，不覺落下淚來。當有番役把他推進一間空屋裡，那屋梁上掛著一幅白綢子，和珅便在那白綢子上吊死了。自從和珅死了以後，接二連三有人密奏，那福尚書有心濟惡，皇帝也把他下獄治罪，又有人奏大學士蘇凌阿是和珅的姻親，皇帝也勒令他休致。又有人奏說侍郎吳省蘭、李潢，太僕卿李光雲，都是和珅引用的人。皇帝一律將他們降職呼叫。這一場大參案，鬧得人人膽顫，個個心驚；虧得這時白蓮教匪次第肅清，到嘉慶四年二月，那匪魁王廷詔，被將軍明亮擒住，徐天德也跳海溺死。那經略大臣和三省總督，都奏稱大功戡定；仁宗便在京裡祭告陵廟，封賞功臣。

看看國家太平，皇帝便打算舉行巡狩典禮，西幸五臺山去。忽然那皇后喜塔臘氏一病薨逝，嘉慶帝十分傷心。那鈕鈷祿妃原是十分賢德的，皇帝平日也十分寵愛她，便冊立鈕鈷祿氏做了皇后，照例晉封后父恭阿拉做承恩公。那皇后卻再三辭謝，滿朝文武官都上奏章，稱她是賢后。直到喜塔臘後靈柩出殯以後，皇帝才慢慢地去了傷心。在宮中閒著無事，又打算出幸五臺山。不料那西北角天上忽然出現了一顆慧星。欽天監奏勸皇上，慧星出現，主有刀兵，不可出幸；又把這年閏八月，改在第二年的二月。京中小孩又唱著：「二八中秋，黃花落地」的歌謠。又說這刀兵之災，應在嘉慶十八年九月十五日午時。

到了那時日，河南巡撫高杞，果然接到滑縣知縣張克捷的密稟，說滑縣現有白蓮教徒弟李文成，設立邪教，改名天理教，又名八卦教，招集黨徒，預備起事，請大帥趕速派兵掩捕。他一面又密告衛輝知府，誰知這兩位上司，都不理他。張克捷便用計把李文成騙進衙門來捉住，斬斷他的腿骨。

這時李文成的同黨，已有幾萬，和那大興縣的林清，都是八卦教中的大頭目；如今見李頭目吃了虧，越發忍不了，兩方面便俏悄地約定在閏八月的中秋節起事。那林清和宮裡的太監都有交情的，便拿銀兩買通太監，趁嘉慶帝出幸五臺山的時候，在宮中起事；又約定李文成在外面接應。誰知那嘉慶帝聽了欽天監的話，便中止了巡狩的事。林清看看計謀不成，便另用方法，花六萬兩銀子買通了一個刺客，去行刺嘉慶帝。

刺客名叫成得，原是內務府的廚役。在皇宮裡，算他第一個有氣力。那時有一個侍衛官八駙馬，氣力也很大；閒著沒事的時候，常常拿延禧宮外的一對石獅子玩弄著。那對石獅，少說也有五七百斤重，八駙馬常把他擎在手裡，繞著迴廊走一個圈子，又輕輕地將它歸還原處。兩閒旁看的內監們，都喝彩，說駙馬真是神力。內中有一個太監說道：「那成得也算得一個大力氣的了，卻如何比得上駙馬爺。」八駙馬聽得說起成得，便問：「成得是什麼人？」那太監回說：是內務府的一個廚師。八駙馬是最愛有氣力的人，當下聽了，便逼太監去把那成得喚來。那成得見了駙馬爺，嚇得他趴在地下，不敢抬起頭來。八駙馬把好言安慰他，又吩咐他：有多少氣力，盡力拿出來！倘能勝得過俺，俺便提拔你。成得聽了駙馬的話，才把膽放大。駙馬吩咐他擎石獅子。成得上去，一手一隻石獅子，拿起便走，飛也似的繞著迴廊走了三個圈，然後放在原處，氣不發喘，臉不紅。八駙馬看了，十分歡喜，上去和他拉拉手。又吩咐把七根樹樁一字兒插在院子裡，每根插入泥地裡有三尺來深；八駙馬上去，一蹲身伸出右腿來，向樹樁踢去，只聽得嘩啦啦一聲響亮，那七根樹樁齊根踢斷。兩旁內監們，又齊聲喝好。

八駙馬站起身來，吩咐太監再插上七株樁兒，叫成得踢去。那成得上去相了一相，叫再添樁子。太監又添了一株，成得叫再添上，又插上了一株，成得還叫添上。直添到十二株上，成得才點頭說：「可以了。」看他不慌不忙，也不去學著駙馬的身架，一蹲身，一飛腿，那十二株樹樁像刀削似的，一齊斷了。那兩旁看的人，個個吐出舌頭來；八駙馬連聲喝「好」，從此把他收在宮裡，當一名神機營的管帶。每逢八駙馬值班，成得總在一旁伺候著。後來成得力大的名氣，給林清知道了，便由太監們引他兩人見面。林清送他六萬兩銀子，在他們同黨崔士俊家裡過付；又許他事成以後，封他做王爺。成得滿口答應，回到宮裡。

八月十五中秋夜，嘉慶帝駕幸圓明園的涵虛朗鑒臺上，開筵賞月；那班妃嬪宮娥，都陪坐在兩旁。八駙馬在臺上值班，成得也在臺下侍衛。酒吃到半酣，嘉慶帝起來小便，後面跟著三五個太監；忽見那成得搶上臺來，急急跟在皇帝的身後。那太監們看他臉色有異，忙上去攔住他；成得袖子裡拿出雪亮的鋼刀來，那太監胸口著了一刀，倒地死了。成得丟下太監，直奔皇帝。嘉慶帝見事急了，一邊嘴裡嚷著：「有賊！」一邊繞著一株大桂花樹逃著。八駙馬在臺上，聽得皇上的喊聲，忙趕過去，見成得手中擎著尖刀，正繞著樹追著皇上。八駙馬大哮一聲，跳上去把成得兩手捉住，接著那班御林裡，也趕來四面圍住了，發一聲大喊。講到那成得的氣力，原勝過八駙馬；在這時候，他見人多了，心也慌了，手也軟了，兩眼瞪瞪地望著八駙馬的臉，一動也不敢動。御林軍一擁上前，把他捉住，送到刑部大牢裡。

當夜，六部九卿都到圓明園來，叩問聖安。嘉慶帝吩咐在朝的王公大臣和六部九卿官員，會審刺客。這時由張觀齋相國主審，連審了九日，審不出一句口供來；又用大刑逼著，他也閉著嘴不說話。成得受刑到最厲害的時候，只聽得他冷笑幾聲，說道：「這有什麼審問的。事不成，便拼送去了俺的腦袋；事若成了，大人們坐的地方，便是俺坐的。」說完這幾句，他又閉著嘴不響了。張相國卻也沒奈何他，第二天入朝，把這情形奏明皇上。嘉慶帝吩咐：不用審了，推出去碎割了罷。張相國奉著聖旨出來，把成得定了凌遲的罪。又查得成得有兩個兒子，一個十六歲，一個十四歲，都在學堂裡讀書，派差役把這兄弟兩人都從學堂裡捉來。

到了行刑的那日，一隊兵馬把成得押到西校場，綁在鐵樁子上；又把他兩個兒子，綁在對面。這兩個孩子哭著喊爸爸，那成得閉上眼，看也不看；到了時候，劊子手先把兩個孩子殺了，再動手碎割成得，成得這時剝得渾身赤條條的，兩個劊子手，各拿著尖刀上去；先割去他的耳鼻，和兩個乳頭；又從兩手臂割起，把他身上的肉，一片一片地細割下來，從肩頭割到背後，又割到胸前。起初還淌著血，後來血水淌完了，只流著黃水。上半身通通割完，只剩一副骨頭了。成得忽然睜開眼來，大聲喝道：「割快些！」那劊子手回答他道：「聖上有旨意，叫我們慢慢地割，叫你多吃些苦痛。」成得便閉上眼不說話，直到割完了渾身的肉，才給他喉頭一刀，結果了性命。

成得在京中送了性命，那京外的八卦教卻鬧得厲害。在滑縣的教徒，於九月初七日起事，聚眾三千人，殺進衙門去，開啟監牢，把牢中的李文成劫出來；又把縣官張克捷和家眷十餘口一齊殺死。同時直隸省的長垣、東明、山東省的曹縣、定陶、金鄉各州縣一齊響應。林清卻帶著二百名死黨，埋伏在京城裡，一面聽京外的消息，一面打通了宮中的太監，約定九月十五日半夜在菜市口會齊，從宣武門殺進宮去。要知林清如何結局，且聽下回分解。

遇宮變煤黑子效死　獻巧藝王董氏傷生

卻說林清謀反的前一年，有臺灣淡水同知，在淡水地方捉得一個妖言惑眾的教徒，名叫高媽達。他自認說是八卦教的小頭目，另有大頭目林清，在京裡買通太監，約定明年中秋起事。那同知官得了這個消息，急急修下文書，送進京去。那京中大臣見了文書，認他有意張皇，便按下了不去奏明。到了起事的前一天，又有盧溝橋的巡檢得了消息，悄悄的去通報順天府尹，說林清約在明天打進宮去謀反。那府尹得了消息，反把這巡檢申斥了一頓，說「此如何事，豈可冒昧聲張?」他自己也一點不去預備。到了這一天，果然大亂起來。忽見滿街的教徒拿著刀槍，橫衝直撞，看他們打進東華門西華門去。便有太監劉德才、楊進忠一班人，在裡面接應;又有那總管太監閻進喜，在宮內接應。這時東華門的護兵，見教徒來勢洶湧，急閉門時，已來不及了;五七百個教徒殺進東華門，直殺到弘德殿。又有太監從宮裡殺出來。那班宮娥秀女，嚇得嬌聲啼哭，宮內頓時大亂。那西華門，也有五七百個教徒殺進去，御林兵士忙把宮門緊閉，死力抵禦。

這時，嘉慶帝恰巧不在宮中，前幾天已到圓明園去了;宮裡留下的侍衛不多，兩面抵敵了多時，西華門已打破了，教徒一擁而進，殺過尚衣監、文穎館，直到隆宗門。侍衛們且戰且退，忽然太監們自己也殺起來，一時喊殺連天，血流遍地。一班妃嬪住在翊坤宮、永和宮、鹹福宮的聽了這喊殺的聲音，慌做一團。有幾個膽小的宮嬪，早已投井死了。這時二皇子旻寧，和諸王貝勒，正在上書房讀書；聽說宮中有變，便不慌不忙，喚太監們：「拿我的鳥槍和腰刀來！」太監們送上鳥槍腰刀，他便召集了二十幾個太監，說道：「跟著俺跑！」他領著太監走到養心殿門口；只見一群匪徒，正喊殺奔來。二皇子吩咐：快關上養心殿！又命太監爬上牆去探望，見有賊爬上牆來，便出其不意的拿棍子打下去。有許多教徒，被太監們打得腦漿迸裂，死在牆下。有幾個頭目看了，便鼓著勇氣，一手拿著白旗，搶先爬上牆來；牆東面便是大內，那賊人在牆上喊著，向東奔去。二皇子站在養心殿階下，拿起鳥槍，覷得親切，一連打死了兩個頭目；貝勒綿志，站在皇子左首，也放槍打死了兩個頭目。其餘教徒，見死了頭目，也不敢過牆，向別處散去了。

講到那二皇子，自幼便是本領高強的人。乾隆五十四年，旻寧只有八歲。那時乾隆帝駕幸張家灣行宮，率領諸子皇孫在校場上比射。旻寧站在一旁，候諸王貝勒射過了，他便上去跪在乾隆帝跟前，也要求皇祖爺賜他比射。乾隆帝看了十分歡喜，便吩咐諸皇孫和旻寧年紀相同的，也在校場比射。同時比箭的有八個孩子，都沒有氣力射箭；獨有這旻寧，拿著小弓小箭，連發三箭，有兩箭中了紅心。乾隆帝看了，呵呵大笑；把這位皇孫喚上殿來，伸手摸著他的頭頂。說道：「孫兒本領不小，俺如今要賞你，你願意得什麼？」旻寧碰著頭，說道：「孫兒願祖父賞穿黃馬褂。」乾隆帝便依他，傳旨：「快拿黃馬褂來！」一時卻沒有小馬褂，左右侍衛拿一件大人穿的黃馬褂來，給旻寧披在身上，由太監抱著下去。從此，宮中人人都喚他小將軍。旻寧也日日跟著師傅操練，他又愛打鳥，所以一枝鳥槍，他打來卻是百發百中的，如今在宮中解了大內的圍。

那班教徒看看養心門有人把守，便趕向東華門去和別股會合。這時東華門的教徒，已打進宮門，正要搶進呵期哈門去，忽見一個大漢，上身赤著膊，渾身皮膚黑得和漆一般，手中拿一隻粗重扁擔，大喝一聲道：「你們反麼？」掄著扁擔橫掃過來。那班教徒見他來勢凶殘，便大家圍上去，和他抵敵。那大漢一條扁擔，指東打西，指南打北，打得車輪似的轉；被他打著的，不是打得斷腰折臂，便是打得頭破血流。二三百人，被他打死一半。如今做書的趁這空兒，把大漢的來歷，略表一表。

原來這大漢並不是什麼宮中的侍衛，原來東華門外一家煤鋪裡的挑夫；他每天挑著煤擔，送進東華門去，給修書館裡用的。他天天在煤堆裡鑽進鑽出，那臉面手臂和肩膀胸背，都染得漆黑的。宮裡的太監們，取他綽號叫他「煤黑子」。那煤黑子生性戆直，愛打抱不平；他仗著自己氣力大，見有不平事體，便擎著鐵扁擔上去廝打。他那條扁擔，足有一百斤重，打在人身上，管叫你骨斷筋麻。這一天，他見許多人闖進東華門來，知道他們造反，便奮力和他們廝殺；他一個人抵敵著二三百人，打了一個時辰，卻不曾放過一個人闖進呵期哈門去。

呵期哈門，便是熙和門。當他在門外喊殺的時候，聲音直達到宮裡。這時恰巧有一個大學士寶興，在上書房教授諸王讀書，從景運門出來，望見門外有一個黑大漢，在那裡抵敵一群匪徒，急急回進門去，召集許多太監來，急把呵期哈門閉上。一面調集實錄館國史館功臣三館的吏役，個個拿著棍子，爬上牆頭把守；一面四處調齊虎賁軍士，從側門出去，與教徒們廝殺。這時另有一隊教徒，從西華門繞過來，幫著去打煤黑子。那教徒愈來愈眾，足有一千人，任你如何大力，也抵擋不住了。那三館的吏役，爬在牆頭，眼看著煤黑子被許多匪徒一擁上前，亂刀斬死。那煤黑子臨死的時候，一邊嘴裡罵著人，一邊還拿拳頭打死幾個人，才倒地死了。那班教徒見打死了煤黑子，便要搶上宮牆來；這時後面的虎賁軍士也到了，那班留守京中的諸王大臣，也率領禁衛兵，從神武門進來。兩面軍隊圍住了一陣廝殺，把那班教徒直殺出中正殿門外。

這時，天色已傍晚，那宮中的路，教徒是不熟悉的；看看逃到死路上去，被官兵追殺一陣，沿途被殺死的也不少。教徒被他們逼到一個牆角，一個個都拿繩子綁住，送到九門提督衙門裡去審問。他們還供出大頭目林清在黃村地方守候消息。提督官派了一大隊兵士，星夜到黃村去把林清捉住，解進京來。第二天，嘉慶帝從圓明園回來，親自在豐澤園升座，審問林清。那林清又供出了許多同謀的太監，一齊腰斬，其餘匪徒一律正法。一時血淋淋的殺下三百多個頭，在京城裡大街小巷號令。

嘉慶帝回宮去看望妃嬪，安慰了一番。又傳二皇子和貝勒綿志進宮去，當面稱讚了一番，賞他每人一件貂褂，一個碧玉斑指。第二天上諭下來，封二皇子為智親王；貝勒綿志進封郡王。大學士寶興奏稱煤黑子保衛有功，這時才把煤黑子的屍身，從教徒屍身堆裡掘出來，替他洗刷，送回煤鋪子去。皇帝又下旨，賞煤黑子六品武功，照武官陣亡例賜祭，又賞治喪銀子一萬兩。煤黑子的妻子，誥封夫人。那煤黑子實在是沒有妻子的，如今那些煤店裡的掌櫃，見有許多好處，便用自己一個大女兒冒認做了煤黑子的老婆，一般的也披麻帶孝，替他守起寡來。這且不去說他。

話說那李文成占住了滑縣，聽說林清已死，他便號召了一萬多徒黨，聲稱替林清報仇，在山東、河南一帶地方擾騷起來；他仗著有運河輸運糧食，往來便利，便在運河一帶紮起營盤，和官軍對壘。直隸總督溫承惠，河南巡撫高杞和他抵敵，都打了敗仗。嘉慶帝便下旨調陝甘總督那彥成，帶山東、河南的兵隊，前去剿辦。那彥成有一位副將名楊遇春，卻十分驍勇，東蕩西殺，徒黨見了他都害怕。因楊遇春頷下有三綹長鬚，教兵都稱他髯將軍。一聽說髯將軍到了，便嚇得他們不戰而逃。後來又有一個楊芳，從陝西帶兵前來助戰，這兩位楊將軍，克服了許多城池，殺死了上萬的教徒。李文成逃到白土崗上，伏兵四起，知道中了計，性命不保了，便在崗上放一把火把自己燒死了。從此直隸山東河南三省地方都太平了。

嘉慶帝想起教患的可怕，便下詔查禁。說道：「以後不論何種宗教，一律嚴禁。」這時有一個萊陽縣知縣，打聽得有一個英國教士在他境內傳教；他便不問三七二十一，去把那洋教士捉來，活活絞死。英國皇帝著了惱，立刻派十三隻兵船來占據澳門；兩廣總督熊光發了急，飛報到北京。嘉慶帝下旨，叫他封禁水路，斷絕糧食。那英國兵果然支撐不住，回到印度去。這時江浙兩廣海面上，常有一些海盜出沒。皇帝又下旨，命沿海各省添練海軍，造成許多兵船在海面上游弋；又嚴禁外國船隻裝鴉片煙進口，命各處關口嚴密搜查；能查出在二百斤以上的，便賞他官做。這個旨意一下，那班關隘人員，查煙自然查得特別起勁；那外國船隻，也不敢進口來了。

嘉慶帝看看內外太平，便又想出京巡狩，便在三月時候啟蹕，到五臺山去。五月從五臺山回來．又到熱河避暑去。熱河地方，原有一座避暑山莊一面靠山，三面近水，蓋造得十分曲折，嘉慶帝住在裡面，想起前朝帝皇的風流韻事，便也十分羨慕。嘉慶帝自從抄沒了和珅的家產以後，手頭十分寬裕；這位皇帝，在歷史上是有名節儉的，他到了暮年，忽然想到人生幾何，怎不及時行樂！便悄悄地傳進內務大臣去，吩咐他到江南去採辦物料，要在避暑山莊裡面，大興土木。這時皇帝又添立了幾個妃子，終日在園中尋樂，不多幾天，那採辦大臣回來，又帶了一座「鏡湖亭」的模型來。

這鏡湖亭是浙江巡撫打的圖樣，叫巧匠王森夫妻兩人製造的。如今浙江巡撫，聽說皇上要大興土木，便把這亭子的模型，和王森夫妻兩人，一齊送到熱河來；一面上了一本奏摺，說王森夫妻兩人工作如何巧妙，皇上如今建造園亭，正可以隨時垂詢。嘉慶帝叫先拿亭子模型來看，內監捧上一個盒子，盒子裡藏著一座小亭子；皇帝看了那亭子時，果然建造得十分精巧，瓦是用玻璃制的，柱子是用水晶的，四面牆壁上嵌著幾萬塊小鏡子，望去閃閃的射出光來。亭中間安著一架象牙床，四面都嵌著大塊的鏡子。皇帝看了，果然在那裡讚歎。又吩咐快把王森夫妻兩人傳進來，太監回奏稱他夫妻兩人，因沒有功名，不敢進見。嘉慶帝立刻賞他七品衣帽，他夫妻兩人穿戴齊全，走出屋子來，爬在地下。

那王森見了皇帝，嚇得他渾身抖動，倒是他老婆大大方方地低著頭跪在一傍。皇帝看時，那女人長得腰肢婀娜，肌膚白淨，早不覺動了心。後來又喚她抬起頭來，只見眉彎入鬢，粉臉凝脂，望去十分秀美。皇帝心想，俺宮中枉有許多妃嬪，誰人趕得她這模樣兒。嘉慶帝不覺滿面堆下笑來，問她姓什麼？那女人便低聲悄氣地奏道：「奴姓董氏。」又問她嫁丈夫幾年了；董氏回答說：「四年了。」又問到鏡湖亭模型，董氏回稱：「亭子的瓦簷壁柱，是俺丈夫造的；裡面的雕刻鑲嵌，是奴造的。」皇帝稱讚好一雙巧手！便吩咐把王森送進巧藝院去，聽候差遣；又把董氏收入內庭去，做供奉女官。

皇宮裡原有一班供奉女官，專司書畫刺繡雕刻各種精巧女工。做女官的，大半都是漢人，董氏一進內苑，也不叫她工作，也不叫她做事，只叫她終日伴著皇上在瓊島春陰遊玩，董氏原不肯陪伴皇帝的，無奈深入宮禁，知道倔強也是沒用；後來看著皇帝性情也十分溫柔，董氏向皇帝哭求，要放她出去見丈夫一面。皇帝笑著安慰她道：「你好好住在這裡，待一年以後，朕打發人送你回家去。」又問她見過西湖沒有，董氏回說：「西湖是奴的家鄉，如何不見。」皇帝便吩咐她造一個西湖十景的模型。從此董氏在宮裡摶土弄泥，細細地工作起來。皇帝在一傍看著，他有時也替她調顏色，烘泥土，十分忙碌。兩人靜悄悄地在屋子裡，宛似民間恩愛夫妻。有時皇帝情不自禁了，便拉著董氏要尋歡，董氏忍不住掛下淚來，苦苦哀求說：「皇上三千粉黛，何必定要破奴的貞節！」皇帝見了她的顰態，十分可憐，便也把心腸軟下來；幾次都是董氏求免的。皇帝常對太監說道：「古時吳降仙，秀色可餐；如今這董氏的媚眼，卻叫人忘了眠食。」

這句話傳到宮裡去，那許多妃嬪心裡都妒忌；又見皇帝終日伴著董氏在瓊島裡，不見臨幸到別的宮院裡來，便說那董氏是個狐狸精，把皇帝迷住了。把這話告訴皇后，那皇后是賢慧出名的，聽了妃嬪的話，反勸她們不可吃醋，其實皇帝和董氏，卻絲毫沒有淫穢的行為；只因董氏美得和天仙一般，性情又十分貞靜，皇帝看著，反把他的淫心鎮壓住了。到了極親熱的時候，只是握一握手罷了。

這時，那王森被丟到了巧藝院裡，淒涼寂寞，十分想念他的妻子；常常求著總管太監，要和他妻子見一面。那太監說：皇上留著的人，俺怎麼敢去喚出來？從此王森便半瘋半癲的，終日忽啼忽笑。巧藝院裡的同事們，也不去理會他。有一天，皇上恰巧從宮裡出來，王森見了，忙上去趴在地下，連連磕頭求皇上放他妻子出來見一面兒。皇帝笑說道：「你妻子手工精巧，皇后留在院中，不肯放出來；你如嫌寂寞，朕賞你一個宮女吧。」說著，便進去了。到了夜裡，果然內庭送出一個宮女來，太監替他打掃出一間院子，送他兩人進去住著。誰知連住了三夜，他兩個還是各不相犯的。那王森越鬧得凶了，見人便哭嚷著要見他的妻子，皇帝知道了，便傳旨出來，把王森官銜升到五品，又賞他二萬兩銀子，派兩個侍衛，把他送回南邊去。賞他的那個宮女原是南邊人，便也跟著他一同到南邊去，那宮女原是要嫁王森的，王森說道：「我和妻子情愛很深，如今她雖關在宮裡，我也不忍負心。」他到底給了那宮女三千兩銀子，送她回孃家去，嫁了別個男子。王森又帶了一萬兩銀子，悄悄地再趕到熱河去拚命花錢，買通了宮裡的太監，打聽他妻子的消息。那太監見他痴得可憐，便替他到宮裡去通一個信。

隔了幾天，那太監傳出一封董氏的信來，信上說到：「天子十分多情，在宮中十個月並未失節；現在求著天子，已允准滿一年後，放我回家。夫妻團圓，即在目前。」王森看了信，心中十分快活，從此他在外面靜靜候著，空下來和那班太監在茶坊酒肆吃喝閒談，那太監也看王森做人和氣，常常把宮中的祕密事體告訴他：今天皇帝召幸第幾妃，明天皇帝在第幾妃宮中遊玩，天天有人來報與王森知道。後來又有一個太監來告訴他說：「昨天晚上宮中的瑩嬪，大鬧醋勁；只因皇上寵愛董氏，常常到瓊島春陰裡去看望她，那瑩嬪忍不住氣，趕到瓊島春陰揪住董氏要廝打。後來還是皇帝喝住了，那瑩嬪把皇帝拉到自己院子裡去了。王森聽了，說道：「堂堂一位天子，怎的反怕那妃嬪？」那太監低低地說道：「不是這般說的，俺萬歲爺是多情不過的，聽說那瑩嬪還是萬歲爺未曾大婚以前私地裡結識下的！想起舊日的交情，不免寵讓她三分。」王森聽了，流下淚來，說道：「有這個雌老虎在宮裡，只苦了俺妻氏。」那太監又再三勸慰他，說：「你妻子快要放出宮來了，你也不用悲傷。」

又隔幾天，看看一年的日期快滿，王森在外面越發好似熱鍋上的螞蟻，一天等不得一天了。有一天，他原和宮內的總管太監約定在湖樓上相候。那湖樓後面，靠一座大湖，摟上賣酒。王森到時還早，便獨自一人打著一角酒，喝著候著。停了一會，見那太監慌慌張張地來了，看他臉色不定。王森見了一陣心跳，知道出了亂子，忙問：「我的妻子怎麼樣了？」那太監不曾說話，先安慰他道：「俺告訴你，你莫氣苦。」要知那太監說出什麼話來，且聽下回分解。

崇節儉滿朝成乞丐　慶功勞一室做餓夫

卻說那太監原是內苑的總管，他的下臣，又離瓊島春陰甚近；凡是董氏一舉一動，他都知道。當時他對王森說道：「自你妻子董氏進宮以後，皇上十分敬愛她，每天皇上坐著看董氏捏塑西湖十景，常常讚歎，稱她絕技。董氏每天工作完畢，皇上總有賞賜的，或是寶珠，或是衣服，董氏也伴著皇上，或下一局棋，或說笑一會；兩人雖十分親密，卻是各不相犯的。這幾天皇上因為被瑩嬪管住了，不曾到瓊島春陰來。董氏一個人住在屋子裡做工，到昨天晚上，忽然鬧出亂子來了，……」

那太監說到這裡，王森的臉也青了。太監還勸他莫急壞身子，又接著說道：「昨夜營裡才打過三更，忽聽得有開動宮門的聲音。俺在睡夢中，不聽得十分清切，停了一會，俺又睡熟去了。只聽又是一聲窗戶開動的聲音，恍惚是在瓊島春陰裡，接著又一聲女人叫喊的聲音，俺才忍不住了，急披衣起來，喚醒同伴，搶到瓊島春陰正屋裡去，只見董氏睡在屋子裡，窗戶洞開著，走進屋子去看時，那床上的被褥，攪得一團糟，那睡鞋兒金釵兒沿路散著，直到窗戶外面，欄杆邊還落下一枝玉簪兒，卻已打得粉碎了。這玉簪兒是董氏平日插戴的，俺還認得出來。只是那董氏不知到什麼地方去了。今天一清早，俺們去奏明皇上，皇上也打發人四處找尋，後來見太液池水面上浮著一件小小紅襖兒，看那領口、袖子的鑲邊，皇上認識是董氏平日穿的，忙喚會水的鑽到水底去四處撈尋，卻又毫無形跡……」

王森一句一句的聽著，起初早已支撐不住了只望他妻子還有救星；如今知道他妻子是不得救的了，他覷著太監不防備的時候，只喊得一聲，「我的苦命妻子！」一縱身向後樓視窗一跳。太監忙上前拉救，已來不及了；那座湖樓高出湖面五六丈，王森跳下去，直撞到水底，那湖面又很闊，可憐他一對恩愛夫妻，只因這絕藝，卻不料送掉了一雙性命。

嘉慶帝自從見了董氏，因她生得貞靜美麗天天對她坐著看一會，心中便得了安慰；如今不見了這位美人，想得她好苦，他年紀已六十歲了，精神也衰了，心裡有了悲傷的事體，也無心管理朝政了，所有一切大小國事，通通交給滿相國穆彰阿處理。那穆彰相國又是一個貪贓枉法的奸臣，他做了宰相，把國事弄得更壞，特別是廣東有鴉片的案件和英國交情一天一天的壞起來，弄得全國不得安寧，百姓怨恨。那班御史官，紛紛上奏章參他，卻被穆相國派人在暗地裡把那參折一齊捺住了。不送進去。這時，智親王旻寧也隨侍在行宮，卻有十分孝心的；誰知嘉慶帝因想念董氏想得厲害，那瑩嬪和別的妃子又常常在皇帝跟著鬧著嘔氣。年老的人，又傷心，又氣惱，不覺病了。這一病來勢很凶，智親王天天在屋子裡衣不解帶的服侍父皇。

嘉慶帝一病三個月，看看自己不中用了，便召集御前大臣穆彰阿，軍機大臣戴均元、託津等一班老臣，在榻前寫了遺詔。大略說：朕於嘉慶四年，已照家法寫下二皇子旻寧之名，密藏正大光明匾額後。朕逝世後，著傳位于二皇子智親王旻寧。汝等身受厚恩，宜盡心輔導嗣皇，務宜恭儉仁孝，毋改祖宗成法。欽此。這道諭旨下了的第二天，嘉慶帝便死了。智親王回京，在太和殿上即位，受百官的朝賀，改年號稱道光元年。

說也奇怪，這道光帝在年輕的時候十分勇敢，性情也豪爽，舉動也漂亮；到大婚以後，忽然改了性情，十分吝嗇起來。登了大位以後，在銀錢進出上，越發精明起來。自從嘉慶帝沒收和珅大量家產以後，皇宮原是十分富厚，但道光帝卻天天嚷窮，說做人總須節儉。見了大臣們總勸他們節省費用。那班大臣們，都是善於逢迎的，聽了皇上的話，便個個裝出窮相來，內中第一個刁滑的，便是那穆相國，他每次上朝，總穿著破舊的袍褂。皇帝見了，便稱讚他有大臣風度。他卻忘了穆相國在外面做的貪贓枉法、窮奢極欲的事體。

不多幾天，滿朝的臣子都看著他的樣，個個穿著破舊袍褂；從殿上望去，好似站著兩排叫化子，那皇帝便是個化子頭。從此以後，官員們也不敢穿新的袍褂了，一時京城裡舊貨鋪子裡的破舊袍褂，都賣得了好價錢。起初還和新袍褂的價錢一樣，有許多官宦人家，把嶄新的袍褂，拿到舊衣鋪子裡去換一套破舊的芽穿，後來那舊袍褂越賣越少了，那價錢飛漲，竟比做兩套新的還貴。有幾個官員，無法可想，只得把新的打上幾個補子在衣襟袖子上，故意弄齷齪些，皇帝看了，才沒有說話。冬天到了，大家都要換皮衣了，家裡原都藏著上好的細毛皮，因怕受皇帝的責備，大家都忍著凍，不敢穿。

武英殿大學士曹振鏞，卻是天性愛省儉的，和道光皇帝可以稱得一對兒，因此道光皇帝也和他十分談得入港，每天總要把這位曹學士召進宮去長談。太監們認做皇上和大學士在那裡談國家大事，誰知留心聽時，每天談的都是些家常瑣事。有一天，曹學士穿一條破套褲進宮去，那兩只膝蓋上補著兩個嶄新的掌。道光皇帝看見了，便問道：「你補這兩個掌，要花多少錢？」曹學士稱奏：「三錢銀子。」皇帝聽了，十分驚異，說道：「朕照樣打了兩個掌，怎麼內務府、報銷五兩銀子呢？」說著揭起龍袍來給曹學士看。曹學士沒得說了，只得推脫說：「皇上打的掌比臣的考究，所以價錢特別貴了。」道光帝嘆了一口氣，從此逼著宮裡的皇后妃嬪，都學著做針線，皇帝身上衣服有破綻的地方，都交給后妃們修補。內務部卻一個錢也不得沾光。弄得那堂司各官，窮極了，都當著當頭過日子。

道光皇帝還嫌宮裡的開銷太大，又把許多宮女，太監們遣散出宮，叫他們去自謀生活，偌大一座大內，弄得十分冷落，有許多庭院，都封鎖起來，皇帝也不愛遊玩，終日在宮裡和那班妃嬪們做些米鹽瑣屑的事體。他又把宮中的費用，細細的盤算一番，下一道聖旨：內庭用款以後每年不得過二十萬銀元。那班嬪妃，終年不得添制新衣，大家都穿著破舊衣衫。便是皇后宮裡，也鋪著破舊的椅墊。皇帝天天和曹學士談談，越發精明起來了。

那曹學士平日花一個錢都要打算盤，他家中有一輛破舊的驢車，家裡的廚師又兼著趕車的差使。曹學士每天坐著車來，早朝出來，趕到菜市，便脫去袍褂，從車廂裡拿出菜筐和稱竿兒來，親自買菜去，和菜販子爭多論少，常常為了一個錢的上下，兩面破口大罵，到這時曹振鏞卻要拿出大學士牌子來，把這菜販子送到步軍衙門辦去。那菜販子一聽說是大學士，嚇得屁滾尿流，忙爬在地下磕頭求饒，到底總要依了他。那曹學士占了一文錢的便宜，便洋洋得意的去了。他空下來，常常在前門外大街上各處酒館飯莊裡去打聽價錢！他打聽了價錢，並不是自已想吃，他卻去報告皇上。那皇上聽了便宜的菜，便吩咐內膳房做去。說也可憐，道光皇帝只因宮中的菜蔬很貴，卻竭力節省；照例每餐御膳，總要花到八百兩銀子。後來道光皇帝只吃素菜，不吃葷菜，每桌也要花到一百四十兩銀子；若要另添一樣愛吃的菜、不論葷素，總要花到六七兩銀子，皇帝便是吃一個雞蛋，也要花五兩銀子。

有一天，皇帝和曹振鏞閒談，便問起：「你在家可吃雞蛋麼？」曹學士奏稱：「雞蛋是補品，臣每天清早起來，總要吃四個汆水雞蛋。」皇帝聽了，嚇了一跳。說道：「雞蛋每個要五兩銀子，你每天吃四個雞蛋，豈不是每天要花二十兩銀子麼？」曹學士忙回奏道：「臣家裡原養著母雞，臣吃的雞蛋，都是臣家中母雞下的。」道光皇帝聽了笑道：「有這樣便宜事體？養了幾隻母雞，就可以吃不花錢的雞蛋。」當下便吩咐內務部去買母雞，在宮中養起雞來。但是內務部報銷，每一頭雞，也要花到二十四兩銀子。道光帝看了，也只得嘆一口氣。

第二天，曹學士又從前門飯館裡打聽得一樣便宜葷菜來。進宮見了皇上，便說：「前門外福興飯莊裡，有一樣『豆腐燒豬肝』的葷菜，味兒十分可口，價錢也十分便宜。」道光帝問：「豆腐豬肝，朕卻不曾吃過。不知要賣多少銀子一碗？」曹學士奏道：「飯莊裡買去，每碗只須大錢四十文。」皇帝聽了，直跳起來，說道：「天下哪有這樣便宜的菜？」便吩咐內監傳話到內膳房去：從明天起，旁的東西都不用，每上膳，只須一碗豆腐燒豬肝便了。內膳房正苦得沒有差使，無可占光；如今忽奉聖旨點道菜，便派委了幾個內膳上街，忙忙的預備起來。第二天午膳，便上了這道菜。道光帝吃著，果然又鮮又嫩。便是這一樣菜，連吃了十天。當內務府呈上帳目來，道光帝一看，卻大吃一驚。光是這豆腐燒豬肝一項，已花去銀子二千餘兩。下面又開著細帳，計：供奉豆腐燒豬肝一品，每天用豬一頭，計銀四十兩；黃豆一斗，銀十兩；添委內膳房行走專使殺豬二人，每員每天工食銀四兩；豆腐工人四名，每員每天工食銀一兩五錢；此外刀械鍋竈豆腐磨子和搭蓋廚房豬棚等，共需銀四百六十兩；又置辦雜品油鹽醬醋，共需銀兩一百四十五兩以上。備膳一月，計共需銀二千五百二十五兩。

道光帝看了這帳單，連連拍桌子。說道：「糟了！糟了！」立刻把內膳房的總館傳上來，大大訓斥了一場。又說：「前門外福興飯莊，賣四十文一碗；偏是朕吃的要花這許多銀子？以後快把這一項開支取銷。要吃豆腐燒豬肝，只須每天拿四十文錢到前門外去跑一趟便得了。」那總館回奏說：「祖宗的成法，宮中向不在外間買熟食吃的。」道光帝聽了，把袖子一摔，說道：「什麼成法不成法！省錢便是了。」那總館聽了，不敢做聲，只悄悄的跑到前門外去，逼著福興飯莊關門。又取了四鄰的保結。回宮來，奏明皇上。說：「福興飯莊已關了門，這豆腐燒豬肝一味，無處可買。」第三天，皇帝特意打發曹學士到前門外踏勘過後他才相信。從此取消了這一味豆腐燒豬肝。那內膳房又沒得沾光了，便在背後報怨皇帝，說：「再照這樣清苦下去，俺們可不用活命了。」

隔了一個月，宮裡又舉行了大慶典了。這時大學士長齡，打平了回疆，把逆首張格爾檻送京師。道光帝親御午門受俘。以後便在萬壽山玉瀾堂上開慶功筵宴，吩咐內膳房自辦酒菜。皇帝又怕內膳房太耗費銀錢，便傳旨：須特別節儉。當時請的客，除楊威將軍、大學士威勇公長齡以外，還有十五個老臣。這許多人，擠了兩桌；桌面上擺著看不清的幾樣菜。這班大臣卻不敢舉著，只怕一動筷便要吃光；吃光了是很不好看的。那道光帝坐在上面，也不吃菜，也不吃酒，只和大臣們談些前朝的武功，後來又談到做詩，便即席聯起句來。有幾個不會做詩的，卻請那文學大臣代做。做成一首八十韻的七言古詩，記當時君臣之樂；又吩咐戴均元把君臣同樂，畫成一幅畫。在席上談論足足兩個時辰，茶也不曾吃得，便散席了。

這時是嚴冬，道光帝見大臣們都穿著灰鼠出風的皮褂子。便問：「你們的皮褂，單做出風要花多少銀兩？」內中有許多人，都回答不出來。獨有曹學士回奏說：「臣的皮褂，單做出風，須花工料銀二十兩。」道光帝嘆道：「便宜！便宜！朕前幾天一件黑狐皮褂，只因裡面的襯緞太寬了，打算做一做出風；交尚衣監拿到內務府去核算，竟要朕一千兩銀子。朕因太貴。至今還擱在那裡不曾做得。」曹學士聽了，回奏道：「臣的皮褂是隻有出風，沒有統子的。」說著，便把那袍幅的裡子揭起來，大家看時，果然是一片光皮板，只有四周做著出風。道光帝看了，連聲說：「妙，又省錢，又好看。」穿皮褂，目的是取暖。做不做出風，是無關緊要的。從此以後，那班大臣穿的皮褂，卻把出風拉去。一時裡，官場裡都穿沒有出風的皮褂了。

穆相國外面雖裝出許多寒酸樣，他家裡卻娶著三妻四妾，又養著一班女戲子，常常請著客，吃酒聽戲。走過他門外的，只聽得裡面一片笙歌。因此有許多清正的大臣，都和他不對。只因道光帝十分信任他，說他是先帝顧命之臣。凡事聽他主張。那穆相國在皇帝面前花言巧語，哄得皇帝十分信任，只有曹學士不喜歡他。他倆人常常在皇帝面前爭辯。皇帝常常替他們解和，那穆相國一天驕傲似一天，無論京裡京外的官員，倘然未孝敬到他，他便能叫你丟了功名。因此穆相國家裡常有京外官員私送銀錢珍寶來。

那時有個福建進士林則徐，曾外放過一任杭嘉湖道，後來做江蘇按察使，升江西巡府；他為官清正，所到之處，百姓稱頌。皇帝也十分器重他。這時英國的商船，常常把鴉片煙運到中國來，在廣東一帶上岸。中國人吃了煙，形銷骨立，個個好似病息一樣。林則徐上了一本奏摺，說：「鴉片不禁，國日貧，民日弱；數十年後，不唯無可籌之餉，抑且無可用之兵。」道光帝看了這奏章，十分動容，便把他升任兩廣總督；進京陛見，又說了許多禁煙的話。道光帝給他佩帶欽差大臣關防，兼查辦廣東海口事務，節制廣東水師。林則徐忽然太紅了，早惱了一位奸臣穆彰阿。那林則徐進京來，又沒有好處送穆相國門下，那穆相國便忌恨在心。看看林則徐一到廣東，便雷厲風行，逼著英國商船繳出二萬零三百八十箱鴉片煙來，放一把火燒了。那英國人大怒，帶了兵船，到福建、浙江沿海一帶地方騷擾。穆相國趁此機會，在皇帝跟前說了林則徐許多壞話。說他「剛愎自用，害國不淺」。一面派人暗暗的去和英國人打通，叫他們帶兵船去廣東；一面又指使廣東的官吏，到京來告密。有個滿御使名叫琦善的，聽了穆相國的唆使，狠狠地參了林則徐一本。穆相國又在皇帝跟前打邊鼓，把皇帝也弄昏了。一道聖旨下去，把林則徐革了職，又派琦善做兩廣總督。琦善一到任，便和英國人講和，賠償七百萬兩銀子；開放廣州、廈門、福州、寧波、上海作外國的租界。英國人還不罷休，硬要拿林則徐問罪。穆璋阿出主意，代皇帝擬一道聖旨，把林則徐充軍到新疆去。

這時，惱了一個大學士，名叫王鼎的，他見林則徐是一個大忠臣，受了這不白之冤，便屢次在朝廷上找穆相國論說。那穆相國聽了王鼎的話，總是笑而不答。有一天，穆彰阿和王鼎兩人同時在御書房中召見，那王鼎一見穆相國，由不得又大怒起來，大聲喝問道：「林則徐是一個大忠臣，你為什麼一定要哄著皇上把他充軍到新疆去？像相國這樣一個大奸臣，為什麼還要在朝中做著大官？你真是宋朝的秦檜，明朝的嚴嵩，眼看天下蒼生都要被你誤盡了！」穆彰阿聽了，不覺變了臉色。道光帝看他兩人爭得下不了臺，便喚太監把王鼎挾出宮去。說道：「王學士醉了！」那王鼎爬在地上連連叩頭，還要諫諍。道光帝把袖一拂，走進宮去了。

王鼎回到家裡，越想越氣，連夜寫起一道奏章來，說穆彰阿如何欺君，林則徐如何委屈。洋洋灑灑，足足寫了五萬多字。一面把奏摺拜發了，一面悄悄回房去自己吊死。第二天，王鼎的兒子發覺了，又是傷心，又是驚慌。照例大臣自盡，要奏請皇上驗看以後，才能收殮。那穆彰阿耳目甚長，得了這個消息，立刻派了一個門客，趕到王家去，要看王學士的遺折。那王公子是老實人，便拿遺折出來給那門客看。摺子上都是參穆相國的話。要知後事如何，且聽下回分解。

棄舊憐新宮中殺眚　鶯啼獅吼床上戕妃

卻說穆彰阿的門客，見王鼎遺折上都是參奏穆相國的語，便把那遺折捺住，哄住王公子道：「尊大人此番逝世，俺東翁十分悲傷，打算入奏；在皇上跟前，替尊大人多多的求幾兩撫卹銀子。如今這遺折倘然一遞上去，一來壞了同仁的義氣，二來那筆撫卹銀兩便分文無著了。」看官須知道，道光皇帝崇尚節儉，做大官的都是很窮，做清官的越發窮。如今王公子聽說有恤銀，便把那遺折銷毀了，另外改做了一本摺子，說是害急病死的。穆相國居然去替王鼎請了五千兩的卹金，穆相國暗地裡又送了王公子一萬兩銀子；王鼎一條性命，便白白的送去。

這時到了皇太后萬壽的日子，早幾天便有禮部尚書奏請籌備大典。道光帝只怕多化銀錢，便下旨說：「天子以天下養，只須國泰民安，便足以盡頤養之道。皇太后節儉重教，若於萬壽大典，過事鋪張，反非所以順慈聖之意。萬壽之期，只須大小臣工入宮行禮，便足以表示孝敬之心。毋得過事奢靡，有違祖宗黜奢崇儉之遺訓。欽此。」這道聖旨下去，那班官員都明白皇上省錢的意思，便由穆相國領頭，和皇上說明，不需花內帑一文，所有萬壽節一切鋪張，都由臣民孝敬。皇帝聽了這個話，自然合意。便由皇上下諭，立一個皇太后萬壽大典籌備處，委穆彰阿做籌辦大臣。那穆相國背地裡反藉著這承辦萬壽的名兒，到各省大小衙門裡去勒索孝敬。小官員拼拼湊湊，從一百兩報效起，直到總督部臣，報效到三十萬五十萬為止；這一場萬壽，穆相國足足到手了一千萬兩銀子的好處。

萬壽節到了，大小臣工帶了眷屬，進慈寧宮拜皇太后萬壽去。皇太后自己拿出銀子來辦麵席，女眷在宮裡賞吃麵，官員們在保和殿賞吃麵。吃過麵，穆相國把家裡一班女戲子獻上去，在慈寧宮裡演戲，演的都是《瑤池宴》、《東海宴》等吉利的戲文。道光帝看那班女戲子個個都是嫵媚輕盈，清歌妙舞，那服飾又十分鮮明，笙簫又十分悅耳，不禁有些心癢了。他在幼年時候，原也玩過韻舞，到這時，皇帝自己也上臺去扮了一個老萊子，歌唱起來。只因是皇上扮著老萊子，臺上便無人敢扮老萊子的父母。皇帝唱了一陣，皇太后看了，十分歡喜，吩咐「賞」！便有許多宮女，捧著花果，丟向臺上去，齊聲說：「皇太后賞老萊子花果。」那皇帝在臺上，也便跪下來謝賞。皇帝下臺來，那班親王貝勒，也都高興起來。他們終年在家裡沒有事做，這唱戲的玩意，原是他們的拿手。便個個挑選自己得意的戲目登臺演唱去。有的扮演關雲長掛印封金的故事，有的演堯舜讓位的故事，一出演完，又是一出。臺上的做得出神，臺下的也看得出神。

在這個時候，道光帝卻跑到溫柔鄉里去了。原來皇上扮戲的時候，穆相國便派一個領班的姑娘，名叫蕊香的，服侍皇上穿戴裝扮的事體。講到這個蕊香的容貌，在戲團隊裡要算得一個頂尖兒的了。那蕊香一邊侍候著皇上，一邊卻放出十分迷人的手段來，在皇帝跟前，有意無意的賣弄風騷，把個一肚子道學氣的道光皇帝，引得心癢癢的，深深的跌入迷魂陣兒去了。直到皇上演過了戲，退進臺房去，那蕊香也跟了進來，服侍皇上脫去戲衣，換上袍褂，又服侍他洗過臉，梳過辮子，便倒了一杯香茶，去獻在皇上手裡，蕊香滿屋子走著，那皇帝的眼珠總跟著蕊香的腳跟，蕊香的一雙腳，長得又瘦又小，紅菱子似的一雙鞋。走一步也可人意。如今見他走近身來，皇帝再也忍耐不住了，便伸手拉著蕊香，兩人並肩坐下，咕咕噥噥地說起話來，外面戲越做得熱鬧，他倆人話越說越近。說到後來，皇帝實在丟不下這蕊香，蕊香也願進宮去服侍皇帝，皇帝便把穆相國喚進密室，把意思對他說了。穆彰阿滿口答應，皇帝快活極了，當時無可賞賜，便把自己頸上掛著的一串正朝珠除下來，賞給他。穆彰阿忙跪下謝恩。一轉身，袖著朝珠出去了。

當時皇帝便把這蕊香接進宮去，在蕊珠宮內召幸了。一連六晚皇上召幸，不曾換過第二人。那班妃嬪，不見皇上召幸，個個心中狐疑。後來一打聽，才知道皇上另有新寵，卻把她們忘了，也無可奈何，只得在背地裡怨恨著罷了。內中只有一個蘭嬪，她原長的比別的妃嬪俊些，又是皇帝寵愛的，她知道皇上愛上了別人，不覺一股酸氣，從腳後跟直衝上頂門。她便化了許多銀錢，買通了太監。那晚，皇帝吩咐抬轎的太監，抬到月華宮裡去。原來這時蕊香，已封了妃子，住在月華宮裡。那抬轎的太監，得了蘭嬪的好處，故意走錯路，把皇帝抬到鐘粹宮裡來。

這鐘粹宮，原是蘭嬪住著的，她見皇上臨幸，便忙出來迎接。皇帝見了蘭嬪，心中明知道走錯了，但是這蘭嬪也是他心愛的，便也將錯就錯地住下了。誰知這蘭嬪卻恃寵而驕，她見了皇帝，不但不肯低聲下氣，反噘著一張小嘴，嘮嘮叨叨的抱怨皇上不該丟了她六七天不召幸。道光帝起初並不惱恨，後來聽她嘮叨不休，心中便有幾分氣，那蘭嬪也不伺候皇上的茶水，只冷冷地在一旁站著。皇上到這時，覺得沒趣極了，只好低著頭去看帶進宮來的奏章。從酉時直看到亥時，蘭嬪也不服侍皇上睡覺。這時皇上正看著一本兩廣總督奏報廣西匪亂的重要奏摺，那蘭嬪在一旁守得不耐煩了，便上去把這本奏摺搶在手裡，皇上正要去奪時，只聽得嗤嗤幾聲響，那本奏摺，被她扯成幾十條紙條兒，丟在地下，把兩腳在上面亂踏。

到這時，皇上忍不住大怒起來。一言不發，一甩手走出宮去，跨上轎，回到西書房來，依舊把蕊香召幸。一面把一個姓王的值班侍衛傳來，給他一柄寶刀，喚一個內監領著，到鐘粹宮第八號屋子裡，把蘭嬪的頭割下來。那姓王的聽了，心中又害怕，又詫異，但是皇上的旨意，不能違背。只得捧著寶刀，赴到鐘粹宮來。那蘭嬪正因皇帝去了，在那裡悲悲切切的哭，後來聽太監傳話，皇上有旨意，取蘭嬪的腦袋。一句話，把蘭嬪嚇怔了，更加嚎啕大哭起來。一時鐘粹宮裡各嬪娥，都被她從睡夢中驚醒過來，趕到屋子裡來看她。那太監一連催逼著她快梳妝起來。旁邊的宮女，便幫著她梳頭洗臉，換上吉服，扶著她叩頭，謝過恩。那蘭嬪的眼淚，好似泉水一般的直湧著。諸事舒齊了，那王侍衛上來，擎著佩刀，喀嚓一聲，向蘭嬪的粉頸上斬下去，血淋淋的拿了一個人頭，出宮覆命去了。從此以後，那蕊香天天受著皇上召幸，誰也不敢在背地裡說一句怨恨的話，深怕因此得禍。

嬪妃被殺，卻觸惱了皇后娘娘。這位皇后，原長得十分俊俏，道光帝起初把她升做皇后的時候，夫妻之間，十分恩愛，但是皇后仗著自己美貌，她對待皇帝卻十分嚴峻。這皇帝因愛而寵，因寵而懼；他見了皇后，十分害怕，因害怕而疏淡。自從即皇帝位以後，和皇后終年不常見面，自己做的事體，常常瞞著皇后。那皇后因皇帝疏遠她，常常和那班妃嬪親近，心中不免有了醋意，只因自己做了皇后，不便因床第之事，和皇帝尋鬧。但皇帝在外面一舉一動，她在暗地裡卻打聽得明明白白。如今聽說因寵愛一個蕊香，便殺死一個宮嬪，便親自出宮來，見皇帝，切切實實的勸諫了一番，說：「陛下當以國事為重，不當迷於色慾，誤國家大事，尤不當在宮中輕啟殺戮，違天地之和氣。」幾句話，說得又正絕，又大方。

皇帝原是見了皇后害怕的，當下便是是的應著，再三勸著皇后回宮去。但是，皇帝心下實在捨不得蕊香，看皇后一轉背，他立刻又去把蕊香傳來陪伴著，到了夜裡，依舊把她召幸了。一連又是三夜，他兩人終不肯離開。後來還是蕊香勸著皇上，說：「陛下如此寵愛賤妾，皇后不免妒恨，陛下為保全賤妾起見，也須到皇后宮中去敷衍一番。」皇帝聽她的話，這天夜裡，便到皇后宮中去。誰知這一去，惹出禍水來了。

原來皇后打聽得皇帝依舊臨幸蕊香，心中萬分氣憤，便打主意要行些威權給皇帝看看，趁勢制服皇帝。這夜皇帝到皇后宮中去，皇后正悶著一腔子惡氣，兩人一言一語，不知怎麼，竟爭吵起來，皇后大怒。不一會，只見兩個宮女，從床後面揪出一個美貌女子來，望去好似妃嬪模樣。可憐她上下都穿著單衣，混身索索的發抖，那一段粉頸子上，鮮紅的血，一縷一縷的淌下來。她一邊哭著，一邊爬在地下，連連碰著頭。皇后不住的冷笑，說道：「好一個美人兒！好一個狐媚子！你哄著皇帝殺死蘭嬪，再下去，你便要殺死我了。」說著，又回過頭去對皇帝說道：「陛下不常到俺宮中來，沒有夫妻的情分，我也不希罕，只是陛下在外面，也得放尊重點。怎麼不論腥的臭的都拉來和她睡覺？不論狐狸妖精都給她封了妃子？這種妖精做了妃子，俺做皇后的也丟臉。陛下打量在外面做的事情，俺不知道嗎？陛下和這妖精睡覺，俺都記著遭數兒：在敬事房睡了四夜，可有麼？在遇喜所睡過三夜，可有嗎？在綠蔭深處睡過四夜，可有嗎？在御書房裡又睡過四次，有麼？陛下和這妖精睡覺，也便罷了，為什麼一定要殺死蘭嬪？又為什麼把別個妃嬪丟在腦後，一個也不召幸了呢？」皇后越說越氣，拍著床前的象牙桌兒，連連罵著「昏君！」

那皇帝坐在椅子上，低著頭，只是不作聲兒。忽然皇后傳侍衛官：「快把這賤貨拉出去殺了！」侍衛官便上去拉著那女子便走。可憐這蕊香，哭得和淚人兒一般，拉住侍衛官的袍角，只是嚷道：「大爺救我的命罷！」侍衛官揪住她的手臂，橫拖豎拽的拉出了寢宮門外，隨即把她殺了，提頭去覆命。要知後事如何，且聽下回分解。

敬事房馱妃進御　豫王府奸婢殺生

卻說皇后怒殺蕊香妃子的事，很快傳遍皇宮，個個都聽得目瞪口呆。如今做書的，趁這個當兒，把清宮裡「萬曆媽媽」的故事說一說。原來這萬曆媽媽，便是明朝的萬曆太后。據說在明朝萬曆年間，清太祖帶兵打撫寧，被明朝的兵士抓住，關在撫寧牢監裡。清兵營裡送了十萬兩銀子給明朝的太監，太監替他去求著萬曆太后；太后對萬曆皇帝說了，把太祖放回國去。從此清宮裡十分感激萬曆太后。直到清兵入關，便在紫禁城東北角上造著三間小屋，裡面供著萬曆太后的牌位，宮裡人都稱她萬曆媽媽。

從清世祖傳下來，每年三百六十日，每天拿兩隻豬去祭著萬曆媽媽。管萬曆媽媽廟的，是一個老婆婆。這個老婆婆每夜酉正二刻趕著空車兒出城去，到子正三刻，車箱裡裝著兩口活豬，老婆婆自己跨著轅兒，趕著車，到東華門口候著，不點燈的。這豬車進去了，接著便是奏事處官員，擎著一盞圓紗燈，跟在車子後面進來。接著又是各部院衙門遞奏官和各省的折弁；再後面，便跟著一班上朝的官員，到朝房去的。清官規矩，紫禁城裡不許張燈，只許奏事處用燈，講官用燈，南書房用燈。此外上朝陛見的各官員，都站在東華門外候著，見有一盞燈來，便搶著去跟在後面。

紫禁城裡行車的，只有這祭萬曆媽媽的豬車。那老婆婆把車趕進了東華門，沿著宮牆向東北走去，到了廟門口停住，見有人出來幫助她，把豬殺了，洗刮乾淨，整個放到大鍋裡煮熟了，祭著萬曆媽媽。祭過了，割成大塊兒，送到各門去給侍衛官吃。那豬肉是白水煮的，不加鹽味；另有大缽兒盛著白汁肉湯。侍衛吃時，不許加鹽味，也不許用湯匙筷子，只許用解手刀把肉割成片兒，拿到小碗裡去吃。起初大家因為淡吃著沒有味兒，後來侍衛中有一個聰明的，想出法子來，拿原高麗紙切成小方塊，浸在好醬油裡煮透，又拿到太陽裡去曬乾。每到值班，各把這紙塊拿一疊藏在身邊，到吃肉的時候，把紙拿出來，泡在肉湯裡，蘸著豬肉吃著，它的味兒鮮美無比。一面吃著，一面把宮中的事體說出來，說到悽慘的地方，大家不覺打起寒噤來。

話說皇帝自從那夜和皇后吵鬧過，後來到底還是皇帝自己認了錯，皇后才罷休。從此以後，皇帝怕皇后吃酸，便常常到皇后宮中去住宿，便是有時召幸別的妃嬪；也須有皇后的小印，那妃嬪才肯應召。宮裡的規矩，皇帝召幸妃嬪，原要皇后下手諭的。自從乾隆帝廢了皇后以後，這個規矩已多年不行了，如今這位道光皇后重新拿出祖制來，道光皇帝便不敢不依。

你道祖制是怎麼樣的？原來是除皇后以外，皇帝倘要召幸妃子，只許在皇帝寢宮裡臨幸，不許皇帝私下到妃子宮裡去的。那管皇帝和后妃房裡的事體的，名叫敬事房。那敬事房有總管太監一人，馱妃子太監四人，請印太監兩人。總管太監是主管進膳牌，叫起，寫冊子等事體的，馱妃子太監，是專馱妃子的，請印太監，是到皇后宮中去領小印的。那膳牌把宮中所有的妃嬪，都寫在小牙牌上，每一妃嬪有一塊牌子，牌子頭上，漆著綠色油漆，又稱作「綠頭牌」。

總管太監每天把綠頭牌平鋪在一隻大銀盤裡，如遇妃嬪有月事的，便把牌子側豎起來。覷著皇帝用晚膳的時候，總管太監便頭頂著銀盤上去，跪在皇帝面前。皇帝倘然要到皇后宮中去住宿，只說一句「留下」！總管太監便把這銀盤擱置桌上，倒身退出屋子去。皇帝倘然不召幸妃嬪，也不到皇后宮中去，便說一聲「拿去」！那總管太監便捧著盤子退出去。皇帝倘然要召幸某妃，便只須伸手把這妃子的牌子翻過來，牌背向上擺著，那總管太監一面棒著盤子退出去，一面把那牌子拿下來，交給管印太監，到皇后宮中去請印。皇后的管印太監，一面奏明皇后，一面在一張紙條兒上打上一顆小印，交給那太監，那太監拿著出來，交給馱妃太監，那馱妃太監，見了膳牌和小印，便拿著一件黃緞子的大氅，走到那妃子宮裡，把小印紙條兒交給宮書，宮女拿進去給妃子看了，服侍妃子梳洗一番，宮女扶著。太監進去，把大氅向妃子身上一裹，背著直送到皇帝榻前，解去大氅，妃子站著。這時皇帝也由太監服侍著脫去上下衣睡在床上，蓋一床短被，露出臉和腳，太監退出房外，妃子便上去，從皇帝的腳下爬進被裡去，和皇帝並頭睡下。

這時敬事房的總管太監，帶著一班太監，一齊站在房門外。看看過了兩個時辰，便在房門外跪倒。拉長了調子，高聲喊道：「是時候了！」聽屋子裡沒有聲息，接著又唱，唱到第三聲只聽得皇帝在床上喚一聲：「來！」那馱妃子太監便走進屋子去。這時妃子已鑽出被來，站在床前，太監上去，依舊拿大氅裹住，馱著送回原處。接著那總管太監進屋子來，跪在床前，問道：「留不留？」皇帝倘然說「留」，那總管太監便回敬事房去，在冊子上寫著：某年某月某日某時皇帝幸某妃，留一行字。倘然皇帝說「不留」，那總管太監便到妃子宮中去，在妃子小肚子下面穴道上，用指兒輕輕一按，那水一齊流出來。清宮定這個規矩，原是仿明朝的制度，如今道光皇后要行使自己的威權，又防皇帝荒淫無度，又請出祖制來。道光帝也無可奈何，只得忍受著。

宮中的風流案件才了，接著豫王府裡又鬧出一樁風流案件來。那豫親王裕德興，原是近支宗室。清宮制度，做王爺的不許有職業。因此這裕德興吃飽了飯沒有事做，終日三街六巷的閒闖。他又天生一副好色的膽子，仗著自己有錢有勢，看見些平頭整臉些的娘兒們，他總要千方百計的弄到手。京城裡有許多私窩兒，都是豫王爺養著，大家取他綽號，稱他「花花太歲」。還有許多良家婦女，吃他照上眼，他便不管你是什麼人家，闖進門去，強硬奸宿；有許多女人，被他生生的糟蹋了，背地裡含垢忍辱，有懸梁的，有投井的。那人家怕壞了名聲，又怕豫王爺的勢力大，只得耐著氣，不敢聲張出來。後來這豫王爺為了自己家裡的一個小丫頭，幾乎送去了性命，這真是天網恢恢，疏而不漏。

這個丫頭名叫寅格。原是豫王福晉孃家陪嫁來的。只因她長得白淨嬌豔，性情又十分和順，王府裡上上下下的人都和她好。豫王的大兒子名叫振德，和寅格是同年伴歲。他兩人特別說得投機，常常在沒人的時候，說著許多知心話。這位福晉，又愛調理女孩兒，把個寅格調理得好似一盆水仙花兒，又清潔又高傲。大公子看在眼裡，越覺得可愛。便是寅格心眼兒裡，也只有大公子。誰知這丫頭越打扮得出色那豫王在暗地裡看了越是動心，豫王福晉知道自己丈夫是個色中餓鬼，便時時看管著他。這豫王看看無可下手，便也只得耐著守候機會，看看寅格十八歲了，越發出落得雪映花貌，嫵媚動人。寅格也知道王爺不懷好意，每到沒人在跟前的時候，王爺總拿風言風語調戲她，有時甚至動手動腳，寅格便鐵板著臉兒，一甩手逃出房去。這種事體，也不止一次了。

這一天合該有事：正是正月初六，原輪到近支宗室進宮去拜年，豫親王帶領福晉、格格、公子一家人，照例進宮去。皇上便在宮中賜宴。那皇后和豫王福晉說得上，便留著她在宮中多說幾句話兒，豫王爺在外面，看看福晉還不出來，他忽然想起家中的寅格。心想這是千載難逢的好機會，便匆匆退出宮來，回到府裡，走進內院，把那班姨太太、丫頭、僕婦都支開了，悄悄的掩進福晉房裡去。他知道寅格總在房裡守著，誰知一踏進房門時，靜悄悄的一個人也沒有，再細看時，見床上羅帳低垂，帳門裡露出兩只粉底兒高心鞋子來，繡著滿綳花兒。豫王平日留心著，認得是寅格的腳，他心中一喜，非同小可。

原來寅格在房中守候著，靜悄悄的不覺疲倦起來，心想回房睡去，又因福晉房中無人，很不放心，況且福晉臨走的時候，吩咐她看守著房戶，她仗著主母寵愛她，便一倒身在主母床上睡熟了。豫王一面把房門輕輕關上，躡著腳，走近床前去，揭去帳門一看，不由他低低的說一聲：妙！只見她一點珠唇上，擦著鮮紅的胭脂，畫著兩彎蛾眉，閉上眼，深深的睡去，那面龐兒越俊了！豫王忍不住伸手去替她解著鈕釦兒，接著又把帶兒鬆了。寅格猛從夢中驚醒過來，已是來不及了，她百般地哀求啼哭著，終是無用，這身體已吃王爺糟蹋了。豫王見得了便宜，便丟下了寅格，洋洋得意的走出房去。這時寅格又氣憤又悲傷，下體也受了傷，止不住一陣一陣的疼痛，她哭到氣憤極處，便站起來，關上房門，解下帶子，便在她主母的床頭吊死了。可憐她臨死的時候，還喚了一聲「大公子！俺今生今世不能侍奉你了！」王府裡屋子又大，這福晉房裡，又不是尋常奴僕可以進去得的，因此寅格吊死在裡面，竟沒有一個人知道。

傍晚，豫王福晉帶了公子格格從宮裡出來，那大公子心裡原記掛著寅格，搶在前面，走到內院去，推推房門，裡面是反閂著，打了半天，也不聽的房中有動靜。大公子疑惑起來，急急跑來告訴他母親。他母親還在他父親書房裡，告訴見皇后的事體。聽了大公子的話：十分詫異，忙趕進上房去。那豫王還裝著沒事，也跟著進來。許多丫頭女僕把房門撬開了，進去一看，大家不禁齊喊了一聲：「啊唷！」原來是福晉的床頭，直挺挺的掛了一個死人。大家看時，不是別人，正是那寅格。這時獨苦壞了那大公子，他當著眾人，又不好哭得，只是暗暗的淌著眼淚，那福晉見她最寵愛的丫頭死了，也不由得掉下眼淚來。一面吩咐快把屍身解下來，抬到下屋子去停著。

管事媽媽上來，對福晉說道：「府中出了命案，照例須去通報宗人府，到府來踏勘過，才能收斂。」又說：「屋子裡的床帳器具動也不能動的，須經宮裡驗看過。」豫王聽了這些話，心中已是虛了。接著說道：「死了一個黃毛丫頭，報什麼宗人府！」這時豫王福晉，因這丫頭是她心愛的，又看她死的苦，知道她一定有冤屈的事體在裡面，她也萬想不到這樁案件便出在她丈夫身上。她要替丫頭伸冤的心很急，一時也不曾細細打算，便去報了宗人府。這豫王因為是自己鬧出來的事體，不好十分攔阻，反叫人看出形跡來；又仗著自己是近支宗室，那宗人府也不在他心眼兒上。

這時管宗人府的，是一位鐵面無私的隆格親王，論輩份，原是豫王的叔輩。當下他接了豫王家中人的報告，便親自到豫王府裡來驗看，他見那福晉床上羅帳低垂，被褥凌亂，心下已有幾分猜到，後來相驗到寅格的屍身，見她下身破碎，褲兒裡塗滿了血汙，這顯然是強姦受傷，羞憤自盡的。但這堂堂王府裡，有誰這樣大膽，在福晉床上強姦福晉貼身的侍女？隆格親王起初疑心是豫王大公子鬧的案子，後來背著人把大公子喚來盤問一番，只見他是一個羞怯怯的公子哥兒，不像是做淫惡事體的人。正沒有主意的時候，忽然那相驗屍身的仵作，悄悄的送上一粒金扣兒來，扣兒上刻著豫親王的名字中的一個裕字，那大公子見了，便嚷道：「這扣兒是俺父親褂子上的。」

隆格親王看時，扣兒下面果然連著一截緞子的辮兒，還看得出拉斷的線腳兒來，當時便把管衣的丫頭喚來。那丫頭名叫喜子，原是一個蠢貨。她一見這粒金扣兒，便嚷道，「啊唷！原來丟在這裡，怪不得我說怎麼王爺褂子上的金扣兒少了一粒了。」隆格親王喚她把王爺褂子拿來一看，見當胸第三檔紐辮兒拉去了一粒，看得出是硬拉下來的，因為那褂子對襟上，還拉破一條小小的裂縫。便問：「這件褂子，王爺幾時穿過的？」喜子說：「是昨天拿出來的，王爺穿著進宮去的。」又問：「王爺什麼時候回府的？」回說：「午後回府的。」問：「可看見王爺走進誰的房裡？」回說：「見王爺去進大福晉房裡去。」問：「這時大福晉可曾回府？」答：「大福晉和公子格格們直到靠晚才回府。」問：「王爺什麼時候出房來的？」答：「王爺進房去，大約隔了一個時辰才出房來。」問：「王爺在房裡的時候，可聽得房裡有叫喊的聲音嗎？」答：「王爺一進院子，便吩咐婢子們人出去，不奉呼喚，不許進上房來。因此，那時婢子們離上房很遠，有沒有叫喊的聲音，不但婢子不曾聽得，便是闔府裡的姐姐媽媽們都不曾聽得。」問：「王爺進房去的時候，寅格在什麼地方？」答：「不知道。大概在大福晉房裡，因為寅格姐姐終年在大福晉房裡侍候著。」問：「王爺走出上房來，身上還穿著褂子嗎？」答：「穿著。」問：「怎麼知道還穿著褂子？」答：「王爺從上房裡出來，回到書房裡，叫外面爺們傳話進來，叫拿衣服去換。婢子立刻去捧了一包衣服，交給那爺們，停了一會，那爺們又捧著一包衣服進來，交給婢子。婢子開啟來看時，見裡面包著一套出門去穿的袍褂，再看時，那衣襟上缺少了一粒金扣兒，又拉破了一條縫，婢子肚子裡正疑惑，問又不敢去問，若不去問，又怕過幾天王爺穿時，查問起來，婢子又當不起這個罪。如今這一粒金扣兒，卻不料落在老王爺手裡，謝謝老王爺，婢子給老王爺磕響頭，求老王爺賞還了婢子罷。免得俺們王爺查問時，婢子受罪。」說著，她真的磕下頭去。

隆格親王用好語安慰著喜子，說：「這粒金釦子，暫借給俺一用，你家王爺查問時，有我呢。」隨後又把那天服侍王爺換衣服的小廝傳來。問：「那天王爺脫下褂子來的時候，你可曾留心那件褂子上的金扣有缺少沒有？」那小廝回說：「小的也曾留心看過，衣襟上缺少一粒釦子。那衣褂還拉破一條縫，好似最近硬拉下來的。當時小的也不敢說，便把衣服送進上房去了。」接著，隆格又把那件作傳上來問：「這一粒金釦子從什麼地方拾得的？」那件作回說：「是在死人手掌中拿出來的，那死人手掌捏得很緊，不像是死過以後再塞在手掌裡的。」

隆格親王聽了這一番口供，心中已十分明白。便拿了這件褂子，親自到書房裡去見豫王，一見面便問：「這釦子可是王爺自己的？」豫親王當時雖丟了釦子，自己卻還不知道。當隆格問時，隨口答道：「這副釦子，還是那年皇太后萬壽，俺進宮去拜壽，太后親自賞的，所以釦子刻著俺的名字。同時，惇親王瑞親王也照樣得了一副。俺因為是太后賞的，特別尊重些，把它配在這件褂子上。王爺如今忽然問起這釦子來，是什麼意思？」隆格親王說道：「如今王爺丟了一粒釦子，你自己知道嗎？」豫王爺聽了，瞪著眼睛在那裡想。接著隆格又說道：「如今俺卻替你找到了。」豫王爺聽了這句話，不禁臉上脹得通紅，他強姦寅格的時候，被寅格拉去一粒釦子，當時糊塗，一時記不清楚，如今吃隆格親王一語道破，便頓時言語支吾、手腳侷促起來。隆格親王一眼看出他是犯了罪了，便喝一聲：「抓！」當時上來十多個番役，扶著豫親王出府去。要知後事如何，且聽下回分解。

皇兒仁慈不殺禽獸　天子義俠挽救窮酸

卻說道光帝被皇后殺死他最寵愛的蕊香妃子以後，心中正不舒服，忽然宗人府奏稱豫親王淫逼侍女寅格致死，便不覺大怒起來，立刻提筆，在摺子上批著賜死兩字。虧著豫王福晉和道光皇后十分要好，暗地裡放了一個風聲，那福晉帶了公子，趕進宮來，跪在皇帝皇后跟前，替她丈夫求饒。皇后也替豫王福晉說了許多好話，接著又是惇親王瑞親王看在弟兄面上，約著一齊進宮來，替豫王求饒。那豫王福晉又到隆格親王府裡去哀求，總算把皇帝的氣寬了下來，交宗人府大臣會同刑部大臣擬罪。後來，定下罪來：裕德興著即革去王爵，發交宗人府圈禁三年，期滿回家，不許出外惹禍。

豫王福晉為了丈夫這樁案件，東奔西走，花去了三十萬兩銀子，才得保全豫王一條性命。但是，這三年工夫，福晉冷清清的住在府裡，十分淒涼。道光皇后知道她的苦處，便常常把她喚進宮去閒談，有時叫把大公子也帶進宮去，皇后看看那大公子長得面貌清秀，性情和順，便替他求著皇帝，把豫王的爵位，賞給了大公子，大家叫他小豫親王。

看看那小豫親王，也到了年紀了，皇后便指婚把福郡王的格格配給小豫親王振德。到大婚的這一天，也是皇后替他在皇帝跟前求情，把裕德興從宗人府裡救了出來，放回家去。從此豫親王一家人，都感激皇后的恩德。那豫王福晉，一心想爬高，見道光帝的大公主面貌也長得不錯，性情也十分豪爽，福晉每一次進宮去，這大公主便拉著她問長問短，十分親熱。清宮裡的規矩，公主一生下地來，便和她父母分離，交給保母，不是萬壽生節，一家人不得見面。一個公主生下地來，直到下嫁，只和她父母見上十幾面兒，終身在保母身邊過活。因此，常常受保母的欺侮，保母的權威很大，那公主和親生父母十分生疏，便見了父母的面，也不敢把自己的苦楚說出來。只有這大公主，因道光皇后寵愛她，從小養在宮裡，身邊有二十個侍女和八個保母服侍她。這公主雖說是女孩兒，卻有男孩兒的心性終日大說大笑，愛騎馬射箭。豫王福晉一心想替她說媒，說給她自己的弟弟名叫符珍的。

說到那符珍，雖是二十歲的男子，卻是女孩兒的心性，白嫩臉面，俊俏身材。雖讀得一肚子的詩書，卻是十分軟弱，生平怕見生人，說一句話就要臉紅，豫王福晉便替他向皇后求親去，皇后問女兒：「可願意嗎？」大公主聽說男孩兒十分柔順，心中早願意了。皇帝和皇后說知，便把大公主指婚給符珍，另造了一座駙馬府。到了吉期，大公主辭別了父母，到府行過大禮，接著公婆來朝見過媳婦，便把這位公主冷清清關在內院裡，不得和駙馬見面兒。大公主心中十分詫異。有時豫王福晉來看望她，大公主背地裡問她：「怎麼不見駙馬？」豫王福晉勸她，說道：「這是本朝的規矩，你耐著些兒罷。」公主聽了，越發弄得莫名其妙。

符珍自從娶了公主，但這公主是面長面圓，也不曾見過，終日被關在外院書房裡，要進去也不能，心中十分懊悔。看看過了五個月，他夫妻兩人還不得見一面兒，大公主是一個直爽人，她忍不得了，便吩咐侍女，把駙馬去宣召進來。誰知被保母上來攔住了，說這是使不得的。吃外人傳出去，說公主不愛廉恥。大公主也沒法，只得耐住了。再隔三個月，公主又要去宣召駙馬，又被保母攔住了，說道：「公主倘一定要宣召駙馬進來，須得要花幾個遮羞錢。」大公主便拿出一百銀子。保母說不夠，又添了一百兩，也說不夠。添到五百兩銀子，保母終是說不夠。說道：「宮裡打發俺到府中來照應公主，倘要宣召駙馬，須是俺替公主擔干係的。」公主一氣，便也罷了。

到了正月初一，大公主進宮去拜歲，見了她父皇，便問道：「父皇究竟將臣女嫁與何人？」道光帝聽了，十分詫異，說道：「那符珍不是你丈夫嗎？」大公主問道：「什麼符珍？符珍是怎麼樣的人？臣女嫁了一年，卻不曾見過他一面。」道光帝問道：「你兩人為什麼不見面？」大公主說道：「保母不許臣女和他見面，臣女如何得見？」道光帝說道：「你夫妻們的事體，保母如何管得？」大公主又問道：「父皇不是派保母到府中來管臣女的嗎？」道光帝道：「全沒有這件事。」大公主聽在肚子裡，回府去，先把保母喚到跟前來，訓斥了一頓，趕出府去；又把駙馬召進內院去，夫妻兩人一屋子住著。從此後，一連生了八個兒女。自從清朝立國以來，公主生兒生女的，只有這位大公主。從來清朝的公主，都是不得和駙馬見面，大多害相思病而死，這都是那些保母故意作弄的。因為清宮的規矩，公主死了，便把駙馬趕出府去，除房屋繳還內務府外，那公主的器用衣飾，全為這班保母吞沒。這班保母因貪得公主的衣飾，便想出法子來逼死公主。有人說那保母的虐待公主，好似鴇母虐待妓女。

如今再說道光帝被皇后束縛在宮裡，時時有皇后的心腹在暗地裡監督著，心中十分懊悶。他沒有什麼事消遣，自幼兒原練得好弓馬，他每天便帶著一班皇子，在御花園中練習騎射。清宮的規矩，皇子落下地來，便有保母抱出宮去，交給奶媽子；一個皇子照例須八個保母，八個奶媽，八個針線上人，八個漿洗上人，四個燈火上人，四個鍋竈上人。到三歲斷奶以後，便除去奶媽，添八個太監，名叫諳達，教他飲食，教他說話，教他走路，教他行禮。到六歲時候，穿著小袍褂小靴帽，領著他跟大臣們站班當差，每天五更起來，一樣穿著朝衣進乾清門。過高門檻，便有太監抱著他進門，回頭向兩面一看，踱著方步。到御座前，跟著親王們上朝。朝罷，送到上書房去上學。到十二歲，有滿文諳達，教他讀滿文，十四歲教他學騎射。宮中喚皇子為阿哥，皇子住的地方，稱做阿哥房，又稱青宮。直到父皇駕崩，才得帶著生母妻子出宮去住著。做皇子的，一生和父皇除上朝的時候，只見得十幾面；見面的時候，又不得說話。因此，做皇子的和皇帝感情十分冷淡。

道光皇帝改了這些老規矩，常常把皇子召進宮去，帶在身邊，一塊兒遊玩。後來皇帝因御花園太小，便索興帶了御林軍，到木蘭打圍去。道光帝最愛的是四皇子奕詝，六皇子奕訢，此番出巡，便把這兩個皇子帶在身邊。那穆彰阿見皇帝寵愛奕訢勝過奕詝，便暗暗的和奕訢結交，常常送些禮物。又對奕訢說：「皇上是一位聰明英武的聖王，大阿哥須在父皇跟前特別獻些本領，使父皇看了歡喜，那皇帝的位置便穩穩是你的了。」奕訢聽了穆彰阿的話，使整日習練武藝，每到騎射的時候，總是他得的賞賜獨多。

道光帝心中漸漸偏愛奕訢，奕詝在一旁冷眼看著，知道父皇獨寵那六皇子。那六皇子得了父皇的寵愛，對著他又做出許多驕傲的樣子來，心中實在有些難受，便和他師傅杜受田來商量。那杜受田是翰林出身，胸中很有計謀。當下便指教他如此這般的法子，奕詝記在肚子裡。隔了幾天，各人帶了兵馬，預備明天打圍去。第二天，皇帝出門，身邊有七個皇子跟著，到了西山，大家動起手來，獨有那四皇子奕許勒住了馬跟定了父皇不動，便是他手下的兵士們，也各按兵不動。道光帝看了，也十分詫異。便問：「我兒為什麼不打獵去?」那奕訢在馬上，躬身回答道：「臣子心想，如今時當春令，鳥獸正好孕育，臣子不忍多傷生命，以違天和。且也不忍以弓馬之長，與諸弟競爭呢。」奕訢冠冕堂皇的說了這幾句話，倒不覺把個道光帝聽怔了。半晌，嘆道：「吾兒真有人君之度!」說著，便傳令收場。那班王爺正殺得起勁，忽然聽說傳旨收場，大家都覺得奇怪，但是皇命不敢不遵，一場掃興，個個掩旗息鼓回來。這一晚，皇帝回到寢殿裡，想起日間四皇子的一番說話，覺得仁慈寬大，便打定主意傳位給奕訢，把他的名字暗暗的寫下了。

道光帝雖罷了這圍獵的事體，但他因住在行宮裡十分自由，一時裡不想回京。他這時只把一個靜妃博爾濟錦氏帶在身旁。那靜妃生著嬌小身材，俊俏面龐，又是一副伶牙俐齒，終日有說有笑，她陪伴著皇帝，卻也不覺得寂寞。這一天，皇帝要一個人出去打獵，靜妃說也要去，那五皇子奕誴說也要去。那奕誴，是靜妃親生的兒子，自幼長得十分頑皮，只因他弓馬嫻熟，每逢皇上出去圍獵，總是帶著他去的。今天他父子夫妻四人，帶了一大隊神機兵去打圍獵，卻十分快樂。那靜妃穿著一身獵裝，愈顯得婀娜之中，帶著剛健。皇帝帶著他母子二人在林中亂闖，東奔西跑。皇帝的馬快，早和那班兵士離得遠了，看看身後只留下幾個貼身太監和御前侍衛。

忽然，一頭小獐兒，在皇帝馬前跑過，皇帝抽箭射去，那獐兒帶著箭逃出林子去了。皇帝吩咐眾人站住，他自己匹馬趕出林子去。四面一看，不見那獐兒，卻遠遠的看見一株大樹下一個男子在那裡上吊，看他拿帶子在樹枝兒套著一個圈子，把頸子湊上去吊住，兩腳騰空，臨風擺動著。道光帝起了一片憐借之心，便在箭壺裡抽出一枝箭來，颼的一聲射去，不偏不倚地把帶子射斷了。男子落下地來，十分詫異，急向四面看時，道光帝隱身在樹林裡，他見沒人，便拾起來又要上吊。道光帝拍馬趕去，把他帶子奪下來。這時道光帝穿的是獵裝，那男子說道：「俺活著挨凍受餓，不尋死卻怎麼？」說著大哭起來。

道光帝喝住他，制止他不要哭，繼續問他：「你怎麼到這地方來的？」那男子抹淚說道：「俺原是四川人，得了一個小小的功名，進京來考銓選，考了第二名。心想不久便有差使了，便把家眷接到京裡來住著守著。誰知一守三年，那考第三名直至第十名的，都得了差使出去了，獨我永得不到差使。住在京裡，吃盡當光，老婆替人家縫衣裳，女兒替人家繡花，賺得幾個工錢過日子。看看實在撐不下去了，便想到部裡去問一個信，卻被那班差役們攔住了，不得進去。是我氣憤極了，打聽得皇上在熱河出巡，便瞞著家裡人，悄悄地來這地方尋死。我也不想別的，只望萬歲爺知道了，可憐我這客地孤魂，便大發慈悲，打發幾個盤纏，使我妻女搬著我的棺材回四川去。這個恩德，便是我做了鬼也不忘記的。」說著，又撐不住大哭起來。

道光帝生長在帝王家，卻想不到世間有如此苦惱的人，便怔怔的看著他哭。那人哭過了，又從身邊掏出一本奏摺來，交給道光帝。道光帝也不看，便從身邊掏出一個白玉鼻煙壺來，交給這男子，叮囑他道：「你拿這個到吏部大堂去，不怕沒有差使給你。你快離了這地方，這裡是皇家禁地，吃御林軍捉住了要砍腦袋的呢。」道光帝說著，拍馬轉身去了。

那男子拿了一個鼻煙壺，心中將信將疑。又看看這煙壺，玉色光潤，知道是珍貴東西，心想便得不到差使，把這煙壺賣去，也能度得幾天。他想到這裡，把死的念頭也打消了，便趕進京去，穿著一身破舊的袍子，大著膽子，踱進吏部大堂去。那班差役認為他瘋了，便上去攔他。他便大嚷起來，頓時驚動了裡面的堂官，便打發人出來問，他卻不肯說，一定要見了堂官才肯說，那堂官聽了也詫異起來，便親自出來問時，他才把那白玉煙壺拿出來。堂官見了，也莫名其妙，拿給尚書看，尚書是滿人，名叫毓明，一看，認得是皇上隨身用的東西，忙去供在大堂上，大家對它朝拜著。又出來，把這男子迎進去。問他：「這鼻煙壺從什麼地方得來的？」那男子便將遇見道光帝救命的情形，一一說了出來。毓明告訴他：「你遇見的便是當今皇上。」那男子聽了，嚇得忙跪了下去對著煙壺磕頭，磕個不住。毓明叫人把他扶起來，問他：「要什麼？」那男子伸手拍拍自己額頭說道：「俺想湖北黃陂縣的缺分，想了十多年了。」他的話不曾說完，那毓明便吩咐寫札子。那堂官立刻把委他做黃陂縣的札子寫好，交給他自己，那人得了札子，雙手捧著，連連打躬作揖，走出衙門去。

道光帝回京，毓明便把這白玉鼻煙壺奉還。皇上便問：「那窮漢得了什麼差使去了？」毓明回奏說：「委他個黃陂縣。」道光帝笑著說道：「這個人也太薄福了，這一點點小官，也值得拿性命去拼。」後來那人到了任，因為他是皇上特別提拔的，上司便令眼相看。他上任後，狠狠地颳了幾年地皮，上司也不敢去參革他。六年工夫，他整整颳了五十多萬兩。

如今再說道光皇后，原是侍衛顧齡的女兒，姓鈕鈷祿氏。顧齡曾出任外官，到蘇州去做過將軍，這鈕鈷祿氏也隨任到蘇州，蘇州的女孩兒，都是聰明伶俐的，那顧齡平時也和地方上紳士來往，那紳士也常帶著妻女到將軍衙門裡來玩耍。鈕鈷祿氏和那班紳士女兒要好，女伴們學著許多閨房的玩兒，什麼繡花呢，唱曲呢，打牙牌呢，排七巧板兒呢，樣樣都會，樣樣兒都精。後來選到宮裡，道光帝因她才貌雙全，封她做了妃子，過了幾年，又封為皇貴妃，後來皇后佟佳氏死了，這鈕鈷祿氏便冊立補升了皇后。這位皇后仗著自己伶俐聰明，便事事要爭勝，她又因自己統率六宮，便擺出皇后身分來監察皇帝，不許皇帝隨意招幸。因此皇后和皇帝感情，一天壞似一天。此番皇帝帶了博爾濟錦氏到熱河住了多時，皇后心中越發不自然了，待到回宮來，見了靜妃的面，不免有些冷言冷語。

那博爾濟錦氏也是一個厲害角色，何況正在得寵的時候，如何肯讓？但是一個是妃子，一個是皇后，在地位勢力上是不能對敵的，她便用暗箭傷人的法子，先到皇太后跟前去，獻些小殷勤。這時皇太后因皇帝崇尚節儉，住在慈寧宮裡十分清苦，靜妃覷著太后不周不備的地方，送些禮物，皇太后心中也很感激她。又算她是得寵的妃子，便也假以辭色。那靜妃看看皇太后和她走一條路，便慢慢地在言語裡說了許多皇后的壞話。那皇太后見皇后事事賣弄聰明，心性高傲，本來也不歡喜她，從前的皇后佟佳氏，原是皇太后的內親，如今見鈕鈷祿氏是由貴妃升做皇后的，也有幾分瞧不起，再加靜妃常常在皇太后跟前言三語四，她婆媳二人的感情，便愈鬧愈惡。那皇后也有幾分覺得，又打聽得是靜妃在中間鼓弄，從此皇后見了靜妃，便不給她好臉色看。靜妃在表面上，總是十分敬重皇后，每到皇帝召幸她的時候，便一邊哭著，一邊訴說著皇后如何虐待她，如何嫉妒她。女人的眼淚，原是很有力量的，況且是寵妃的眼淚，力量越發大了。再加皇后事事要制服著皇帝，皇帝心中原也有些恨著皇后，如今聽了靜妃的話，越發把皇后冷淡起來了。太后、皇帝、靜妃走了一條路，正在那裡用全副精神擺布皇后的時候偏偏那五皇子不爭氣，鬧出亂子來，幾乎叫靜妃失了寵。

五皇子奕誴，是靜妃的親生兒子，和四皇子奕詝，同年同月同日，只是時辰上差了一點。據清宮裡的人傳出來說：「原是五皇子先落地，四星子遲出一個時辰，後來被全妃化了銀錢，故意遲報。因此四皇子做了哥哥，五皇子反做了弟弟。」這奕誴生下地來，自小兒性情粗暴，膽大妄為，最不愛讀書，住在阿哥所裡，只因他氣力大，那班兄弟人人吃他的虧，因此人人懷恨在心，卻又怕他動蠻，便也無可奈何他。但是這個五皇子，仗著他母親正在得寵的當兒，小小年紀已經封了淳郡王。這位郡王爺，名位雖高，但他卻依舊不愛讀書。要知後事如何，且聽下回分解。

姑謀婦皇后中毒　妾救夫烈婦偸屍

卻說淳郡王這時跟著兄弟們在上書房讀書。師傅是大學士徐鴻逵，卻是一位極嚴正的老先生，皇子們都見了他害怕，獨有這奕誴不怕他。非但不怕，有時還拿先生開開玩笑。他拿一個桔子，放在先生坐的椅子上，先生一不小心，坐下去，便在屁股上沾著一大灘水，這把戲是他在夏天常玩的。又捉著一隻青蛙，去悶在先生的墨盒子裡，待先生去揭開蓋來，青蛙帶著墨汁，滿桌子跳著，書本兒弄得一塌糊塗，這也是他常玩的把戲。徐鴻逵雖心中憤恨，卻也無可奈何。

有一天，上書房裡的阿哥們，忽然吵嚷起來，說五皇子不見了。師傅便打發許多太監，滿院子找尋，直找了兩三個時辰，卻找尋不到。後來奕誴忽然在正大光明殿的柱子上溜下來。這正大光明殿上，設著寶座，宮裡規矩，無論什麼人走過殿前，必須繞著路；非有大事行禮，不能在殿上行走。如今這五皇子卻犯了大不敬的罪，師傅便請出祖訓來，把五皇子的手心，打了三下，五皇子從此含恨在心，時時想報這個恨。這時正是夏天，徐學士身體肥胖，常常飲茶，師傅飲茶，有一定茶杯的。這時師傅正在那裡講書，那皇子們一齊站著聽講。徐學士講到口渴的時候，拿起茶杯一喝便乾。不知什麼時候，那奕誴悄悄的又去倒了一杯茶來，擱在桌上，這時大家不曾留心，只有四皇子冷眼看著。停了一會，師傅又拿起茶杯來，才喝了一口，便哇的一聲，吐了出來。氣得他滿面怒容，瞪著眼，大聲問道：「誰撒尿在裡面？」那班皇子頓時嚇得不敢作聲。

這時，四皇子忍不住了，便上去說道：「俺看見五弟拿過這茶杯來。」奕誴聽說，正要抵賴，師傅大喝一聲，上去拉住他，奕誴便又大嚷起來。正在這當兒，道光帝恰巧從裡面踱出來，見了這樣子，問道：「怎麼了，敢是五阿哥背不出書來嗎？」徐鴻逵見了皇帝，便上去迎接。回答道：「五阿哥賜臣茶一杯，茶中頗有異味，請陛下一聞便知。」道光帝正拿起茶來嗅時，那五皇子看看事體不妙，急拔腳溜出門去。皇帝大怒，喝一聲：「抓進來！」便有二個太監上去，揪著奕誴進來。道光帝氣憤極了，拔下佩刀來，向奕誴砍去。虧得徐鴻逵上去跳下來攔住，替五皇子討饒。道光帝見師傅跪下了，便把氣放寬，上去把師傅扶起來。徐鴻逵又說了許多好話，奕誴趁這時也跪下地來，連連磕著頭求命，皇帝抬起眼來，兜心一腳，把五皇子踢倒在地。又拿了一根大板子，遞給師傅，督促著師傅在大腿上打了十板才罷休。

道光帝想起五皇子是靜妃生的，如今五皇子做了這種狂妄的事，他母親也該有罪，便氣憤憤的走進宮去。誰知那靜妃早已得到消息，忙拔去了簪子，披著頭髮，手裡捧著妃子的冠帶冊書，跪在宮門口，見皇帝進來，她便連連磕著頭。口稱：「臣妾教子無方，上觸聖怒，罪該萬死！如今情願將冊封冠帶納還，求皇上大發慈悲，賜妾一死。」說著那眼眶子裡的眼淚，便和潮水一般的奔湧出來。道光帝進來的時候，原是有氣的，如今見了靜妃做出這可憐的樣子來，早已把心腸軟下來。便伸過手去，把靜妃扶了起來，說道：「放心罷，你是沒罪的。只是這逆子得好好的辦他一辦。」說著靜妃上來把皇帝扶進宮去，在沒人的時候，靜妃又替五皇子求著。

第二天，皇帝傳諭出去，把奕誴淳郡王的爵位革了，在青宮裡幽閉三年，不許出外。道光帝雖把五皇子從輕發落，卻把這靜妃特別的寵愛起來。五皇子是靜妃的親生兒子，母子之間，關乎天性，她仗著自己手中有錢，便買通青宮太監，常常送些衣服食物去，又叫人安慰著五皇子，叫他耐心守著。等皇上氣惱已過，便替他求著皇上，赦他的罪。這個消息傳到皇后耳朵裡，說她私通外監，交結青宮。皇帝正迷戀靜妃的時候，看了這奏本，便也付之一笑，因此那靜妃和皇后的感情，卻一天壞似一天。靜妃也時時刻刻在那裡想計策，要中傷皇后。她原是和皇太后身邊的侍女打成一片的，便叫那侍女天天在太后跟前說皇后許多壞話，又說皇后在宮中沒有人的時候，咒詛著皇太后。說太后在世一天，她做皇后的總沒有出頭的日子；只願太后早早死去，她可以在宮中大行威權了。

太后年紀老了，老年人總不十分明理的。如今聽了他們的讒言，心中已是將信將疑的了，後來有慈寧宮裡的宮女，到皇后宮裡去遊玩的，拾得一個紙剪的人兒，上面刺著七枝繡花針兒，那宮女看了很奇怪，她原是貼身服侍太后的，便悄悄的拿這紙人去給太后一看，上面還寫著生辰八字。再仔細一算，這八字正是太后的年庚。這一來，太后便大怒起來，連連追問：「這紙人兒從什麼地方拾得的？」那宮女見太后生氣，也十分害怕起來；把如何到皇后宮中去遊玩，如何在寢宮門外拾得這紙人的情形一一說了。那太后聽了越發生氣，說道：「俺的年庚八字，除皇后以外，沒有人知道的，如今這紙人一定是這賤人在那裡鬧的鬼把戲。這賤人原天天詛咒俺死，看俺不死，便想出這魘魔法子來活逼死我，這真叫天網恢恢。如今這紙人兒恰恰落在俺們自己人手裡。好好！俺親自問這賤人去。」太后氣得渾身打顫，一邊拿著紙人，一邊站起身來，顫巍巍的走出寢宮來，嘴裡一疊連聲嚷道：「快打俺的軟轎來，到翊坤宮裡請問這賤人去。」

那侍女慌了，這紙人是她拾來的。這一鬧下來，怕禍水惹到自己身上去。忙跪下來，攔住太后的駕。說道：「太后莫動氣，這件事也得在暗地裡查問明白，再去動問也不遲。」慈寧宮裡許多宮女，見太后從來也沒有發過這樣大怒，也個個嚇怔了。

宮女們正在急慌的時候，恰巧靜妃進宮來，見了這樣子，也幫著跪下來，又勸著太后回房去。悄悄問時，太后才把這紙人的事體說了出來。靜妃也一口咬定說是皇后鬧的鬼，又說：「太后若去請問她，這種沒憑沒據的事體，她原可以抵賴的；太后如要報仇，臣妾倒有一個好法子。」太后忙問她什麼法子。靜妃湊近身來，在太后耳邊低低的說了幾句。太后連連點著頭。當時便吩咐那侍女，叫她傳話出去給宮女們：「今天的事體，在外面一字也不許提起；誰敢多嘴，便取誰的性命。」那宮女們聽了這個話，誰還敢多說？

從此慈寧宮和翊坤宮兩面的人，頓時安靜起來。有時鈕鈷祿後來朝見太后，太后也絕不露聲色，仍是好言好語的看待她。皇后認做太后迴心轉意了，她心中也快活。

皇太后萬壽的日子又到了，穆相國依舊獻上一班女戲子，在宮中演戲祝壽。皇帝見了那班女戲子，便想起從前蕊香妃子死得可憐。他願打算自己上臺去扮老萊子祝壽的，到了這時候，他滿肚子淒涼，便也懶得扮演，吩咐四皇子奕詝，代他扮演。皇帝覷人不留心的時候，便溜出席來，回到宮裡，後面只有一個小太監跟著。皇帝走進寢殿，拿出一副蕊香妃子的畫像來，掛在床前，點上一爐香，作下揖去，喚了一聲「妃子」。說道：「是朕害了你了！如今你同伴姊妹們又在那裡演戲了，妃子又在什麼地方？朕每在睡夢中想著你，你如何不來看看我？」這幾句話說的淒涼婉轉，小太監聽了也不免掉下淚來。皇帝祝讚過了，便悄悄的對著那畫像坐了一會。吩咐小太監收去了畫像，又回去聽戲。

這時戲臺上正是四皇子扮著老萊子，一手裡拿著撥浪鼓搖著，倒在地下滾著，唱曲子。皇帝看了，也不覺笑逐顏開；只有太后心中有事，坐在上面不說不笑，皇后見自己的兒子在臺上唱戲，特別要討好，便即席做了四首絕句，祝太后萬壽的，上去獻與太后。太后看看，連聲說「好」！又吩咐快賞酒。靜妃早已預備好了，聽得說一聲賞酒，忙捧著一個酒壺上來。宮女在一旁捧著一個金盤，盤中放著三隻黃金酒杯兒。靜妃滿滿的斟了三杯酒，皇后見婆婆「賞酒」，忙跪下來直著脖子，把三杯酒喝下肚去，只覺得一股熱氣，直鑽到丹田裡。當下謝了賞起來，這時皇四子戲也唱完了，太后把他喚近身來，親自拿一掛多寶串珠，替他掛在衣襟上。四皇子謝過了賞，下去。太后吩咐著道：「唱曲子吸了冷氣在肚子裡不受用的，快喝一杯熱酒下去暖著些兒。」四皇子答應了一聲，入席去了。這裡太后坐了一會，說腰痛，支撐不住了，便散了席，回慈寧宮去。皇后和許多福晉見太后散了，大家也散了。

皇后回宮，因她本不吃酒的，多吃了酒，便覺得頭腦重沉沉的，渾身不舒服，便早早睡下。睡了一夜，越發渾身發燒，神志昏迷起來。內務府忙傳太醫院裡御醫請診，一連看了三個大夫，也識不出是什麼症候。到了第二天，那情況越發壞了。皇帝國皇后平日嫉妒心太重，夫妻之間本來感情淡薄的，如今得了這個消息，只傳諭四皇子進宮來叩請母后的聖安。那皇后見了自己的兒子，略清醒些，只是拉著四皇子的手大哭，說不出一句話來。正哭時，只見皇后兩眼直視，大喊一聲，兩手向胸前亂抓，衣襟撕破，露出乳頭來，宮女上去替她遮住。又聽皇后大喊一聲，從床上直跳下地來，赤著腳，在屋子裡亂轉，一邊走一邊嚷著，一邊把身上的衣服通通拉下來，丟滿一地。看皇后胸前，只掩了一幅繡花的肚兜，下身穿著一條紅緞褲子。她把宮女們推開，竟要闖出房去。四皇子看了，上前竭力抱住。這時皇后什麼地方來的氣力，四皇子也算有氣力的了，她只把臂兒一伸，把四皇子推倒在地，一腳搶出房去了。屋子裡的宮女們發一聲喊，外面的一群宮女也趕進來，把皇后抱住，擁進房去。這皇后兩眼發赤，見人便打，見物便摔，只聽得屋子裡一片宮女哭、器物破碎的聲音。那四皇子也嚇得逃出宮去，一邊哭著，一邊告訴父皇。

道光帝聽了，也進宮去，隔著窗兒望了一望，出來傳御醫進宮去請脈。皇后赤身露體，痴痴癲癲的樣子，那御醫如何敢進去請脈，也無法下藥，大家束手無策，只得關起宮門來，一任她叫著跳著，直瘋了兩天三夜。後來精神也疲倦了，嗓子也喊啞了，倒在床上動不得了，只是直著喉嚨叫著。宮女替她身上遮蓋好了，御醫才放進來診脈下藥，吃下藥去，依然好似石沉大海，毫無效驗。到了後半夜，那皇后喊聲越奇怪了，好似鬼叫，計多宮女在屋裡陪伴著。到了第二天，皇太后知道了，也來看她；靜妃也陪著進來了。這時皇后睡在床上，昏昏沉沉的已不省人事了；宮女扶她從床上坐起來接駕。靜妃在一旁，見宮女遞上一杯藥來，她急忙上去，接過來，吹著，看溫涼了，便自己先嘗一口，又從頭上拔下金針來，在藥裡攪一攪勻，端上去服侍皇后吃下。又坐了一會，退出宮來。隔上三天，鈕鈷祿後薨逝了。內務部忙著辦喪事，禮部匆忙著擬禮布。獨有皇太后和靜妃，在暗地裡十分遂意。

原來這皇后的性命，是活活被她兩人逼死的，這是靜妃出的主意，她和太后預先約定了，在萬壽節這一天，故意賞皇后吃酒；靜妃在篩酒的時候，已悄悄地換了一隻酒壺。那酒壺裡和著七粒阿蘇肌丸。丸藥泡爛了，皇后吃下肚去，不知不覺作起怪來。這阿蘇肌丸，原是喇嘛僧祕製的一種靈藥；藥性極熱，人到害病的時候，只服一丸下去，便可以立即痊癒。那丸藥只有綠豆一般大，硃砂色，藥力卻極強；倘多吃一粒，反要成病，多吃到三粒以上，人便是發狂。從前睿親王多爾袞因好色，府中養了許多姬妾，便全靠這阿蘇肌丸支撐精神。那時多爾袞把喇嘛僧供養在府中，專門製煉這丸藥。

據說製煉這丸藥，是十分神祕的。最初煉藥，必有一粒雌藥丸和一位雄藥丸做種。清宮裡煉這種藥，第一次是打發人特意到西域去取來的。喇嘛僧拿了這兩粒丸藥，封在淨瓶裡，供在淨室裡。喇嘛每天一清早起來，走進淨室去對著淨瓶上香念咒。供到第四十九日上，把瓶取上來，揭開瓶看時，那丸藥已有滿滿一瓶了。待這瓶藥吃完，只剩下兩粒時，再如法製煉，又是一滿瓶。因此吃這藥丸時，當時時留心瓶裡，不能使它斷種：倘吃得一粒不剩，便無法再製煉了。清宮只有喇嘛僧藏著這藥，能治百病，也能送人性命。雍正皇帝買通了大國師，拿阿蘇肌丸去給康熙太子胤礽吃下，結果發痴被廢了。如今這道光皇后也因中了阿蘇肌丸藥毒，送去了性命。

道光皇帝明知道皇后病來得古怪，但他和皇后早已沒有情愛了，便也不去細心考查。一轉眼皇后出了喪，好似拔出一隻眼中釘。他自己也知道年紀也老了，便也不繼續立皇后，只把這博爾濟錦氏冊立為貴妃；從此一雙兩好，在宮中過起歡樂的歲月來。這道光帝自從死了蕊香妃子以後，心灰意懶，久已不把朝政放在心上。他是信任穆彰阿的，所有一切事務，都交給他一個人去辦。

這穆相國又是隻圖錢財，不管事體的人。那英國人在廣東鬧得天翻地覆，他總是把消息瞞著，不給皇帝知道。那兩廣總督奕山，原是穆相國的心腹，他到了廣東，忽然帶了水兵去打英國的兵船，反被英國炮船上開過炮來，打得片甲不留，還說中國人擅自開釁，便趕上岸來，把廣東沿海的各炮臺，都拆毀了。奕山才急得走投無路，忙去和英國人講和，後來因為中國不肯割讓香港，英國水兵便直闖到福建廈門地方，大砲小炮一陣子亂放；廈門總督顏燾，一點也沒有預防，被英國兵打進內池地方。另外有幾隻外國炮船又打到寧波定海地方。當時浙閩總督正調定海鎮總兵葛雲飛，處州鎮總兵鄭國鴻，壽春鎮總兵王錫明，分三路把守。誰知鄭、王兩總兵，到了定海，按兵不動，眼看著葛雲飛被英國兵四面圍逼著，竹山失守，砲彈打穿胸膛，死在荒山腳下。英國人把他屍首拖到營裡去藏著。

這葛總兵原隨營帶一愛妾在身邊，她聽說老爺陣亡了，哭得死去活來。哭罷了，向她手下的婢女、兵士們跪下來，連連磕著頭。那兵士們見了，也忙跪下來，還禮不迭。這位夫人哭求大家幫她到英國兵營去把老爺的屍首偷回來。他手下人見這位姨太太如此忠烈，深受感動，齊口答應。當夜月黑星高，英國的兵營駐紮在海邊上；這姨太太領著頭兒，悄悄的掩進英國營盤裡去，居然被她們把葛總兵的屍首偷了回來，到家去依舊開吊發喪。後人做有一篇《葛將軍妾歌》稱頌她。

自從葛總兵死了以後，那王、鄭兩總兵也相繼陣亡。這事都壞在將軍裕謙手裡。他帶著兵馬，見死不救；待那三路兵馬，死的死，散的散，英國兵直攻到裕謙營盤裡來。裕謙且戰且退，直到退無可退，他也跳在洋池內自盡了。這時穆相國知道事體越鬧越大，接著又是寧波失守，上海失守、福建被圍的消息接二連三的報來；再也瞞不住了，只得報與皇帝知道。

道光帝久睡在鼓裡，如今聽說大局敗壞至此，也急得左右為難，但他依舊聽信穆彰阿的話，起用耆英。那時英國戰船已直逼江寧，耆英無可奈何，便和英人講和，割讓香港，賠償鴉片損失六百萬兩，軍費一千二百萬兩，又開闢廣州、廈門、福州、寧波、上海五處為通商口岸。這一戰，名叫鴉片之戰；這回訂的和約名叫《江寧和約》，是中國近代外交第一次最大的失敗。要知後事如何，且聽下回分解。

創異教洪氏起義　知死期穆相辭行

卻說鴉片戰爭使中國吃了英國的大虧以後，全國上下，越發把這穆相國恨入切骨，說他奸臣誤國，又說他仗著自己是滿人，欺侮漢人，把漢人的疆土亂送給外人。因此觸惱了廣西花縣地方一位村學究，他姓洪名秀全，他見天下紛紛，人心思亂，便造出一個上帝教來。這上帝教的名目，原是學著西洋來的耶穌教，所以他也說教主是天父，名耶和華；生下四個兒子，一個女兒，都落在人世，救人救難。長子便是耶穌，因救人被釘死在十字架上；第二個兒子，便是他自己。一個女兒，便是他的妹妹洪宣嬌。如今他兄妹兩人，知道天下將要大亂，特立這上帝教，度人苦厄。洪秀全自稱「天弟」，洪宣嬌自稱「天妹」。他兄妹兩人，到處勸人入教；入教的人每年納銀五兩，便可免一生災難。當時百姓被那些貪官強盜鬧得寢不安枕，終日擔驚受怕，啼饑號寒，天天祈福消災，如今聽洪秀全說可以保他一生平安，便紛紛去入上帝教。不多幾天，便有教徒幾萬。

洪秀全打聽得金田村有個楊秀清，是個足智多謀的人，在地方上有點名氣。他便假說秀清是天父第三個兒子，特意跑去拜訪他。那兩人見了面，談了一夜，十分投機；便約了他朋友馮雲山、朱九濤，在各村傳授，說「人慾昇天，須迎天弟」。那時信教的人越來越多，楊秀清是有口才的，他便假辦團練為名，邀集了各村的紳董，演說一番；投入他教裡的，居然有六十二村。他們便在金田村立一個總部，大做起來。秀清有兩個朋友，也是十分有才幹的：一個是桂平的韋昌輝，一個是貴縣的石達開。楊秀清也去說他倆入了夥，勢力越發強大起來。

洪秀全看時機已到，便想就此起事。他有一個同學，名王綸乾的，善於卜卦，他便悄悄的去請他卜一卦。那卦上有「定有九五之尊」六個字，洪秀全不覺大喜。絕於又自己卜了一卦，有「定我為君師」五個字，兩個相對大笑。從此洪秀全便聘請綸幹充當軍師，那綸幹扮了一個算命先生，到四處去遊說，勸人歸順洪秀全，那邊洪秀全和楊秀清，已在金田起事；沿著西江打下去，得了貴縣，又得潯州，聲勢一天盛似一天。洪秀全在大黃江，自號太平王，分兵去占住紫荊山一帶，又攻得永安州，建立了太平天國。洪秀全加封天王，封楊秀清為東王，蕭朝貴為西王，馮雲山為南王，韋昌輝為北王，石達開為翼王，洪大全為天德王；此外封了秦日綱、羅亞旺、范連德、胡以晃等四十八個夥伴的各種官職，有做丞相的，有做軍師的，有做參謀的。又把有功的大小將官八百人，都加封了官職。便發出上諭去，說道：

天王詔令：凡軍中大小將兵，各宜認真奉行大道。吾等宜知天父上主皇上帝，乃是真神；真神以外，皆非神。天父上主皇上帝，無所不知，無所不能，無所不在，又無一人非其所生所養；故天父上主皇上帝以外，皆不得僭稱上，僭稱帝。自今眾兵將，可呼朕為主，不可稱上以冒天父；天父稱天聖父，天兄稱救世聖主，天父天兄得稱聖。自今眾兵將呼朕為主，不可稱聖，以冒天父天兄。天父，神爺也，又魂爺也。從前左輔右弼前導後護之軍師，朕命為王爺，此乃姑從不正之例；若據真道論之，有冒犯之嫌。今特封左輔正軍師為東王，管治東方各國；封右弼又右正軍師為西王，管治西方各國；封前導副軍師為南王，管治南方各國；封后護又副軍師為北王，管治北方各國。又封石達開為翼王，使羽翼天朝。以上所封各王，俱受東王節制。別詔稱後宮為娘娘，貴妃為王娘。欽此。

天王發下上諭以後，便把各王爺邀集在宮中，開了一個大宴會，吃酒中間，天王敘述了歷史，如何得到神靈的啟示和幫助，以資證明他不是凡人。如今俺們能夠旗開得勝，馬到成功，都是朕依著天父、天兄的教訓，俺們大家都該感激這兩位救世聖主。說著，便吩咐天妹宣嬌，畫一副老人的像，供在當殿；大家學著老人的樣子，一齊把頭髮留起來。當時有人背地裡都喚他「長毛」。

國外有英國的侵略，國內有廣大農民跟著洪秀全造反，皇宮外面已經造得一塌糊塗了，裡面穆相國還瞞著消息。道光帝這時常常害病，精神也不濟事。這時，知道自己不久於人世了，便立刻宣召宗人府字令載銓，御前大臣載垣、端華、僧格林沁，軍機大師穆彰阿、賽尚阿等一班親信官員進宮來，囑託了一番後事。這時奕詝、奕欣、奕誴、奕譞一班皇子，都站在御榻兩旁聽父皇的話，一齊掉下眼淚來。道光帝把後事吩咐過了，便令穆彰阿和文慶兩人，到正大光明殿去，把金盒拿下來，當著眾大臣宣讀詔書，把皇位傳給四皇子奕詝。這奕詝奉了詔書，向父皇謝過了恩。道光帝便在這時候兩眼一翻，長辭人世了。

眾大臣一面把奕詝擁上太和殿去，鳴鐘擊鼓，受了百官朝賀，做了咸豐皇帝。一面由內務府行文各省，為道光帝發喪。這咸豐帝一登上皇帝寶座，便放出手段來，整理朝綱。他第一道諭旨，便把軍機大臣穆彰阿革了職，把兩廣總督耆英，降做五品員外郎候補。

這穆彰阿原是三朝元老，威權煊赫一時，但到這時，年紀也老了，家財也富足了，見皇上特別開恩，不抄他的家，他樂得做個乖人兒，趁此收場，回家享福去了。他在家裡，十分信奉喇嘛教；他自己說修行的工夫已到了可以成佛成仙的地步。他又愛喝酒，常常請了許多客人，在家裡大開筵席。有許多御史官見他是革職人員，還不知罪，一味行樂，氣他不過，又上了一本參折，請皇上從嚴查辦。穆彰阿的一個親戚得了信，便悄悄地去報信。那穆彰阿聽了大笑，說道：「我明天便要回去了，還怕他怎樣？他說俺不該行樂，俺明天還要大開筵宴呢。」

到了第二天，穆彰阿真的備下盛筵，到各處親戚朋友門生故吏家裡去下帖子；帖子上寫明某日某時辭世，望屈駕一別。那班人看了這帖子，十分詫異。到了時候，便一齊趕到穆彰阿家裡去。那穆彰阿見了客人，照樣的迎接談笑；也一點看不出死樣兒。這一天，客人來得很多，在大廳上擺下四十桌酒，擠滿了一屋子。穆彰阿一一和他們把盞，吃到一半，他看了日影，說道：「是時候了！請諸位稍待。」說著，便進去淋浴更衣，穿上朝衣蟒袍，先到內院和妻妾兒女話別；又走出外院來，向眾人一拱手，說了一句「少陪！少陪！」便盤腿兒坐在炕上，閉上眼睛，一回兒便斷氣死了。

穆彰阿死了以後，接著便有御史參奏戶部尚書覺麟偷盜庫銀一案。朝旨下來，把覺麟革職，發往新疆效力。

講到偷盜庫銀這件事體，是歷任官員所不能免的。只因覺麟是穆彰阿的親戚，他偷銀子，竟偷到二十萬兩，也太多了。那時戶部銀庫郎中，原是一個美缺；補這個缺，大都是滿族，三年一任。任滿以後，貪心的可以得到二十多萬兩銀子的好處；不貪心的，也可以得到十多萬兩銀子。不說別的，只說那庫兵，每一位也可賺到幾萬兩銀子。庫兵也是三年一任，都是滿人充當；漢人必須冒滿人名字才能進去。庫兵出衙門去，必須有鏢師保護。京城裡有許多無賴，常常邀集黨羽，到戶部衙門外去候著；見要有庫兵出來，便綁去做肉票，鎖禁在祕密屋子裡。一面打發人到庫兵家裡去報信，勒令他拿一二千兩銀子出來贖回，倘不去贖回，他便把庫兵關過卯期才放出來。那庫兵誤了卯期，衙門裡便除去名字，另行點派。那庫兵非但誤了他三年發財的機會，且又白丟了這六七千兩孝敬銀子，因此，那庫兵家裡總願拿出銀子贖回的。

庫兵每三年點派一次。每次點庫兵四十名。每月開庫堂期九次，又有加班開庫堂期五六次。開庫的時候，有把銀子搬出來的，也有搬進去的。庫兵便是專為搬銀子用的勞力。每搬一次進出，總在一千萬以上。每一庫兵，不能每期都輪到，大約每月輪四五期，每期進出庫門，多則七八次，少也三四次；每一次夾偷的銀子，最少五十兩。銀庫為了防止庫兵偷銀，所以每逢開庫，不論冬夏，庫兵卻脫得赤條條的，由堂官一一點名，在公案前過去；走進庫房，再穿上官製衣褲。庫房裡沒有桌椅，倘到乏力的時候，便可以出來息力，但依舊脫得精赤，走到公案前，擺開腿兒，向地下一蹲，兩條臂兒向上一抬，張著嘴喊一聲，才許出去。但庫兵偷銀，每次便在這出來的時候，那銀子是塞在肛門裡的。每一次，那有本領的，便能塞十隻江西圓錠，每一隻圓錠，便是十兩銀子。離庫門一箭之地，有小屋一間，門戶緊閉，窗外圍著木柵，便是庫兵脫衣卸贓的地方。北京地方，遍地灰沙，每逢開庫的時候，便有清道伕挑著木桶到庫裡來灑水，庫兵便和清道伕打通一氣，那水桶都有夾底的，庫兵悄悄的把銀子藏在水桶夾底裡，候銀子搬完，庫門封鎖，堂官散去以後，才慢慢的把水桶挑出去。

後來，有一位祁世長做戶部尚書的時候，他是一位清官；有一次開庫，他親自去督看著，見一個清道佚，挑著水桶走過他跟前，那桶底忽然脫落，滾出許多銀錠來。祁世長大怒，立命把清道佚拿下，打算第二天提奏查辦。後來他有一個貼心的師爺，勸他把清道佚釋放，把這事隱瞞下來，莫興大獄；倘然皇上知道了，徹底查辦起來，那歷來的滿尚書都該砍腦袋；大人的腦袋，怕也要被仇家割去了。祁世長聽了害怕，便也把這樁大案隱去不提了。

如今再說那班做庫兵的，都是世代傳下來的專門職業；他們在年輕的時候，便要找尋那有大雞巴的人，常常雞姦；再用雞蛋塗著油麻，塞進肛門去打練；再慢慢換用鴨蛋鵝蛋，又換用鐵彈，練到肛門中能塞十兩重的鐵彈十顆，便算成功了。那平常庫兵的本領只能塞到六七粒。因此那班庫兵，到年老時候都害脫肛痔漏等病的，他們辛辛苦苦做著這偷盜的事體，那做戶部尚書的，卻安享著他們的孝敬。那時他們參去了一個覺麟，接著又參去一個滿人大學士譽德；因他是穆彰阿的親家，這時牆倒眾人推，凡是穆彰阿的親戚故舊，便是沒罪的，也是有罪，何況那譽德原是個貪官，御史便參他某年盤查六庫的時候，犯了偷盜庫寶的罪。

什麼叫六庫？那六庫便在大和門的左面，原是明朝遺留下來的；有金庫、銀庫、古玩庫、皮張庫、衣眼庫、藥庫。裡面藏的也有十分珍貴的東西。不說別樣，單說衣服庫裡，有一頂明朝皇后用的珍珠帳，寬長有八尺，全是用珍珠穿成的，四圍用紅綠寶石鑲邊。那珍珠小的和綠豆一般，大的竟和桂圓一般。只因年月太久了，那線索都枯斷了，每一次盤查，便有許多珍珠落下來。那班司員，假裝做拾起來用紙裹著，封著，加上印，貼著籤條。實在那紙裹裡面，都換成假的了；那真的，早落入司員們的腰包了。裡面還有明朝妃嬪穿的繡鞋十多箱，弓鞋瘦小，鞋尖兒上嵌著明珠；那珠子都是十分名貴的，早已換上假的了。還有皮張庫，都換上沒有毛的皮板，好的皮毛也早被司員們偷去。這都是歷來盤查大臣和司員們作弊的結果，如今便通通把罪名推在譽德一人身上。鬧得譽德因此丟了官，抄了家，還充軍到黑龍江去。那時，凡是穆彰阿的同黨，都被參的參，革的革，趕得乾乾淨淨。

咸豐帝初登大寶，十分注意整頓朝綱。宮裡一位孝貞皇后，也十分勤儉端正，管教著許多妃嬪。咸豐帝的皇后原是穆彰阿的女兒，在正宮不多幾年便死了；孝貞后姓鈕鈷祿，原是貴妃，因她容貌美麗，舉動端莊，咸豐帝十分寵愛。那穆後死了以後，便把鈕鈷祿妃升做皇后，宮中都稱她東後。這位東後，十分儉樸，平日在宮裡，總穿布衣；那簾幕幃帳，都不繡花的。她生平最恨用洋貨，說它好看不中用。自己穿的繡鞋和妃嬪穿的，都督率著宮女們做；自己每年必親自做一雙皇帝的鞋。外面有進貢來的衣服首飾，她都叫宮女拿出去退還。常對一班妃嬪說道：「臣子多一分貢獻，便是百姓多費一分錢財；倘然收了他們的貢獻，便是暗暗的教他們做貪官去；因此，萬萬收不得。」

孝貞后一舉一動都識禮節，她在大熱天氣，從不肯赤身露體。便是洗澡，也不要人伺候。她每一次見皇上，總是穿著禮服。她最恨的是輕狂的樣兒。有一個榮妃，身材嬌小，十分俊俏。她穿著空心靴底，刻著梅花瓣兒，裡面裝著香粉；走一步，那梅花粉印兒便印在地上。孝貞后見了大怒；說她有意勾引皇帝，立刻把榮妃傳來，打了一頓，去關在冷宮裡。

咸豐帝原也是愛風流的，見這皇后如此嚴正，卻也十分敬重，便取她一個綽號，喚她「女聖人」。要知後事如何，且聽下回分解。

昏燈哀語慈後逝世　香鉤情眼蕩子銷魂

卻說咸豐時候，清宮裡還有一位孝穆皇太后，也是十分賢德的。這孝穆太后原是道光帝的寵妃；那時因靜妃長得標緻，雖召幸靜妃的時候多，但靜妃常常仗著皇帝的寵幸，十分驕傲，總沒有孝穆後性情溫柔，心地慈悲，有什麼正經事，都去和孝穆後商量；去靜妃那裡，不過玩笑取樂罷了。

那時，道光皇后被皇太后謀死，丟下四皇子孤苦零丁，道光帝便把四皇子託給孝穆後，吩咐她好生撫養。凡是四皇子的冷暖饑飽，孝穆後時時在意。孝穆後原有兒子的，便是那六皇子奕訢；但是孝穆後看待四皇子，勝過自己親生兒子。她說：「四皇子是沒有母親的孤兒，原該多疼他些。」因此四皇子也十分依戀這孝穆後，平日總喚她媽媽。道光帝要立太子，也曾私地裡和孝穆後商量過。道光平日很愛六皇子，因他精明強幹，性格和自己相像；後來聽了四皇子幾句仁慈的話，心裡便打不定主意，回宮來和孝穆後商量。孝穆後這時一味要得到好名氣，便竭力保舉四皇子。道光皇帝卻有定六皇子的意思，孝穆後再三推辭，說：「這是萬萬使不得的！不說別的，那四皇子原是正宮生的，也強過她兄弟萬倍。」道光帝聽了孝穆的話，便立四皇子做太子，從此心裡越發敬重她。道光帝臨死的時候，把這孝穆妃再三託給咸豐帝，咸豐即了位，知道自己的皇位，是全靠孝穆幫的忙，便立刻晉封孝穆做皇太后，請她住在慈寧宮裡，自己天天去叩問聖安，像對待自己親生母親一般。又封六皇子做恭忠親王。

清宮裡規矩是父皇死了，除做太子的以外，別的皇子不許進宮來；獨有咸豐帝，特別開恩，准許恭忠親王隨時進宮謁見太后。因此他母子二人，十分感激咸豐帝。但是後來孝穆皇太后年紀老了，慢慢地後悔起來，想到親生兒子遠隔在宮外，自己年紀又老了，倘然早晚有個不測，也沒一個送終的親人，那時悔不把他立做太子。想在這裡，便十分怨恨著咸豐帝，每逢咸豐帝朝見的時候，總不給他好臉色看，咸豐帝常挨罵，卻仍是和顏悅色的孝敬著皇太后；後來皇太后病重，恭忠親王雖常進宮來問候，但終因宮禁森嚴，不能夠在宮中住宿，只有咸豐帝卻早晚在皇太后病床前料理湯藥，常常和孝貞皇后兩人輪班看守著。

有一天，太后從睡夢裡醒來，天色已晚，只見床前有一個人坐著，她錯認做是奕訢，便伸手過去拉住他的手，說道：「我的兒，你母親早晚便要去世了；受當今皇上孝養了八年，便死了也值得。只恨當年先皇立太子的時候，被我再三辭去，這個念頭一錯，便害了我兒從此低頭在別人手下過日子。」太后說著，便灑下淚來。誰知那床前坐的並不是恭忠親王而是咸豐皇帝，皇帝聽了，非但不惱，反勸太后好好養病，不可胡思亂想。那太后忽然清醒過來，知道說錯了話，心中萬分懊悔，一陣咳嗽，痰湧上來，便死去了。咸豐帝依舊十分敬重太后，當時下詔發喪，行著太后的喪禮，始終拿好心看待恭忠親王，親王也十分忠心辦理國家的事體。

這時南方洪秀全正鬧得厲害，在永安地方建立太平天國。咸豐帝下詔，先重新起用林則徐，帶兵到廣西剿匪。林則徐到得潮州，便一病身亡。皇帝只好下詔派向榮、張必祿兩人帶兵堵截。那太平天國的兵馬十分活躍，避開向、張兩人，去打得桂平、貴武、宣平一帶州縣，又取得泉州。朝廷見官兵人馬單薄，便委兩江總督李星沅，會同大學士塞尚阿，率領都統巴清，副都統洪阿，帶著京中精兵，去圍攻泉州，打退了楊秀清。誰知太平軍見西面不能得手，須轉身東向，打進湖南地界去，得了全州，又得道州。接連著得桂陽、郴州，渡河奪得安紅、醴陵。咸豐二年七月，打到長沙，圍城七十多天，打不進去；洪秀全在長沙南門外，得到一顆玉璽，從此越發有吞併天下稱霸稱王的意思。那時太平天國西王蕭朝貴，戰死在長沙；九月，又轉向常德，得了常德，又得益陽。捉得小船幾千隻，渡洞庭湖，直攻進岳州城，得到許多康熙年間清兵討吳三桂時留下的兵器。

洪秀全見得了兵器，越發膽大，沿著長沙下來；占據漢陽武昌，接著陷九江，陷安慶，陷堯湖，一個月以內取得很大戰果。那時官兵見了太平軍，人人害怕，望風而逃。那戰敗失守的消息，一天十幾次報到京裡，把個咸豐皇帝急得走投無路，天天下聖旨調兵遣將，也是無用。到了咸豐三年二月初十這一天，洪秀全打進南京城，殺死城中滿兵男女二萬多人，把屍首拋在長江裡，從此洪秀全在南京城裡大興土木，造成宮殿，自稱太平天皇，照樣也立起三宮六院來。

洪秀全住在宮裡，何等快樂！講到他皇宮裡，一般也是象廊畫檻，繡幕珠簾，金碧輝煌，十分華麗。天王駕到，那后妃宮嬪，卻要跪著迎接。天王身穿黃緞盤繡五爪金龍的長袍，頭戴四角垂旒的天冠，披著長髮，濃眉長鬚，身材矮小，坐著一肩十六人抬的軒轎，一般也是朱傘黃幄。宮裡有一座寓臺，名叫「瑤臺」。因圍有二十畝地，臺上種著花木，造著池館，和平地上一般。臺是六角的，造著六座白石臺階，嵌著五色花崗石，十分美麗。宮中人喚它「白玉天梯」。臺上有正殿一座，別殿四座；殿的四角，又接造著三座院子，合起來恰巧是十二座院子。管正殿的是一位徐妃，別殿四座，又有四個妃子管著；又分派淑娥才人管著十二院。

天皇每夜總在正殿住宿，只有徐妃能得長夜的恩寵。那龍床上掛著各妃嬪的鳳頭銅牌，天皇睡到高興的時候，便隨手拿下一塊銅牌來，丟出帳門去；床外自有女司拾起牌來，按著牌上的名字，去傳喚妃子。那妃子見了鳳頭牌，便拔下簪子披著發，由有大力的元女，拿著一副繡鳳的軟披，向妃子兜頭一裹，抱著送到正殿去。正殿上的女司，見妃子來了，便在殿中掛一副繡幔，把正妃請出來，坐在繡幔外面。左面站著一隊宮女，手捧巾盆、香爐、嗽盂，稱做「換班」，右邊站著一隊侍衛，身上披著甲冑，手裡拿著弓劍，稱做「武班」。這兩班人非有正妃的號令，不得行動。一班少年男子，對一班年輕女子站著，耳中聽著繡幔裡面調笑狎暱的聲音，大家便垂著臉皮，扳著臉，笑也不敢笑。那天皇玩到高興的時候，便又丟出幾塊銅牌來，叫人把牌上的妃子喚來，走進繡幔去，名叫賞春。那班妃子在一旁須拍手歡笑，助著興子。

徐妃原是天皇宮中的第一位美人，是由手下采芳使在浙江地方尋到。身材長短，腳寸大小，都合標準。徐氏進宮來的時候，洪天皇正在瑤臺上看花，四個宮女扶著她走上瑤臺來。看她腰肢裊娜，臨風若仙。這一天，天皇便在瑤臺上召幸了，封她為瑤臺第一妃，後來又封為皇后。

東王楊秀清原是一個好色之徒，他打聽得徐皇后長得標緻，便假託說皇后是上帝的女兒。太平皇宮裡有一座承天堂，是東王講道的地方，宮中每七月便請東王楊秀清在堂中講道。楊秀清自己說是上帝降生到世界上來傳道的。那徐皇后是上帝的女兒，也便是東王的女兒，他便要傳見徐皇后。那洪天皇無法，只得把徐皇后打扮著出來，拜見東王；那東王見了這樣一個絕美人，早已把他樂得魂靈兒飛上半天，從此以後，他便常常藉著上帝的名義，把徐皇后接進東王府來。這上帝教是太平天國的國教，便是洪天皇也不敢反對；那東王又是執掌教權的，勢力很大，便是天皇也不敢奈何他。後來還是徐皇后想出一條計策來，說：「東王身邊有一個女書記官，名叫傅善祥的，長得天姿國色，東王十分寵愛；陛下可假說宮中缺人抄寫祕密檔案，把那傅善祥去宣召進宮來。」天皇聽了，便依了這個主意：每逢東王來請徐皇后，天皇便也把傅善祥宣召進宮來。東王只怕失了傅善祥，從此便也不敢來請徐皇后了。

講到這傅善祥，原是金陵地方好人家女兒，自幼知書識字，精通文墨，又長得一副閉月羞花的容貌。太平天國把金陵地方做了京城，便搜民間女子，安頓在女館裡；見有才貌雙全的女子，便假說請做女書記，送進宮去。這時傅善祥年紀只有十七歲，被東王楊秀清見了，請進府去，安置在多寶樓中，執掌府中文書。那多寶樓在王府花園紫霞塢東南，樓外花木環繞，魚鳥羅列；樓中陳設珠寶，四壁俱滿。傅善祥又愛古董字畫，東王便吩咐手下的兵丁到各處大戶人家去搜來；凡是古玉鐘鼎，都蒐集在樓中。傅善祥終日焚香讀書，卻也十分閒雅。東王心中雖十分寵愛她，便也不敢十分纏她；只和那洪宣嬌終日在花園西南角上洞天春裡尋歡作樂。這洞天春，是拿湖石疊成的，玲瓏剔透，裡面地上鋪著絨毯，四壁掛著繡幕，在石壁四角裡裝著反光燈，照耀得好似白晝；到夏天，四壁開著天窗，涼風習習，十分涼爽，到冬天，洞門嚴閉，地下燒著火炕，十分溫暖。那石洞又造得返環曲折，走在裡面，好似進了迷魂洞。洪宣嬌每進府來，東王便和她攜手進洞，尋歡作樂。

講到這洪宣嬌，原是人間尤物。她和洪天皇是異母兄妹，後來洪秀全的父親死了，他母親丟下宣嬙，續嫁別人去了。洪秀全自幼愛結交朋友，在江湖上來來去去，行蹤不定。他又可憐妹子孤苦無依，便把宣嬌交託給他哥哥洪仁發。這宣嬌自幼長得眉清目秀，生性豪爽，愛學著男孩兒打扮；十歲的時候，見鄰舍有人懂得武藝的，看他踢打縱跳好玩，便也跟著去學。年深日久，宣嬌不但能縱跳如飛，且也舞得一手好刀劍。正在這時候，洪仁發家裡忽然被火燒了，宣嬌無家可歸，便跟了人走江湖去了。這時，洪秀全正和馮雲山、朱九清信奉上帝會，九清死了，秀全做了會首；回家來看望妹子，已不知去向了。這時武宣地方，有一個姓蕭的財主；洪秀全在桂平地方，正苦沒有銀錢，這個會怕不得發達，打算勸那姓蕭的入會，向他借錢，便把會中弟兄，都搬到武宣地方的鵬化山裡駐紮，自己天天到蕭家去勸蕭朝奉進上帝會。這蕭朝奉原是愛做善事的，聽說上帝會是救人苦厄的，便也有幾分相信。無奈他兒子蕭朝貴，是一個漂亮少年，性情豪爽，武藝高強，對洪秀全那一套不太相信，便掉頭不顧。蕭朝奉只有這個兒子，十分寵愛的；他見兒子不信，他也不肯拿出錢來幫助洪秀全了。洪秀全正在無可如何的時候，那蕭朝貴忽然得到一樁意外良緣。原來蕭朝貴終日在大街小巷閒闖，有一天，忽然見圍場上擠著許多人看賣解兒的；朝貴也擠身去看，大家認得他是蕭百萬家的大公子，便讓他站在前面。只見一個黑臉大漢，站在場口，說過幾句開場白；一棒鑼響，跳出一個嬌小玲瓏的女孩兒來。看她臉上凝脂擁豔春色橫眉，向大眾微微一笑。朝貴便忍不住了，喝了一聲彩，接著那女孩兒搬弄著各樣武藝，件件精通；朝貴忍不住，喝一聲：「好一位女英雄！」那女孩兒聽得了，暗地裡向他瞟了一眼。朝貴是一個血性男兒，如何忍得，早被她這一眼勾了魂靈去。待她收場的時候，朝貴便上去對那大漢說，要買這女孩兒。那大漢靠這女孩兒為活的，如何肯賣？朝貴見他不肯，情急智生，他明仗自己是當地富豪，又生成一副鋼筋鐵骨；便一橫眉，大喝一聲，說道：「大膽的囚囊，敢在光天化日之下拐帶人口嗎？你依便依，不依時，送你到縣太爺那裡去！你可要試試你蕭太爺的手段？」說著，便上去抓住那大漢的手臂。

那大漢見他聲勢煊赫，力大無窮，早把他嚇矮了一大截。忙悄悄的拉他到一家小茶館裡，講妥了由蕭朝貴拿出二百兩銀子來，把這女孩買回家去。誰知當夜朝貴發現那女孩已破過身了。朝貴問時，那女孩說是被大漢恃強姦汙的。朝貴大怒，第二天懷著刺刀，悄悄去找那大漢，那大漢還在客房裡，朝貴闖進門去，劈頭一刀，那大漢倒在地上死了。朝貴抽身逃去，回家把這情形告訴他父親。蕭朝奉聽說兒子殺了人，早嚇得手忙腳亂，便對朝貴說道：「事已至此，速往鵬化山中求洪教主幫忙，他手下的人多，可以救你。」朝貴聽了父親的話，便帶了這女孩連夜投鵬化山中來。洪秀全一見那女孩兒，認得便是他妹子洪宣嬌，當下兄妹兩人，抱頭痛哭。秀全問起情由，宣嬌便把過去的事兒說了。要知後事如何，且聽下回分解。

美人計宣嬌救阿兄　烈女行文宗罷選秀

卻說當時洪宣嬌把如何被那大漢姦拐，流落江湖上；如何遇到蕭朝貴，蕭朝貴又如何替她報仇，殺死了人，亡命出來，一一說了。洪秀全正想利用蕭氏的家財，如今聽了他妹子話，正合心意。當下便勸朝貴入了上帝教，拜過教主。秀全又說：「朝貴始得入道，只怕他心志不堅，且朝貴年富力強，會中要借用他的地方很多，常常要打發他出外辦事去；暫時不能成親，須待三年以後，夫妻方可團圓。」便把蕭朝奉接上山來，叫宣嬌跟著公公一塊兒住著；卻打發朝貴出門勸道去。後來蕭朝奉因住在山上不方便，洪秀全便安排他在桂平縣大黃江地方。那地方沿江都是高山，山上樹木茂盛。有一個山主姓楊名嗣龍，少年英俊，他手下養著四五千工人，每日在山上破樹燒炭。後來也投到太平軍裡來。

如今且把太平天國的事兒擱起，再掉過筆頭來，說清宮的風流天子。那咸豐皇帝，不是說很英明嗎？又有孝貞那樣賢德的皇后輔佐著，便該把這朝政一天一天的弄興旺起來。誰知這時朝政早已被道光皇帝寵信的穆彰阿弄壞了。弄得天怒人怨；洪秀全又打進南京，建立了太平天國，半個天下已不是滿清皇帝的了。咸豐皇帝看看大勢已去，索興每天躲在宮中，醇酒婦人，竭力尋其快樂去。日子多了，宮中這幾個妃嬪，他漸漸的玩厭了，便有總管太監獻計，向八旗官宦人家挑選秀女去，挑選有姿色出眾的獻與皇帝臨幸。這個旨意一下，那京中的八旗人家，頓時慌亂起來；你想誰家肯把好好的女兒，葬送到永世不見天日的深宮裡去？便有許多人家把女兒藏起來。但那班太監們，耳目十分繁多，誰家有幾個女兒，誰家的女兒多大年紀，他們平日都打聽在肚子裡。如今聽說宮中要選秀女，那班有女孩兒的人家，早已被太監們看守住了；你便要逃避，也不能了。到這時候，幾個有錢的人家，便暗地裡送幾百兩銀子給管事的，他便放你過去；你若沒有銀子，那女孩兒免不了要和他父母生離死別了。

那時有一個姓喜塔臘的，當了名驍騎校小武官，年老無子，膝下只有一個女兒，名叫愛姑，因她長得聰明伶俐，相貌美麗，父母便自幼拿她當男孩兒看待，一般的給她讀書識字，愛姑肚子裡讀得很通，很懂得大義；她又做得一手好針線活計，家中貧寒，便靠她做些針線，又在家中設一個學堂，教幾個蒙童，換幾個銀錢，養著父母。這一年，宮中挑選秀女，也把愛姑的名字寫在冊子上了。愛姑知道了，哭得死去活來，打算帶了父母逃走。可被宮裡看管著，行動不自由了。沒奈何，到了日子，跟著太監進宮去，在坤寧宮外甬道上侍候著。

這時，宮門外女孩有一百多個了，個個嚇得玉容失色，珠淚雙流。太監們看見了，還要吆喝著，不許啼哭。稍稍倔強，太監手中的鞭子，便向嫩皮膚上抽下來。愛姑看在眼裡，已是十分憤怒。誰知他們從天色微明去站班，直站到日光西斜，也不見皇帝出來。這時正是大冷天氣，宮門外地方又空曠，北風又大，颳得這班女孩個個皮膚青紫，渾身索索打顫。她們肚子又餓，又私急了；有幾個女孩兒禁不住哇的一聲哭了出來。管事太監大怒，舉著皮鞭惡狠狠地打下去。愛姑這時耐不住了，便搶過太監的鞭子，響響亮亮地說：「俺們離了家門，拋了父母，到這地方來，倘然選上了，便終身幽閉在深宮裡，不見天日。想到這裡，那得叫俺們不哭？」

正喧鬧的時候，忽然「唵唵」幾聲，咸豐帝出來了。大家頓時靜寂無聲。皇帝這時臉上有憤怒之色，大家嚇得越發不敢作聲。獨有這愛姑，嘴裡還嘰哩咕嚕說個不休。太監暗暗拉她的袖子，她也不睬。皇帝的軟轎已走到她跟前，問她說些什麼？太監推她上去。愛姑便跪下來，說道：「如今南方大亂，半壁江山已屬他人。不聞皇帝請求將帥，保祖宗大業；反迷戀女色，強奪民間女兒，幽閉在宮中。皇帝只圖縱慾，不思保全社稷。眼看這滿清天下要給皇帝送去！小女子既到這地方來，早已將生死置於度外，刀斧俺都不怕，只為皇上不敢呢！」

這咸豐皇帝正在氣憤頭裡呢，聽了愛姑這一番正大光明的話，不覺把氣平了下去；怔怔地向愛姑臉上看了一回，冷笑了一聲，一摔袖子，說道：「好好，都帶她們出去吧，朕不選秀女了。」總管太監聽了皇帝的吩咐，只得把這班女孩一一送還家去。從此京城裡的人，都知道愛姑是個才貌雙全的女子，大家搶著來求親。後來愛姑到底嫁了一個滿尚書的公子，一雙兩好的過日子。

挑選秀女這一天，皇帝和皇后在宮中吵了嘴。皇后勸皇帝罷了選秀的事體。說：「如今南方大亂，皇上每天辦理軍務，還不得空閒，哪有功夫去挑選秀女？」一句話，觸惱了皇帝，便大怒起來，說皇后有意吃醋。皇后是最賢德的，平生最怕這吃醋的名氣，如今聽皇帝說她，她真是一肚皮冤屈無訴處，不免和皇帝爭辯了幾句。他兩人從上午吵到下午，所以那班女孩在宮門外直站了一天；皇帝出宮來，聽了愛姑幾句，一肚子沒好氣，便把選秀女的事體作罷。

咸豐皇帝天生有一種古怪脾氣，他在宮中玩妃嬪玩得厭了，說滿洲女子粗蠢笨直，沒有那漢人的婦女好玩；他宮中雖有幾個漢女，但都是姿色平平，又是近山東直隸地方人，高大身體，天然大腳；皇帝是愛小腳的，又愛南方的女人，他說南方女人嬌小溫柔，裙下雙鉤，尤是尖瘦動人。因此咸豐在沒有人的時候，常問太監：「京城裡有南方的窯姐嗎？」太監崔三，生性十分狡猾，他見皇帝有尋花問柳的意思，平日就在外邊各處閒逛，京城地面的情形，他打聽得十分明白。這時見皇上問他，他便悄悄地奏道：「皇上貴體，想那煙花賤質，如何配伺皇上？莫說京城地面，那蘇杭地方的窯姐兒很少；便是有，那些齷齪地方，皇上也是去不得的。」皇帝說：「朕如今想南方的女子想得切，你有什麼法子領朕出去玩玩？便是好人家女兒朕去見一回，和她說幾句話兒，也是有趣的。」崔三見皇帝急了，便道：「這裡宣武門外面，住的都是南方紳宦人家；奴才有時打宣武門外走過，見靠晚時候，那些牆門口都站著些小腳兒娘兒們，個個都長得粉妝玉琢似的，嬌滴滴地說著蘇杭話，煞是好看。」

原來蘇杭地方的婦女，都有站門口的習氣，每到夕陽西下，姊妹們在深閨繡倦，便拉著手閒站去。那些油滑少年，都在這時候打扮著，大街小巷閒逛著以一飽眼福。當時咸豐皇帝聽了崔三的話，心癢癢的，巴不得到宣武門外逛去。他和崔三說通了，兩人改扮著，悄悄溜出宮去，騎兩匹白馬，直跑出宣武門外。到大街上，買些筆墨紙張等物，自稱是四川的陳貢生。又上館子去吃點心，延挨到傍晚；兩人便上馬慢慢的在街頭巷尾閒走著。果然見兩旁牆門口，站著許多婦女：蠢的，俏的，老的，少的，個個打扮得花枝招展的，露出半面，向門外探頭兒。越是小腳兒，卻故意把裙幅兒掛得高高的，露出尖尖的一雙紅菱似的小鞋幫兒來，還有那長得俊俏的，卻故意躲在人後，露出一點粉臉來，偷看街上的男子。見有人走來她故意把身體縮回去，把門遮住臉；待那男子走過了，便伸出頭來，看著男子的背影，低聲俏氣地批評著。這咸豐皇帝自幼生長在深宮裡，不曾到外面來逛過；如今他第一次出來遊街坊，見了大街上的熱鬧情形，又見了許多美貌的婦女，把他眼也看花了。只是騎在馬上，笑得合不攏嘴來。要知後事如何，且聽下回分解。

宣武門外名媛倚閭　釘鞋鋪中貞婦投梭

卻說咸豐皇帝跟著崔三，常常在宣武門外閒逛，見了許多美貌娘兒們，樂得他心花怒放，恨不得闖進人家去摟抱一回。還是崔總管悄悄地勸住，說：「皇上且耐著性兒，容奴才打聽去，有可以遊玩的人家，再奉皇上游玩去。」

有一天，咸豐騎著馬，走過一家門口，見有許多浮頭少年，在這家門口趤來趤去，嘴裡唱著那男女私情的歌兒；再看時，那牆門口一簇站著四個姑娘，個個長得芙蓉如面，楊柳細腰；裡面站個年紀最小的，望去大約十五六歲，長得尤為嬌小嫵媚。那一雙眼波，溜來溜去，真是勾魂攝魄；看她下面，一雙小腳兒，又尖又瘦；穿著紅緞繡花鞋兒，貼在地上，只有二寸許長。咸豐帝看了，也不覺喝一聲「好」。這四個姑娘前面，還站著一個半老佳人；她一邊對那班浮頭少年低低的罵著，叫他們走開，不許他們看她的女兒，一邊卻對他們搔首弄姿，那種風騷樣兒，不覺把個皇帝也看怔了。咸豐帝騎在馬上，在他們門口趤來趤去，繞了三遍；這娘兒五個人，被他們看得害起羞來，便「砰」的關上大門，進去了。

咸豐帝回到宮裡，禁不住冥思夢想。他也曾在那家門口去跑過幾次，無奈總不能和她們再見一面，便吩咐崔三打聽去。那崔總管一連去打聽了三天，才興匆匆的跑進宮來，對皇帝說：「陛下可知道宣武門外有一個美人兒叫『小腳蘭花』的麼？」咸豐帝說道：「朕卻不知道。誰是小腳蘭花？小腳蘭花是怎麼樣的？」崔總管奏說：「陛下那天看見的四個姑娘，奴才已去打聽得，她是張家的女兒，原籍蘇州人。他父親張藝臺，在刑部做過侍郎，家裡原有妻子的，到京裡來，便娶了一個窯姐兒竺氏做太太，生下這四個女兒，便一病死了。虧得四個女兒都已長大成人，且長得個個都是美人胎子似的。竺氏便仗著她女兒做幌子，招惹幾個遊蜂浪蝶進去，靠聚賭抽頭過日子，竺氏陪伴著一班客人，那班客人愛她長得風騷。因此，京城裡一班紈褲子弟，都在他家遊玩；他們個個歡喜她家的女兒，竺氏卻管束得很嚴，沒有一個人上得手的。那班富家公子，見越不得上手，越肯花錢；那竺氏見他們越肯花錢，卻越不給他上手。到如今竺氏也賺得上萬家財了，她的門戶也越緊了，非是王公大臣，她是不接待的。她四個女兒，大女兒名荷兒，第二個名桂兒，第三個名蓉兒，最小的名蘭兒。因蘭兒長得最是嬌小動人，又是一雙二寸許長的小腳，滿京城人都嚷著『小腳蘭花』。」

咸豐帝聽了，便問道：「可是那天朕在她家門口看見，站她姊妹背後，臉上擦著鮮紅的胭脂，一雙水盈盈的秋波向人亂轉的嗎？」崔總管回說：「正是她！」咸豐帝不禁把手在腿上一拍，說道：「好一個美人兒！真是名不虛傳！朕怎麼也得玩玩去。」崔總管奏說道：「陛下莫性急，奴才聽得前門大街福記金店的掌櫃老胡，是竺氏的舊相好，奴才便託他說去。」咸豐帝聽到這裡，忙問道：「你敢是說朕要到他家逛去嗎？」崔總管搖著手說：「不，不。奴才推說有一位江西木商進京來，他要去見識見識張家姐妹，求你做一個嚮導。」那掌櫃聽了，便去和竺氏商量。第二天傳出竺氏的話：「那客人既愛俺家女兒，叫他每一個姑娘拿出五萬兩銀子見面錢來；那蘭兒另外要十萬兩銀子遮羞錢，老身也要五萬兩銀子。共是三十五萬兩銀子，少一兩不得。那金莊掌櫃也要五萬兩銀子。」咸豐帝聽了，一算，要四十萬兩銀子，不覺伸了一伸舌頭。但是，他想一想那四個姑娘的面貌便頓時高興起來，立刻催著崔總管，到庫上去提銀子，送至福記金店去。這一回，崔總管自己整整賺了十二萬兩銀子。分三萬兩銀子給金店老胡；那竺氏淨到手了二十五萬銀子。這竺氏自出孃胎也不曾見過這許多銀子，便笑得合不上嘴來。

到了第三天，崔總管悄悄地僱一輛車，把皇帝藏在車廂裡，外面用布圍著，自己跨著轅兒，悄悄的趕出宣武門去。到張家門口，把皇帝扶下車來。竺氏接進院子去。皇帝看竺氏臉上，一般的膩粉紅脂，掩眉彎入鬢，便笑說道：「徐娘韻姿，風騷可愛！」那竺氏聽了，一溜眼，伸手輕輕的在皇帝肩上一拍，掩著嘴笑說道：「打你這個油嘴！」皇帝哈哈大笑，走進堂屋去；只見上面紅燭雲燒，繡氈貼地。崔總管扶著皇帝，向南坐下。停了一會，那四個女兒，打扮得好似四枝牡丹花，裊裊婷婷的走了出來，由四個小丫頭扶著，向皇帝深深的拜了一拜。皇帝這時忍不住上去拉近身來，細細的認識一番，連聲說：「妙！」隨即拿出四個翠玉指環來，親自替她們套在小指兒上。

停了一會，擺下筵席來，四個姑娘輪流把盞，皇帝也把竺氏拉住了，叫她坐一旁陪伴著。五娘女一杯一杯把個皇帝灌得爛醉如泥。竺氏在前面引著燭，四個姊妹在前後左右挽著皇帝進房去，服侍他脫去鞋帽袍褂。忽然在臂膀下面，露出小印來，拿黃帶子絡住在手臂上。那蘭兒原是認識字，見印著「傳國玉璽」四個小篆字，不覺嚇了一跳，忙悄悄告訴母親。竺氏急出門問崔總管時，他起初還不肯說，竺氏急了，說道：「如今南方大亂，京城裡禁令森嚴，像這種來歷不明的客人，任你錢多，俺家中也不敢接待。扶送他出去罷！」崔總管才悄悄告訴她道：「這實是當今的萬歲爺，你母女好好伺候著，管叫你一世享福不盡呢。」竺氏聽了，心中又歡喜，又害怕，回進房去，告訴女兒，皇帝見了竺氏，便拉住不放她出房去。

皇帝連玩三天，兀自不肯回宮去。被步統領衙門和九門提督知道了，忙派了三千御林軍，在張家圍牆外面把守著，打更吹號，通夜不息。後來一班大臣也知道了，便趕到宣武門外來接駕；張家院子裡，擠滿了王公大臣。其中有一位侍讀學士杜受田，直闖進內院去，切實勸諫。還有一位御史沈葆楨，他上了一本參折，是參崔總管，說他不該引導皇上作狎邪遊，請皇上交內務府立行杖斃。誰知這位風流天子，一任你們如何勸諫著，他總是迷戀著這母女五人，不肯回宮去。後來，崔總管急了，悄悄去勸著皇帝，說：「皇上作速回宮去，這四位姑娘交給奴才，奴才能在三天以內，把她們安頓到圓明園裡去。那時皇上早晚臨幸著，有誰敢來說話？」

皇帝聽了，忙搖著手。說道：「莫送她們到園裡去，那園子裡醋罐子多呢！不能叫她們姊妹吃虧去。」崔總管聽了，略思索了一會，磕著頭，說：「奴才又有一處極幽靜的地方，離圓明園不遠，送她姊妹四人去住下，三天以內，待奴才安頓停當，便再請皇上去團聚。現在務求皇上先回宮去；皇上倘再不回宮去，奴才的腦袋便不保了！」皇帝看他求得可憐，便答應回宮去。外面擺齊鑾駕，皇帝臨走的時候，還依依不捨，和她們姊妹四人分別著出來，外面文武百官接著，擁上鑾輿。皇帝忽然想起一句話來，忙喚崔總管到鑾輿跟前，低低地吩咐他道：你安頓她姊妹四人，卻也不要忘了那竺氏，她也是一個妙人兒呢！」說著，哈哈大笑。三十二個人抬著一肩鑾輿回宮去了。

咸豐回到宮裡，那孝貞皇后怕犯嫉妒的名兒，便一句話也不敢勸諫；倒是那班妃嬪，見了皇上，不免有怨恨的氣色。咸豐帝也不去理睬她們。過了三天，皇上又到圓明園去，園裡自然有一班妃嬪伺候著；皇帝正和那班妃嬪說笑著，忽然那崔總管上來，悄悄地把皇帝的龍袖一拉。皇帝便跟著趕出藻園門來，向西繞過一個牆角，見一座高大的叢林。崔總管領著，繞過佛殿，走進西側門，是一座竹園，穿過竹林，一帶粉牆，露出一個月洞門來。走進洞門，裡面一帶湘簾，隱著六間精舍。簾外架上的鸚哥，見有人來，便喚道：「客來了！客來了！」屋裡面的人聽了，掀著簾子出來。

皇帝留神看時，認得是竺氏，便撲向前去，拉著竺氏的手，並肩兒走進屋子去。那荷桂蓉蘭四姊妹，也迎出屋子來；圍定了皇帝，請下安去。皇帝一手一個，拉著坐上炕。問崔總管：「這是什麼地方？」崔總管回奏道：「這裡是『千佛寺』。原是前朝的王府，後來因為這位王爺沒有兒子，便把這府第舍做佛寺；如今奴才把寺裡的喇嘛和尚都趕到別處去，從園裡調二十名太監來伺候著，又把這四位姑娘安頓在此地，皇上早晚臨幸著，豈不便利？」皇帝聽了，點點頭。說道：「難為你費心！賞你一萬兩銀子罷！」崔總管謝了賞，去庫上領了銀子。這裡皇帝和張家四姊妹四人，日夜尋歡，也不進園去了。

那時，太平軍的勢力一天大似一天，那洪天皇既得了南京，便打發第一支兵馬攻打鎮江。鎮江的滿洲兵不發一箭，便棄城逃走；接著太平軍又得了揚州。統帶的將軍名叫林鳳祥，十分驍勇；他接連攻得安徽的鳳陽，河南的歸德，又渡黃河，占領懷慶。他忽然轉向，打進山西省，奪得平陽，又從山西打進直隸，奪得平野，又占領藁城，接著攻陷深州，沿運河上去，攻得靜海、獨流一帶地方。另一支兵馬，取得念祖、連鎮、阜城一帶地方。離京城一天近似一天。京城的文武大臣，得了這個消息，個個害怕起來；南方奏報失陷城池的文書，雪片似的送進京來。那軍機處接了文書，連夜封送進宮去；無奈這時皇帝正深入溫柔鄉里，不理朝政，只把一班大臣急得走投無路，天天在午門外候著，卻不見皇上聖旨下來。

洪秀全看看北伐的第一軍得了勝利，接著派遣戰將吉文元、李開芳兩人，統帶第二軍，也向北打去。他一步打進安慶、桐城、舒城一帶繁華的州縣；又攻取廬州。安徽巡撫江忠源在廬州戰死。第二軍聲大震，接著又克六合，克臨清州和高唐州；山東巡撫接連飛馬快報報進京去。這時宮裡不見皇帝的蹤跡已有五六天了；宮中頓時慌亂起來，孝貞皇后一面穩住眾人，一面傳崔總管，並喝叫綁起來，送交內務府去拷問。她說：「從前皇上出宮去遊玩，是他引誘的；如今一定也是他把皇上藏過了。」崔總管熬刑不過，只得招出來，說：「皇上住在千佛寺裡。」內務府差役押著他，到了千佛寺裡，果然找到了皇上。皇上問：「什麼事體？」崔總管將娘娘發怒，把奴才送交內務府拷打的情形說了。

皇帝聽說皇后動怒，知道她姊妹四人不能再留下了，便一面打道回宮去，一面把崔總管放了，悄悄地吩咐他，把她姊妹送到禁城外安頓去。這孝貞皇后看皇帝回宮來，便又跪下來勸諫，說，「如今軍務變亂，皇上宵旰憂勤，還恐不及，如何可以把朝政擱置，自己一味尋樂去？」皇帝聽了，笑笑。說道：「朕因國事憂愁，在宮中悶得慌，出宮去打幾天圍獵，卿又何必如此慌張？」

咸豐踱出坤寧宮，到御書房裡。看案上奏本，堆積如山，隨手一翻，見都是各處州縣失陷的緊急奏報，不覺嚇一大跳。忙召集了王公大臣開御前會議。足足談了四個時辰，才決定辦法。立刻傳旨下去，派兵部尚書勝保，親統大兵去擋平野一路的太平軍；又派蒙古科爾沁親王僧格林沁，統領騎兵去擋連鎮一路的太平軍。這兩位都是戰將，奉了聖旨，奮勇殺賊；不多幾天，勝保果然收復藁城一帶；僧王也收復阜城一帶。僧王還用了那道員張晉祥的計策，決運河的水，淹斃馮官屯的太平軍。太平軍將軍李開芳，到僧王大營中來投降，僧王拿囚籠關住他，押進京來。咸豐帝下諭，綁送西校場正法。從此太平軍北伐的兩路人馬，一齊逃回南京去。

咸豐皇帝看看眼前又太平了，便又想出宮遊玩，私地裡喚崔三來問：「她姊妹還在嗎？」崔總管搖搖頭，說：「自從皇上吩咐奴才送出禁城外去，不多幾天，她們各個嫁了京中大官做如夫人去了。」皇帝聽了，不覺長嘆一聲。崔總管知道皇上不樂，隔了幾天，他忽然興沖沖地跑到皇上跟前，悄悄說道：「奴才又打聽到城南又出了個美人，名叫冰花，人稱『蓋南城』。」皇帝聽了詫異，便問：「怎麼她的名字叫冰花呢？」崔總管回答說：「因為美人長得跟花兒一般，性格冷得和冰一樣，終日板著一雙面孔，沒人敢去招惹她；倘有浮浪子弟去調戲，她便以冷語辱罵，因此人人都取她綽號『冰花』。」皇帝聽了，直跳起來道：「有這樣的美人，待朕親自去看。」崔總管攔住，說道：「皇上需謹慎些，她是有夫之婦，況她家開了一個釘鞋鋪，在熱鬧街上，怕等閒下不得手。」皇帝說道：「朕卻不信，待朕去看看；包叫她冰花變成桃花，弄得她進宮陪伴朕過日子呢？」說著，催崔總管快備馬去。

皇帝改了裝，扮做富家公子模樣，悄悄出了宮門，跳上馬，和崔三兩人，一前一後，跑出南城去。果然，有一家釘鞋鋪子，有一個禿頂男人，絡腮鬍子，爬在凳上，正在那裡工作，卻不見女子。他兩人故意在門口繞來繞去，終不見那女人出來。皇帝沒奈何，只得敗興回來。第二天，再去，依舊看不見。打聽得那禿髮男子，便是那女子的丈夫。皇帝嘆了一口氣道：「好一朵冰花，插在牛糞裡。」

到了第三日，皇帝又去了。果然看到了。當時她丈夫不在店中，只看一個年輕女子蓬著頭，在櫃臺裡面洗衣服。皇帝和崔總管下了馬，一腳跨進店裡去，只見滿地爛泥，一陣一陣臭味，送進鼻管裡來。皇帝生平不到這種骯髒地方，如今只得看在女子面上，暫時忍受著。那女人見有買主來了，忙丟下衣服，擎著水淋淋的一雙手；她一邊拿衣角拭著手，一邊上來招呼。皇帝看她臉時，果然長得長眉雪膚，望去好似一尊活觀音，又看她手時，玲瓏白潤，雖終日操作著，卻沒有凍裂粗糙的紋路。又打量她身材時，真可以稱得肥瘦適中，長短合度。把這個風流天才，看得酥呆了半天。

崔總管假裝買她的釘靴，和她討價還價；皇帝站在一旁，怔怔地看那女人。到這時，他實在忍不住了，便開口低低的向那女人問道：「前幾天我也曾看望你，你卻不在店裡，你到什麼地方去了？」那女人好似沒聽見一樣，只是低著頭做她的買賣。接著皇帝又問：「你家那禿了頂的丈夫，今天到什麼地方去了？」女人聽了，滿臉怒容，轉過臉去不理他。

到這時，皇帝的膽子大起來，隔著櫃身，伸手去捏她的手兒，那女人大怒，拿著手裡的釘靴，直向皇帝臉上打過去，虧得崔總管的手快，忙去奪了。那女人倒豎柳眉，十分氣憤；大聲哭嚷起街坊鄰舍來，頓時，在店門口擠了許多人，大家說：青天白日在大街上調戲女人，真正豈有此理？俺們打這個囚囊！一個說打，大家都接著喝打。崔總管見勢不妙，忙從身旁拔出劍來，站在門口，攔住眾人，眾人看他拔劍，越發生氣，一片聲嚷：「這死囚囊！拿刀動杖的，敢是沒有王法嗎？俺們打上去，打打打！」各人手裡拿著棍棒，擁進店來。皇帝看看事體危急了，他便縱身一跳，跳上櫃臺，隨手在貨架上抓起釘鞋、釘靴，向眾人擲去。許多人被皇帝拿著釘靴打得頭破血流，大家越發憤恨了，便拾著釘靴回擲皇帝；皇帝自幼練過武藝，知道躲避的法子，一時間滿街的東西飛來飛去。崔總管頭也給打破了，淌著鮮血，他還拿著劍尖兒搠人，許多人看劍鋒厲害，到底怕死的人多，沒有一人敢衝進去。

正在危急時候，聽得開鑼喝道的聲音。大家說道：「好了好了！巡城御史來了。」頓時肅靜起來。那御史官見許多人被打得頭破血流，跪在轎前告狀；又是滿街的釘靴棍棒，便大怒，喝聲：「拿來！」便有差役，擁進店來，要抓皇帝；皇帝高高站在櫃臺上，只是暗笑。

崔總管見差役進來，便跟著他一塊兒走到御史官轎前。那御史官認得他是宮裡的總管，崔總管又湊近身去，和御史官咬著耳朵；慌得那御史官走出轎來，趕到店中，便在櫃身前拜倒在地上。那些街坊，見了這情景，知道惹了禍，慌得一個一個溜回去躲著不敢出來。要知這冰花日後如何結果。且聽下回分解。

皇恩浩蕩冰花失志　依情旖旎四春承歡

卻說咸豐皇帝為看冰花，幾乎惹出一場禍來。虧得進城御史走過，把皇帝送上自己的轎子，抬著回宮去。一面向崔總管打聽情由，崔總管便把皇帝如何聞冰花美貌的名氣，親自來賞鑒，說了幾句戲話，觸惱了那位美人；街坊上幫著冰花大鬧起來。這位巡城御史十年不曾升官；如今聽了崔總管的話，心想俺升官的機會到了。他一面安慰著崔總管，一面拍著胸脯說：「大爺放心，這件事在下官身上，包你三天之內，讓皇上如意。不過，大爺進宮去，在皇上跟前須替下官好言一二。」崔總管聽了，點點頭，拱一拱手，去了。這裡御史官便裝腔作勢的喝叫：「把那爿鋪子的夫妻二人抓回衙門去審問。」

這時冰花的丈夫，恰恰從外面回店來；聽說御史官要抓他到衙門裡去，嚇得他只是索索的發抖，哭著求著不肯去。還是那冰花，一點也不害怕，說道：「去便去，俺們又不犯什麼王法。」他夫妻兩人把店堂託給街坊，代為照料，便跟著差役，到御史衙門裡去。那御史官照例問過一堂，也不定罪，也不釋放，把他夫妻二人，分別監禁起來。監禁到第三日上，忽然來了兩個婆婆，把冰花領到一間密室裡，給她香湯淋浴，拿出一套錦繡衣裳來，給冰花換上。冰花詫異起來，問：「什麼事？」那婆婆說：「皇上知道你是一個貞節的女人，吩咐賞你一套衣服，給你洗澡穿上，便要送你回店去。」冰花聽了歡喜，便重新梳妝起來，居然容光煥發，旖旎動人。兩個婆子在一旁讚歎，說道：「這樣一個美人兒，老身是女人身，見了也要動心，莫怪聖天子見了要動手動腳了。」冰花聽了，不覺臉上起了一陣紅暈，說道：「休得取笑。」過了一會，轎子抬進院子來，婆子扶她上轎，放下簾子，四周遮著綢幔，坐在轎子裡，黑漆漆的一絲也看不見外面的情形。轎子走了半天，才停下來，依舊兩個婆婆上來，打起轎簾，扶她出轎來。冰花抬眼看時，只見眼前圍著一班旗裝女人，滿身打扮得花花綠綠，個個把兩隻眼注定在自己臉上打量著。又看那院子時，十分闊大，一帶黃牆，接著抄手遊廊，正北一座金碧輝煌的宮殿，冰花滿腹狐疑，忙問道：「這是什麼所在？你說送俺回店去，怎麼送俺到這個地方來？」那婆子哄著她說道：「娘子莫慌，這裡是宮裡，皇后聽說娘子長得美貌，特把娘子接進宮來見一見，立刻送娘子回店去呢。」冰花聽了，她便沒得話說。

婆婆扶著她，從甬道走進屋子去，只見裡面繡幕垂垂，落地花窗上糊著粉紅色茜沙。屋子裡一色朱紅桌椅，床上掛著葵花色幔帳，床裡疊著五色繡花錦被，鋪著狐皮褥子。一面瓶花鏡臺，一面仕女畫屏，裝飾得豪華富麗。兩個婆婆扶她在床前椅子上坐下，接著許多宮女上來送茶送水。冰花到了此時，忽然覺得自己是被騙進宮來做妃子了，霍地站起身來，說：「俺回去了。」左右宮女忙上前攔住，接著那皇帝已踱進屋子來，搶上去，握住她的手，嘴裡連聲喚著：「美人美人！耐心些。」那冰花知道自己落入了他們的圈套，便覷眾人不防的時候，猛向床檻上撞去，一溜鮮血直從眉心裡流出。皇帝看了，連說：「可憐！」忙退出屋子去，吩咐管事媽媽：「好生看護著，養著傷，朕過幾天再來看她。」冰花這一撞，早已暈倒，大家把她扶到床上去睡，包紮傷口，許多宮女，在床前伺候著。

一會兒，冰花從床上清醒過來，管事媽媽在一旁勸著，說：「娘子天生一副美貌，須得嫁一個富貴兒郎，享一世榮華，受一世富貴，才不辱沒了；如今難得聖天子多情，把娘子接進宮來，百般地疼愛著。又怕娘子生氣，還不敢和娘子親近。這正是娘子受富貴、享榮華的時候，又得這位多情的萬歲寵愛著，豈不強似那在店鋪裡挨凍受餓辛苦一生呢？」這幾句話，管家婆婆天天勸著，起初冰花不去理她，後來日子久了，冰花的心也一天一天懶下去了，覺得管家婆的話也很有道理。便和管家婆說定，須得把丈夫喚進宮來見一面兒，丈夫許她轉嫁便轉嫁，丈夫不許她轉嫁，她便抵死也不肯失節的。管家婆把她的話去奏明皇上，皇上准她把丈夫喚進宮來見面。那時冰花的丈夫，早已在宮裡補了鑾儀衛的侍衛官，進宮的時候，衣帽整潔，翎頂輝煌。冰花見了丈夫，只是哭泣；他丈夫卻不哭，對冰花說道：「俺夫妻緣盡於此了！你在宮裡，好生伺候著皇上罷。」冰花聽了，嘆一口氣，說道：「你也好生做你的官罷！」便在這一天夜裡，皇帝到冰花宮中來臨幸了。第二天，封她做貴人。從此皇帝被冰花一人迷住了，一連十多天不理朝政。

話說此時外面軍情十分緊急，太平天國已在南京定都，掌握了八省地方，朝中文武大臣，個個提心吊膽，沒了主意。孝貞皇后沒法，只得親自跑到皇帝寢宮門外去背祖訓，皇帝看看實在延挨不過了，只得出去坐一回朝，辦幾件公事，了了草草，一轉眼，又溜進冰花宮中去了，任你那班大臣如何勸諫，他總當作耳邊風，不去理睬，使得太平天國的事業，尋得了發展機會，一天比一天興旺。

話說洪天皇又花了六百萬銀兩，在南京造起一座極高大的宮殿來。忠王李秀成和洪天皇自己在殿上題著對聯，他正殿上有幾副對聯，寫得十分堂皇。第一副對聯寫道：

唯皇天德日生，用夏變夷，待驅歐美非澳四洲人，歸我版圖一乃統；
於文止戈為武，撥亂反正，盡設藍白紅黃八旗籍，列諸藩服千斯年。

第二副對聯寫道：

先主本仁慈，恨茲汙吏貪官，斷送六七王統緒！
藐躬實慚德，仗爾謀臣戰將，重興十八省江山。

第三副對聯寫道：

獨手擎天，重整大明新氣象；
丹心報國，掃除異族舊衣冠。

第四副對聯寫道：

虎貪三千，直掃幽燕之地；
龍飛九五，重開堯舜之天。

天皇的宮門，大門上掛著「榮光門」匾額，二門掛著「聖天門」匾額。兩旁有朱紅木柵，木柵裡面還有許多匾額，都是臣下讚頌天皇的話。左右用琉璃瓦蓋著兩座亭子，走進二門，兩旁排列著幾十間朝房；房子西面，有一口五色石欄的御井。那石上雕刻著雙龍，十分精緻。當殿矗著一座牌坊，金柱紅梁，龍飛鳳舞，十分華麗。殿的四壁上，畫著龍虎獅象；正殿的東面有一帶圍牆，牆裡一座方池，青石砌房，十分清潔。池上一座石船，長十餘丈，天皇常常在石船中開宴賜酒。天皇十分寵愛小天皇，特意替他在鐘山腳下蓋一座小天皇府；裡面大樹清泉，樓臺曲折，十分幽勝。那小天皇一般也是個好色之徒，他府中用的，全是女官；那女官個個都長得雪膚花貌，小天皇終日和這些女官廝混著，什麼風流事體都做出來。

且說太平軍裡有位樊將軍，在蘇州地方得了一個美貌姑娘，那姑娘名叫明姑，原是蘇州世家小姐，知書識字，又懂得刀劍。太平軍到蘇州的時候，明姑跟著她父母逃到鄉下，又被兵士們捉住，兵士們要殺她父母，明姑便上前去攔住，那兵士們見了這美貌的姑娘，便也放去了她父母，把明姑捉到營裡去，兵士便要行非禮之事，明姑說道：「你們若要奸汙我，我只有一死。不如把我獻與你們將軍。那將軍愛我美貌。你們便大大的可得到一筆錢。」那兵士們聽她話說得有理，真的把她獻與樊將軍。

樊將軍見了明姑，便賞兵士五百兩銀子，把明姑留在後帳。到了夜間，樊將軍進來要犯她；明姑便拿勸兵士的那番話勸樊將軍，勸他把自己去獻與天皇，便可得高官厚祿。這時洪秀全正下旨，著各將領物色美人，明姑一句話提醒了他，便親自送明姑到天京去。天皇見了明姑，十分歡喜，便傳諭賞樊將軍銀十萬兩。明姑長得白淨苗條，第一夜洪天皇臨幸過，知道還是處女，便特別寵愛，封她做明妃。洪天皇一連在明妃宮中住了一個月，真是同起同臥，十分恩愛。明妃趁此機會，求著洪天皇把她父母傳進宮來見一面兒。天皇便依她，明姑見了父母，禁不住大哭一場；見沒有人在跟前，便悄悄的把自己的心事對父母說了。父母知道她要行刺天皇，性命終是不保，母女兩人，摟抱著哭了一陣。明妃向天皇要了一面小黃旗交給她父母；他父母身旁藏著這一面旗，在太平天國隨處可以去得。明妃悄悄叮囑她父母逃到北方去；將來自己鬧出大事來，不致延害。

明妃送走了父母，諸事停當，便在臥房裡擺下一桌酒，請天皇來吃酒，自己也在一旁吃酒陪伴著，吃酒的當兒，有說有笑，又做出許多媚態來，洪天皇吃酒吃不多幾杯，早已被明妃的美色醉倒。一手搭在明妃肩上，要她扶上床睡去。那明妃看看是時候了，便吩咐宮女收拾筵席，親自扶天皇上床，自己也御了盛裝。看宮女收拾過桌面出去了，明妃便起身去關上房門，聽得床上天皇睡得靜悄悄的，忙去牆上拿下一柄寶劍來，捏在手中，輕輕的掩在床前一看，那床上空空的，沒有人，天皇不知到什麼地方去了。明妃正詫異的時候，一回頭，見天皇滿面怒容，站在她身後。原來今夜明妃請天皇吃酒，已是犯了天皇的疑。明妃從不吃酒的，今夜忽然吃起酒來，豈不可疑？因此洪天皇假裝酒醉，先去睡在床上，暗暗地覷著明妃的動靜；他見明妃關上房門，轉身向牆上拿劍，便知她居心不良，便悄悄從床後面溜下地來，跟在明妃身後。待明妃拿著劍趕到床前去時，天皇已把佩刀抽出來，心中一腔怒氣按捺不住，趁明妃回過頭來的時候，便吃嚓一刀，砍下腦袋來。一面打著小鐘，傳喚宮女；吩咐把明妃的頭，掛在宮門外去號令。頓時明妃謀刺天皇的消息，傳遍宮中；許多妃嬪和皇后，都趕來叩請聖安。天皇見殺了明妃，自己不曾遭她暗算，心中十分快樂，傳諭宮中，連夜擺起慶祝筵宴來，自己連喝了幾大觥。這時三宮六院的妃嬪，都陪坐在左右；一時脂香粉膩、鶯嗔燕叱，天皇左擁右抱。調情打趣，高興異常。要知後事如何，且聽下回分解。

金蓮貼地瓊兒被寵　粉龐失色紫瑛喪生

卻說明妃謀刺洪天皇不成，送了小命，但從此宮裡的禁衛更森嚴了，暫且不表。但那時的咸豐帝，也仍然過著荒淫無度的日子。他年紀雖輕，只因好色過度，宮中既有許多妃嬪，園裡又住著許多美人，叫他一個人血肉之軀，如何抵擋得住？看看身體慢慢的有些支撐不住了。那宮中的崔總管為討皇上的歡心，時時勾引皇帝去幹那偷香竊玉的事體。他見皇帝精神不濟了，不知什麼地方弄來一種極靈驗的媚藥。咸豐帝服了媚藥，得了妙處，便朝朝和那班妃嬪尋歡；仗著藥力，特別玩得厲害。

咸豐帝還有一種極古怪的脾氣，他玩女人，不挑選地方，不挑選時候，也不避人耳目。他懷裡藏著媚藥，不論走到什麼地方，見有中意的宮女，拉住便幹。幹過了，那剩下的媚藥，也不收藏起來，隨處亂丟。有一天，咸豐帝在園中召見翰林丁文誠。那丁文誠進園來，時候過早，皇上還不曾叫起；小太監便領他到御書房去坐著守候。那書房中，擺設得十分精緻；丁文誠在裡面看著消遣，一眼見那小茶几上白玉盆中有一串鮮葡萄，紫果綠葉，約有十數粒，粒粒肥大。這時五月天氣，什麼地方來的葡萄？丁文誠看了，又是詫異，又是心愛，便忍不住伸手去摘下一粒葡萄來，送在嘴裡吃著，覺得十分甜美，正要吃第二粒時，忽然覺得一股熱氣直鑽到小肚子上，那陽物忽然長大起來，長到一尺許。

這時丁文誠穿著紗袍套，那東西隔著衣服都看得出來，嚇得他彎著腰，兩手按著小肚子不敢走動。心想如此形狀，停一會皇上起來，如何進見？他情急生智，立刻倒臥在地上，大聲喊痛。那班太監聽得了，一齊趕來問時，丁文誠推說是急痧症，肚子痛得厲害。他一邊嚷著痛，一邊在地上打滾。太監拿痧藥給他吃，也是無用。沒奈何，太監扶著他走出園旁小門回家去。一面立刻上奏，說是急病不能進見。這丁文誠回到家裡，在床上僵睡了五天，才慢慢的復原。這豈不是一件大笑話嗎？

第二次丁文誠進園去，見了咸豐帝，便勸諫說：「皇上調養聖體，最好每天飲鹿血一杯；燥熱之藥，切不可用。」咸豐帝道：「飲鹿血有何功效？」奏說：「鹿血為壯陽活血之妙品。」從此咸豐帝吩咐內務府，買花鹿百數十頭，在園中養著；天天取鹿血吃著，果然有效。

這時東南的太平軍，勢力一天強似一天；咸豐帝在宮裡，天天接到打敗仗失城池的消息，他越發心灰意懶。後來他連文書也不願看了，天天找那班嬪妃玩耍去。皇帝新得了冰花，十分寵愛，十天倒有七八天宿在冰花宮中的；那冰花見皇帝恩情深厚，便也有說有笑，曲意逢迎著。

皇帝最愛摟著妃子在白天睡覺，卻叫那小太監和宮女們都在龍床前追趕跌撲著玩耍。皇帝看到高興的時候，自己也跳下床來，打在一堆。每當玩到高興的時候，便拉著四個宮女，走到院子裡去，叫她們脫了上下衣服，每人站一個牆角，皇帝自己拿著一架彈弓，站在臺階上，拿鐵彈子向那宮女打去。宮女們光著身子，無可躲避，嚇得渾身發抖，哀聲求告著。皇帝看了，不禁哈哈大笑。後來還是冰花上去，把皇帝手中的彈弓接過來。說道：「臣妾代皇上射去。」皇帝便把彈弓交給冰花。那班宮女見冰花替皇帝打彈，便暗暗的罵她。誰知那冰花把彈弓接在手中，並不射，問皇帝道：「這四個宮女，什麼事冒犯了皇上，卻要拿彈子打死她們。」那皇帝笑著說道：「那宮女原不犯什麼罪，只是朕看她們長著一身白肉，拿彈子打破她們的皮肉，看雪白的皮膚上，淌著鮮紅的血，豈不有趣？」冰花聽了，笑說道：「原來如此！臣妾卻有一個法子能叫宮女身上淌著血，又不打破她們的皮肉。」說著，便吩咐別的宮女，把胭脂水灌在皮紙球裡，抵作彈子打上去；有打在宮女乳頭上的，有打在小肚子上的，有打在肩窩裡的，有打在脖子上的。雪也似的皮肉，淌著鮮紅的胭脂水，果然十分好看。皇帝看了，不禁拍手歡笑起來，便賞這四個宮女每人一件繡花旗袍。因為咸豐性格殘忍，愛作踐太監、宮女以取樂，消除煩惱。這四個宮女雖然保住了性命，作踐宮女的事還是經常發生。

咸豐身邊有一個妃子章佳氏，原也受過寵愛的；如今皇帝有了冰花，便把她丟在腦後。章佳氏在背地裡，不免有許多怨言。那湊趣的宮女，把章佳氏的怨言傳給皇帝知道；皇帝叫把章妃傳來。章妃忽聽得皇帝宣召，認做是要臨幸她，忙裝扮著起來。皇帝見了她，也不發怒，仍和她有說有笑；吩咐賞妃子三杯酒。章佳氏是不會吃酒的，如今奉著聖旨，只得硬著脖子喝下肚去；頓覺臉紅耳熱，心跳眼花。章佳氏最愛打鞦韆，皇帝便說道：「章佳氏打鞦韆的本領，是諸妃嬪所不能及的；現在朕便吩咐她打鞦韆給大家看。」說著，又吩咐把章佳氏身上的衣服脫去了，扶她上鞦韆架。那章佳氏酒醉了，渾身打顫，如何有氣力打鞦韆？皇帝聖旨不能違背，便懶洋洋的上了鞦韆架。宮女們拿起繩子來，那鞦韆架在空中飛動著；起初飛得很低，那章佳氏在上面還支撐得住。後來那宮女越拉越高，竟把個赤條條的章佳氏送在半天裡；她在上面支援不住了，便嬌聲哭喊：「萬歲爺救命！」那皇帝聽了，非但不叫停止，反吩咐宮女再拉高些。只見章佳氏大喊一聲，一脫手，從半天裡拋下地來，只聽得拍的一聲，早已摔得頭破骨斷，死過去了。宮女們見了，個個回過臉去，不忍看她。皇帝卻微微一笑，吩咐內監，把章佳氏屍身拖出去收殮了。自己一手拉著冰花，走進房去。

從此皇帝越發把冰花寵愛著，那冰花也慢慢的恃寵而嬌，把皇帝霸占住了，不許他臨幸別的妃嬪。但是這時皇帝天天玩著冰花，也有些玩厭了，便不免背著冰花，又做出許多偷偷摸摸的事體，冰花知道了，便和皇帝嘔氣，皇帝也慢慢的有些厭惡起來。

咸豐帝最愛小腳，前回已說過。如今他雖寵愛冰花，但冰花一雙弓鞋在四寸以上，咸豐帝常對著冰花的腳嘆說：「美中不足！」聽得崔總管說起揚州女人的小腳端正尖瘦，在全國中算最美。可惜揚州城已為太平天國占領，不能前去遊幸。便暗暗的吩咐太監，在京城裡留心有小腳的女人，想法子弄進宮來，便有重賞。

後來，崔總管依舊在宣武門外，尋到一個小腳女子，名叫瓊兒。她原是個揚州的小家女子，只因避難到京城裡來，住在舅舅家。他舅舅是東大街德興飯館跑堂的，家中十分窮苦。瓊兒住在舅舅家裡。幫著舅母每天做些針線。只因屋子裡又黑暗又齷齪，她便搬一張小椅凳，每天坐在門口，湊著天光做工作。她一雙尖小玲瓏的腳，擱在門檻上，穿著紅鞋白襪，十分清秀。有在她家門口走過的人，見了她一雙小腳兒，誰不讚歎幾句。有幾個好色的男子，見了她一雙小腳，便好似把魂靈吊住在她腳尖兒上，每天沒事，也要在她門口轉回了十七八轉，再也丟不下她。無奈這瓊兒面貌雖長得美麗，性情卻十分貞節。任那班閒蜂浪蝶如何挑逗，她總是低著脖子不睬。後來她的名氣一天大似一天，傳到崔總管耳朵裡，便也前去探視，果然長得不差，她一雙小腳兒，尤其是纖瘦動人。

崔總管打聽得她舅舅是飯館裡跑堂的，便去找著她舅舅吳三興。那吳三興正苦得走投無路，聽說宮裡的崔總管來找他，又聽說給他一萬兩銀子，弄他到宮裡去御廚房裡當一名廚師，吃著每月五十兩銀子的俸祿，只叫他把外甥女送進宮去，他如不願意，如何不快活。回家去便和他妻子商量。他妻子便把外甥女瓊兒拉進內房去，再三勸導，說：「你性格又高傲，脾氣又愛潔淨，非嫁給大戶人家，才能如你的心願。但俺們這種人家，門當戶對，至多嫁一個經紀人家，依舊累你吃苦一世。如今宮裡來要你，你好好的進去，得了萬歲爺的寵愛，你也可以稱了一生的心願。俺們也得攀個高枝而去，豈不是兩全其美？」瓊兒聽她舅母的話說得有理，便也依從了。

第二天，崔總管兌了銀子，悄悄的把瓊兒送進宮去。皇帝在「山高水長樓」召見。那瓊兒一雙小腳兒，貼在地下，只有二寸多長，尖瘦玲瓏。皇帝看了不覺先喝了一聲「好！」兩邊宮女攙扶著，慢慢的走近御座前來，裊裊婷婷的拜倒在地。皇帝賜她平身。瓊兒站起來，那一搦腰肢，和風擺楊柳似的，搖曳不定。皇帝把她喚近身來，捏著她的手，細細打量一番；只見她肌膚白膩，眉清目秀。當夜便在樓中臨幸了。從此把她安頓在「絳雪軒」中。皇帝只因瓊兒腳小，終日叫兩個宮女攙扶著她走路。有時在召幸的時候，皇帝自己扶著她走路。偶然放了手，讓她一人站著，她便腰肢搖擺著，好似風吹蓮花。皇帝越看越愛，便在她房中滿地鋪著繡花軟墊，瓊兒穿著白羅襪，在上面走著。瓊兒又喜歡清早起來，在花間小步，日子過得十分快活。這時冰花那邊，皇帝慢慢的冷淡她起來。

冰花打聽得皇帝最近寵上了一個瓊兒，心中十分妒恨。又打聽得瓊兒十分愛清潔的，她便打發宮女，悄悄的把汙穢東西塗在花枝上。清早起來，瓊兒扶著一個宮女，到花間去小步，忽覺得一陣陣穢惡的氣息，送進鼻管裡來。瓊兒四面找尋，看時，那花枝上都塗著汙穢東西，連她衣袖裙衫上都染得斑斑點點。急退縮時，腳下踏著一大堆糞，瓊兒「哎唷」一聲，踉踉蹌蹌的逃去，腳下被石子絆住，她小腳兒原站不住的，一個倒栽蔥，那額角碰在臺階上，早淌出一縷鮮血來。宮女忙上去扶住，走進門。她聞得渾身臭味，便撐不住「哇」的一聲翻腸倒胃大嘔起來。宮女服侍她脫去衣裙，香湯淋浴。瓊兒撐不住，便病了。這一病，整整鬧了一個月。皇帝特別體貼她，在害病的時候，不叫她侍寢，只在冰花宮中臨幸。那冰花看看自己的計策靈驗，心中十分快活。後來瓊兒的病慢慢的好了，皇帝又丟下她，臨幸瓊兒去了。冰花心中萬分憤恨，她和宮女們商量，總想來個斬草除根的法子。

暑天來到了，瓊兒越發愛潔淨，每天要洗五次澡，洗一次頭髮。她洗頭髮總在清晨時候，洗過了頭髮，便披在背上，和宮女倆人搖一隻小艇子，搖到荷花深處，披散頭髮，給風吹乾。又把荷葉上的露珠漱著口。直待到太陽照在池面上；她才打著槳回宮去。這個消息傳到冰花耳朵裡去，冰花又有了主意。便打通了太監，悄悄的買了毒藥進宮來，讓它溶化在水裡，然後在夜深時候去倒在荷葉面上。第二天瓊兒不知道，去把毒藥吃在肚子裡；不到半天工夫，藥性發作，皇帝眼看著她在床上翻騰了一會，兩眼一翻死去了。皇帝正在寵愛頭上，禁不住摟著屍身大哭一場。便吩咐用上等棺殮，抬出園去埋葬。從此以後，這咸豐帝想起瓊兒，便掉眼淚，一任那班妃嬪在一邊勸著也是無用。皇帝越想起瓊兒的好處，越是傷心，想得十分厲害，便生起相思病來。

崔總管看看皇帝的病，知道不是醫藥可以治得的。便在外面暗暗物色，居然給他找到一個和瓊兒一模一樣的美人兒。送進宮來服侍皇帝的病。這時皇帝昏昏迷迷的睡在龍床上，見了那美人，認做是瓊兒轉世過來的，問她名字，她自己說名叫紫瑛。皇帝看紫瑛的聲容笑貌，和瓊兒活著一般，慢慢的把想念瓊兒的心冷淡下來。皇帝的病痊癒以後，把紫瑛封做貴妃。紫瑛生長在窮苦人家，卻愛讀書，求著皇帝替她去請一位老先生到園中來教讀。皇上心想上書房中侍讀，原是不少，但他們看見又納了一個新貴人，便又要鬧什麼勸諫的奏章，實在討厭。如今不如另外去請一個老先生來，在園中教讀著。皇帝便和崔總管商量。崔總管略一思索，便想起了一個人。

原來這裡大柵欄有一家長安客店，店中有一位姓鄭的舉人，他進京來會試，落在客店裡。誰知會試不中，回家去的盤纏又花完了，流落在客店裡，替人寫信寫門對換幾個錢。崔總管和那長安客店的掌櫃是同鄉，因此常常到他客店裡去閒談，也常見這位落第的舉子，年紀已有五十歲了，花白鬍子，做人極和氣。如今皇帝要替紫瑛請教書先生，崔總管便想起那鄭舉人來。和皇帝說明了，便跑到長安客店裡請去。而那鄭舉人，原不認識崔總管是什麼人，認做他是大戶人家的二太爺。如今聽他說要請自己去做教書先生，便也答應了。

崔總管僱一輛車，四面用青布圍住，鄭舉人坐在裡面，一點也看不見外面的景象。曲曲折折地走了許多路，耳中覺得離熱鬧街市漸漸的遠了。車子在空曠地方又走了一陣，便停住了。揭開車簾一看，只見一帶粉牆之內，露出樓臺屋頂，夾著樹梢。這鄭舉人認做是大戶人家的花園，但心中十分疑惑，既說是請先生，怎麼不由大門出入，卻走這花園邊門？走進門去，果然好大一座園林，望去花木扶疏，樓臺屋疊。崔總管領著他，在園中彎彎曲曲走著，踱過九曲橋，露出一座月洞門來。門上石匾刻著「藻園」兩字。走進月洞門去，見靠西一溜精舍，曲檻紗窗。走廊下，一字兒站著四個書僮，大家上來，蹲身下去，齊聲說：「請師爺安！」上去打起門簾，鄭舉人踱進屋子裡去，見裡面窗明几淨，圖書滿架。

崔總管請先生坐下，書僮送上茶來。崔總管又拿出聘書來，雙手遞給先生，裡面封著整整二百兩白銀。說：「這是第一個月束脩。先生倘要寄回家去，可交給我，包你不錯。」鄭舉人看那聘書，下面具名，寫著養心齋主人，並沒有名姓。便問：「你家主人什麼名字？」書僮回說：「俺主人是京城裡第一位王爺，先生不必問，將來總可以知道。如今俺王爺出門去了，家裡只有女眷，不便出來招呼先生。先生只要好好的指教學生讀書，俺王爺絕不虧待你的。」鄭舉人看看這班下人，都是大模大樣的，心中很不高興。又想到地方精雅，束脩豐厚，也便勉強住了。到了第二天，學生出來拜見先生，鄭舉人看時，原來是一位絕色的美人，有四個豔婢陪伴著。每天讀書，不到兩個時辰，便進去了。第二天，查問功課，卻都熟讀，沒有遺忘的。鄭舉人見學生十分聰明，心中也快活。每天吃著山珍海味，睡著羅帳錦被，書僮服侍也很周到。只是行動不自由，莫說出園門一步，便是在書房左近略略走遠些，便有書僮上來攔住。說：「園裡隨處有女眷遊玩著，先生須迴避的。」

鄭舉人到園中不覺又三個月了，頗想到大街上去遊玩一趟。將此意對書僮說了，書僮說：「須去請命主人。」後來，鄭舉人忍不住了，自已偷偷的走出園去，只見園外一片荒涼，莫辨南北。走了幾步，又折回來。那書僮已候在門口，說道：「這地方十分荒野，常有狼豺盜賊傷人性命，如必要出去，須坐著驢車，派人保護出去。」那童兒真的去僱了一乘車子來，兩個雄糾糾的大漢，跨著轅兒，鄭舉人坐在車廂裡，外面依舊用青布密密圍住，車子曲曲折折的走著。走有兩三個時辰，慢慢的聽得市聲；又在熱鬧街上，走了一陣。車子停住，揭開布圍，走下車來。看時，依舊在大柵欄長安客店門口。客店掌櫃的見了鄭舉人，忙搶出來迎接，又拿出兩封家書來。鄭舉人看時，信上面說三次匯銀子六百兩，都已收到，家中人口平安。鄭舉人看了，心中十分快活，便拉這掌櫃上飯館去。吃酒中間，鄭舉人問：「那教書的人家，是什麼功名？主人的姓名是什麼？」掌櫃聽了，只是搖搖頭，說：「不知道。」兩人吃完了酒飯，又在大街上閒逛了一會兒，兩個大漢催他上車回去。從此每隔兩個月，便出去一趟。

且說那女學生在一年裡，讀的書也不少。鄭舉人年老慈祥，女學生也慢慢的和他親近起來，說長道短。每當鄭舉人問起她家裡的事體，她卻絕口不肯說。過了幾天，看看已是年關歲尾，鄭舉人在客地裡，不覺勾起了思鄉的念頭。正淒涼的時候，那女學生從裡面出來，四個丫頭扶著她。鄭舉人向她臉上看時，見這女學生紅潮滿頰，頗有酒意，鄭舉人上去問她：「怎麼了？」那女學生向先生嫣然一笑，坐在椅子上，動不得了。忽然聽得她大喊一聲，兩手按住肚子，說十分疼痛。接著朱唇也褪了色，眼珠也定住了。嚇得這四個丫頭手忙腳亂，把這女學生抬進內屋去。只見那班書僮，也慌慌張張的跑來跑去，丟下鄭舉人一人在書房中。他看了，莫名其妙。直到傍晚時候，崔總管急匆匆的走出來，說道：「可憐！這女學生急病死了。主人吩咐：請先生出園去，這裡有五百兩銀子，先生拿去。回到家裡，千萬莫把這裡的情形對人提起。」說著，一輛驢車，已停在園門口。崔總管送先生上了車，關上園門進去了。鄭舉人回到客店裡，把這情形告訴掌櫃。又悄悄的問掌櫃：「這到底是什麼人家？」到這時候，那掌櫃才告訴他：「你去的地方，便是圓明園；那女學生，便是當今皇上新納的貴人。」

原來那女學生便是紫瑛，皇帝因她愛讀書，便吩咐崔總管把這鄭舉人去請來，在院中讀了一年書；紫瑛卻十分聰明，識得的字也不少，皇帝看了十分歡喜。誰知那冰花打聽得皇上又寵上了一個貴人，天天臨幸著，自己這裡受到冷落，懷著一肚子的怨恨，卻故意和紫瑛好，常常暗地裡來往著，又送許多好吃好玩的東西給紫瑛。紫瑛到底是個小孩兒的心性，她哪能知道此中奸計，便也和冰花好，兩人背著皇上，把肺腑裡的話也說了出來。後來她們打夥得日子久了，冰花看紫瑛慢慢的有些入港了。有一天，紫瑛悄悄的告訴冰花說：「皇上服下春藥，十分精神，常常一夜到天明的纏繞不休，俺們女人嬌怯怯的身體，如何抵擋得住？」冰花聽了，心中越發妒忌，便想了一條毒計，暗暗的弄了一小瓶毒藥給紫瑛。說：這是提神的藥酒，須早晨空肚子喝下去，到夜裡自然有精神了。紫瑛聽了她的話，她和皇上正在恩愛頭裡，要討好皇上，便背著人把這一小瓶毒藥一齊倒下肚子去，點滴不留。她原不會吃酒的，吃了這酒，頓覺臉紅耳熱，心頭亂跳。她便忍耐著，依舊上學去。誰知一到了書房裡，那藥力頓時發作起來。這藥毒發作，先封住喉嚨，所以紫瑛只說得一聲痛，便說不出第二句話來。

皇帝見自己最愛的美人快死了，急得把紫瑛摟在懷裡，連連嚷著召御醫。待將御醫召進宮來，紫瑛已死在皇帝懷裡。皇帝見接連死了兩個美人，都是中毒的樣子，知道他們一定是遭人的毒手，便立刻要搜查宮中。要知後事如何，且聽下回分解。

目成心許載溦淫族姑　歌場舞謝玉喜識書生

卻說咸豐帝見兩個心愛的妃子都中毒死了，心中又悲傷又憤怒，便吩咐太監們，在宮中搜查。先從紫瑛手下的宮女查起，又在各妃子的房裡搜查了一遍，都沒有什麼形跡可疑的地方。那冰花做事體十分祕密，她手下的宮女太監，都得了她的好處，誰敢多嘴。皇帝看看查不出憑據，也只得罷了。只是想起那瓊兒和紫瑛兩個美人兒，和小鳥依人一般，如今死了，眼前頓覺寂寞起來，想到傷心地方，不禁掉下淚來。這時他也不召幸別的妃子，只是一個人在「涵碧山房」住宿，左右自有宮女太監伺候著。那冰花因謀死了紫瑛以後，天天望著皇帝召幸她，終不見聖旨下來，氣得她一般也是在房裡唉聲嘆氣。那皇帝因想美人想得厲害，便昏昏沉沉的病了。咸豐帝性子原是急躁的，如今害了病，越是嚴厲了。那班伺候的宮女，常常遭打。他在病中，喜怒無常，有時把宮女摟在懷裡，有時推下床去，有時揪著頭髮，摔到門外去，有時候甚至拔下佩刀來，砍去宮女的腦袋。那班宮女，真是有苦沒處訴。御醫天天請脈下藥，也沒有效驗。

消息慢慢傳到坤寧宮裡，給孝貞后知道了，忙擺動鳳駕，親自到園裡去，把皇帝接回宮來，又親自服侍著皇帝。咸豐帝原是很敬重孝貞皇后的，他見了孝貞皇后殷勤侍奉，便也感動了夫妻的情分，那病勢也一天一天的減輕了。那恭親王奕訢，是咸豐帝的弟弟，兄弟兩人平日十分親愛的，孝貞后便去把恭親王請進宮來。那奕訢見了皇帝，便勸諫說：「如今國家多故，正賴皇上振作有為，皇上宜保重身體，恢復精神，勤勞國事。上保列祖列宗之偉業，下救百姓萬民之大難。」咸豐帝聽了皇弟的一番勸，也慢慢明白過來，看看病體已大好了，便傳諭坐朝。

那時，滿朝文武許久沒有上朝了，聽說皇上坐朝，大家都歡呼萬歲。皇上不問國事多日，到此時才知道南京失守，杭州不保。各路的駐防兵隊不戰自退。接著又是兩廣總督耆英奏報，說英國兵打進了廣州城。咸豐帝聽了，連問：「怎麼辦？怎麼辦？」那在朝的官員，大家都像封了口的葫蘆一般，一言不出。後來還是戶部尚書肅順奏道：「俺們旗人都是混蛋！只知道吃糧，不知道打仗。請陛下降旨，諭在籍侍郎曾國藩，速率鄉團助戰。」這個聖旨一下，那班滿洲統兵大員，都覺得丟臉。便有向榮從湖北打下來，屯兵在孝陵衛，稱做江南大營。琦善也帶著直隸陝西黑龍江馬步諸軍，去攻打揚州，稱作江北大營。這兩路兵馬和太平軍大戰，太平軍東王楊秀清，帶領神兵迎戰。什麼是神兵？原來他兵隊前面，先把十二三歲的男孩子，身披五彩，打扮得和天神模樣，綁在竹竿尖上，一手放著煙火，一手舞弄刀槍，弄得隊前煙霧蔽天，稱做天魔陣。天魔陣後面，跟著一隊女兵，打扮得十分妖嬈，由廣東女人蕭三娘，統帶著女兵，寶髻珍冠，蠻靴紫袴。那三娘長得實在美麗，她走在陣前，只叫把寶劍一揮，那些兵士便拚命殺去。琦善也統領馬軍，死力殺來。他要洗去旗人都是混蛋一句話的羞恥，便打得十分勇猛。殺了五陣，得了五次勝仗。洪天王看看清兵來勢甚勇，便不用力敵而用智取，打發細作到孝陵衛去，放一把火，燒得江南大兵棄甲而逃。這裡太平軍中林鳳祥，帶兵殺出。江北大營聽得江南大營吃了敗仗，便也立刻潰散。琦善一時走投無路。心中又十分氣憤，便在馬上拔下佩刀，自刎而死。從此太平軍勢焰大盛，林鳳祥一支兵馬轉戰江北，楊秀清也帶了二萬兵馬，直攻河南歸德。鳳祥又擄了煤船，渡過黃河，打進山西省去。

戰報不斷飛到京城。咸豐帝立刻召集各部大臣，開御前會議。下旨派直隸總督訥爾經為欽差大臣，專辦河南軍務。一面催曾國藩招募湘勇，在湖北剿辦。曾國藩和張亮基創辦長江水師，才把太平軍制住。咸豐帝自從聽了恭親王的勸諫以後，便十分親信他。咸豐帝只因平日好色過甚，身體也淘虛了。這時軍務正忙，皇帝也沒有精神辦理，所以一切軍國大事，都由恭親王在宮中幫同辦理。皇帝怕他進出勞苦，便留恭親王在宮中住宿。恭親王一連在宮裡住宿了十多天，誰知他大兒子在家裡卻鬧出一件風流案子來。

原來恭親王有一個大兒子，名叫載澂，宮裡的人都稱呼他澂貝勒。這位貝勒爺是嫖賭全才，終日和一班京城地面上的混混攪在一起，聲色犬馬沒有一樣不好。尤其是好色，北京地面上的窯姐兒、私窩子，沒有一個不認識他的，大家都稱他大爺。這澂大爺還生成一種下流脾氣。他家裡雖有錢，他玩女人不愛光明正大拿錢出去娶姨太太，也不愛到窯子裡去花錢做大爺，他最愛偷偷摸摸。他玩窯姐兒，最愛跟別人去吃鑲邊酒。趁主人不防備的時候，便和窯姐兒偷情去。待偷上了手，便肯把銀子整千整萬的花著。他逛私窩子，也是一般的脾氣。他又最愛奸占人家的寡婦處女。打聽得某家有年輕的寡婦或是處女，他不問面貌好壞，便出奇的想法子偷去，待到上了手，那女人向他要銀子，五百便是五百，一千便是一千。因此有許多窮苦人家的少婦，都把丈夫藏起來，冒充著寡婦去引誘他。

澂貝勒終年在外面無法無天的玩著，花的銀子也不少了。家裡只有一位福晉，卻沒有姨太太。那位福晉也因和貝勒不合，終年住在孃家的時候多。澂貝勒天天在外面胡混，慢慢的染了一身惡瘡，給他父親恭親王知道了，便抓去關在王府裡，一面請醫生替他服藥調理。在王府裡關了半年，惡瘡已治好了，恭親王放他出來，他依舊在外面胡作妄為。這時正在六月火熱天氣，北京地方愛遊玩的男女，都到什剎海去遊玩。這什剎海地方，十分空曠，四面荷蕩，滿海開著紅白蓮花。沿海都設著茶店子，又搭著茶棚。有許多姑娘，在茶棚裡打鼓唱書。許多遊客，也有看花的，也有聽書的，也有喝茶乘涼的，也有一班男女，在這熱鬧地方，做出許多傷風敗俗的事體出來的。

這一天，澂貝勒也帶著一班浪蕩少年，在那海邊挑選一處僻靜地方喝茶，一眼見那欄杆邊有一個年輕的旗裝少婦坐著，也在那裡喝茶。再看那時，那少婦身旁並沒有第二個男子，看那少婦長得眉清目秀，鵝蛋臉兒，嘴唇上點著鮮紅的胭脂，穿著一身白羅衫兒，越顯出細細的腰肢，高高的乳頭來。那粉腮兒上配著漆黑的眼珠。澂貝勒見了這樣一位美人兒，禁不住勾起他的舊病來，便接二連三的飛過眼風去。那婦人見了不覺微微一笑，也暗地裡遞過眼色來。澂貝勒見了，喜極欲狂。恰巧有一個孩子背著竹筐走來，聲聲叫賣蓮藕。那婦人伸出手來，向那孩子招手兒。澂貝勒見這婦人的手長得白淨，越發動了心。趁她在那裡買蓮蓬的時候，便打發一個小廝過來，替她給了錢。說道：「這蓮蓬是俺們大爺買著送給你的。俺大爺想得你厲害，要和你見一面，談談心，不知你可願意？」那婦人聽了，笑罵道：「想扁了你家大爺的腦袋！誰有空兒會你家大爺去。」這婦人一邊罵著，一邊剝著蓮心吃著。

那澂貝勒如何肯干休，再三叫那小廝說去，又解下一方漢玉珮來，送過去給那婦人。那婦人看他求得至誠，便答應了。說道：「俺家裡人多眼多，不便領你家大爺進門去，請你家大爺挑選一個清靜的地方，俺們會一面罷。」瀓貝勒聽了這話，歡喜得心花怒放，便站起來，把這婦人領出了什剎海，又領到一家酒樓上。這酒樓名叫長春館，瀓貝勒常在他家喝酒的。店小二認得他是貝勒爺，見他帶了一個婦人，忙把他倆人一領，領進一間密室裡。一邊吃著酒，一邊調笑起來。那婦人原是十分風騷的，三杯酒下肚，越發嫵媚動人。瀓貝勒實在忍不得了，便把店裡掌櫃的喚來。這掌櫃原帶著家眷的。瀓貝勒給他一張一千兩的銀票，要他把掌櫃奶奶的床鋪讓出來。那掌櫃的見有銀子，又知道這位大爺是當今皇上嫡親的侄兒，勢力很大，他哪敢不依，立刻答應下來。當夜瀓貝勒和這婦人，便在長春酒樓中成其好事。

第二天，兩人直睡到日上三竿，才懶洋洋的起床來。瀓貝勒下了床，那婦人還盤著腿兒坐在床沿上，雲鬢半墮，星眼微潤，露著十分春意。瀓貝勒怔怔地望著，越看越愛。那婦人禁不住嗤的一笑，說道：「看什麼？和你睡了一夜，難道還不認識你姑母嗎？」瀓貝勒被她這一說，不覺又詫異又疑心起來，心想這婦人怪面熟，卻在什麼地方見過的？怎麼自稱姑母呢？便連連的追問。那婦人只是抿著嘴笑，不肯說。後來瀓貝勒問急了，那婦人說道：「你先跪下來見過禮兒，俺們再攀親眷。」那瀓貝勒被她風騷樣兒迷住了，真的對她跪下。那婦人伸手去把瀓貝勒拉起來，說道：「我的乖乖好侄兒，待俺告訴你聽罷。你可記得你娶福晉的那年，俺曾到你府上吃過喜酒，你還趕著俺喊『小蘭姑媽』呢！」

瀓貝勒聽到這裡，才恍然大悟。說道：「你的丈夫可是蘭大爺嗎？」那婦人點點頭。瀓貝勒一拍手，說道：「這可了不得了！你真是俺家的姑太太呢！俺們五年不見，怎麼老記不起來？昨天見面的時候，你又不說。」那婦人聽了，伸手在瀓貝勒的臉上一擰，說道：「俺擰下你這張小嘴來！俺昨天看你急得厲害，一刻也等不得。俺說出來，豈不掃你的興？再者你那姑丈做了一個窮京官，一個月幾個子兒的官俸，夠俺什麼用？俺也要到外邊找幾個錢活動活動。如今既遇到了你，俺們便宜不出自家們。」說著便哈哈大笑起來。澂貝勒雖明知姑母侄子有關名分，但看看那婦人實在迷人得厲害，又哪管一切，他倆人依舊戀戀不捨，天天到這酒樓中來幽會。後來日子久了，澂貝勒和那婦人商量，要接她回家去住著。那婦人說著：「俺家中有婆婆有丈夫，如何使得？大爺倘真要俺，快在冷靜地方買下房子，買通幾個混混兒，在路上搶俺去，住在那房子裡，俺和你一雙倆好的住著，豈不甚妙？」

澂貝勒聽了她的話，便在南下窪子地方買下一所宅院。看看又到了夏天，他姑媽依舊一個人到什剎海去喝茶乘涼。正熱鬧的時候，忽然人叢中搶出六七個無賴光棍來，攔腰抱住那婦人，搶著便走。那婦人假裝做叫喊著，便有人要上去幫著奪回來。旁邊有人認識那班光棍是澂貝勒養著的，也便嚇得縮在一邊不敢下手，眼看著婦人被他們搶去。從此以後，京城地面上沸沸揚揚的傳說，澂貝勒搶良家婦女。好在這種事體，在那時地方上常常有的。大家聽了，也不以為奇。

那澂貝勒和他姑媽，真的在那新宅子裡甜甜蜜蜜的做起人家來。且說被那婦人丟下的丈夫，卻是孤孤淒淒的。他也不做官了，終日哭哭啼啼的，滿京城裡找尋他的妻子。找來找去，不見妻子的蹤跡。蘭大爺想妻子想瘋了，終日披散了頭髮，敞開了胸膛，哭哭啼啼，在大街小巷裡逢人遍告：妻子被澂貝勒搶去了。後來這風聲慢慢的傳到都老爺耳朵裡，便一面派人把蘭大爺送到醫院去醫治，一面上奏章參了澂貝勒一本。這時澂貝勒的父親恭親王奕訢，正在宮裡幫著皇上辦軍務重事。皇帝見了這本奏章，也不說話，遞給恭親王自己看去。恭親王見奏章參他兒子奸占族姑一款，嚇得他忙跪下地來，向皇帝磕頭。皇帝說道：「你也該回家去照看照看了。」

那恭親王帶了奏摺出宮來，趕到澂貝勒家裡。一問，知道澂貝勒多日不回府了。恭親王一聽這事體是真的了，便傳齊府中奴僕，一一拷問。有幾個家人熬刑不過，便供出說：「貝勒爺最近在南下窪子買一所宅子住著，爺有沒有荒唐的事體，奴才卻不敢說。」恭親王聽了，便帶人趕到南下窪子地方，打門進去，果然雙雙捉住。恭親王一看，認得那婦人是同族中的妹子，這一氣，把個王爺氣得鬍子根根倒豎。一揚手，在澂貝勒臉上打了無數的耳光，又親自扭著送到宗人府裡。一面進宮去，先自己認罪，把澂貝勒奸占族姑的情形一一奏明了。咸豐帝聽了，也不禁大怒。下諭革去載澂貝勒功名，打落在宗人府高牆裡，永遠圈禁。那婦人也由宗人府鞭背三百，監禁三年，限滿，交丈夫嚴加管束。後來恭親王的福晉死了，澂貝勒託人去求孝貞皇后，放他回家奔母喪去。誰知載澂一出宗人府，便又橫行不法起來。他府中的丫頭老媽子，都被他奸汙到。他有的是錢，那丫頭、老媽子得了他的錢，便也願意。

府裡有一個趕車的，名叫趙三喜。他娶了一個媳婦，人人喚她喜大嫂，一個爛汙不過的女人。府中上上下下的人，都和她有交情。給澂貝勒露了眼，忽然看中了她，把這媳婦喚進書房去睡幾夜。誰知這喜大嫂是有毒的，不上一個月，澂貝勒渾身惡瘡大發。暗地裡請醫生醫治，終是無效。這時候到了夏天，惡瘡潰爛，滿屋子臭味燻蒸，澂貝勒躺在床上不能行動，終日大喊大叫著痛。看看到了秋天，那病勢愈重，醫生說不中用了，澂貝勒自己也知道不中用了，求人去把他父親請來，要見一面。

恭親王聽說兒子害病，反十分喜歡，天天望他快死。後來澂貝勒打發人去請，恭親王不願去見他兒子，連請幾次，他總不去。不知怎麼給孝貞皇后知道了，便勸他姑念父子一場，去送一送終，也是應該的。恭親王看在皇后面上，便到他兒子家裡去看望澂貝勒。這時澂貝勒直挺挺的睡在床上，只剩一口氣。恭親王掩著鼻子，走進屋子去看一看，見載澂穿著一身黑綢衫褲，用白絲線遍身繡著百蝶圖。恭親王見了，連罵：「該死！該死！」一轉身走出屋子去。那澂貝勒不久便死了。那班爺們知道了，都說他自作孽。

話休煩敘。且說這時英法聯軍在廣東鬧得十分厲害，太平軍趁此機會，沿長江占領太平、蕪湖、安慶一帶地方。南京的李秀成又帶兵打進杭州一帶。咸豐帝起初原打起精神管理軍國大事，後來看大局一天糟似一天，便又心灰意懶起來，慢慢兒又不高興坐朝了。在宮中只和那些妃嬪宮女們玩笑解悶。咸豐帝是最愛南方女子的，便暗暗的囑託崔總管在外面物色江南女子。圓明園裡雖也有一個冰花，也因日久生厭了。不多幾天，崔總管果然弄了四個江南美人到園子裡去住著。皇帝特賜她四個人的名字，分別叫杏花春、陀羅春、海棠春、牡丹春。這四春在園中分住四處。杏花春住「杏花村館」，陀羅春住「武林春色」，海棠春住「天然圖畫樓」，牡丹春住「夾鏡鳴琴室」。她們住的地方，都十分清幽。咸豐帝在四處輪流臨幸著，十分快樂，越發把國事丟在腦後了。

這「四春」裡面，要算「牡丹春」的面貌最為濃豔。這牡丹春是蘇州山塘上小戶人家的女兒。她家門口是來往虎丘的要道，凡是豪商富紳，每天車馬在她家門口走過的很多。那牡丹春閒著無事，又愛站門口。一天，一個姓郭的揚州鹽商，跟了許多朋友到虎丘來遊玩，見了這女孩兒，便十分喜歡，立刻到她家裡去，願意拿出一千兩銀子來，買她回家去做姨太太。這時牡丹春有一個老母，聽說有一千兩銀子，十分願意；只有牡丹春不願意。後來那姓郭的再三託人來勸說，牡丹春硬是要挑選日子和那姓郭的拜過天地才肯嫁他。後來那姓郭的想牡丹春實在想得厲害，便也答應她，挑選日子挑選在八月十二。誰知到了七月中，太平軍打破揚州城，那姓郭的逃到蘇州來，趁便把牡丹春母女二人帶著，逃進京去。沿路牡丹春避著姓郭的，不肯和他同房。

他們到了京裡，正值崔總管在訪求江南來的美人，知道了牡丹春很美，便和姓郭的去商量，願意拿六千兩銀子把牡丹春買進宮去，又答應給姓郭的五品京堂功名。那牡丹春聽說進宮去，她十分不願意，無奈鬥不過這姓郭的。牡丹春被哄進園去，只見裡面池館清幽，水木明瑟，曲曲折折，到了一座大院子裡，有兩個旗裝女人，上來攙扶她。走進屋子去，見一個男子，方盤大臉，坐在榻上。那男子身後，也站著許多旗裝女人。那男子的衣服渾身黃色，許多男人穿著袍褂，大家都稱坐在榻上的男子叫「佛爺」。牡丹春進了屋子，便有老媽媽上來，領她到榻前跪下見禮。對她說：「這位便是當今的萬歲爺。」

牡丹春到了這時，也便無可奈何，只得暫時依順著。與她同時進院來的還有五六個漢女，內中有一個揚州女子，年紀只有十五歲，卻十分活潑。她進宮來不多幾天，覺得煩悶，常常嚷著要出去，牡丹春勸她耐心守著，她不聽。有一天夜裡，她覷宮女不防備的時候，溜出園去，被園外的侍衛捉住，送進園來。皇帝知道了，大怒，立刻發給管事媽媽，拿白羅帶絞死。從此江南來的美人，見了都害怕，不敢離園一步。

講到那「海棠春」，原是大同地方的女戲子，小名玉喜，常常到天津戲園子裡來唱戲，唱青衣，面貌又標緻，嗓子也清亮，又能彈琵琶，吹羌笛。那班王孫公子，天天替她捧場，在她身上花的錢，也整千整萬的了，玉喜卻一個也看不上。內中有一個窮讀書人，名叫金字蟾的，也迷戀著玉喜的美色，天天到她戲園子裡去聽戲。每去，總是坐在臺口，仰著脖子，目不轉睛的看著聽著，不論颳風下雨的天氣，從不間斷。這金宮蟾，原長得眉清目秀，白淨臉兒。玉喜在臺上唱戲，也看見臺下有這麼一個人在那裡痴痴的看著她。起初還不覺得，後來日子久了，玉喜也不覺詫異起來，這時候正是大熱天氣，平日那班捧場的王孫公子，都怕熱不來聽戲，池子裡賣座很少，獨有這個金宮蟾依舊端端正正的坐在臺口，臉上淌下汗來，他連扇子也不帶。玉喜在臺上一邊唱戲，心中不覺感動起來，因此，她唱的越發有精神，但別人難以領會這意思。

一天，玉喜唱完了戲，卸了裝，便悄悄的走下池子來，在金宮蟾身旁陪坐著。這金宮蟾幾年來一片至誠心，如今竟得美人屈駕，真是喜出望外。但是他雖是思玉喜想得厲害，到底他是一個書呆子，在這人眾之下，見了這位美人兒，不覺怕起羞來，一時裡找不出話來和她攀談。後來還是玉喜先開口，問他尊姓大名。那池子裡的看客，也不看臺上了，大家把眼光定在他倆人身上，嘴裡嘖嘖稱羨，說這客人豔福不淺。金宮蟾被眾人的眼光逼住了，越發說不出話來，除告訴了他名姓以後，脹得滿臉通紅，也找不出第二句話來問她。玉喜看他怕羞怕得厲害，心中越發愛他，悄悄的告訴他家住在某街某某衚衕，然後對他嫣然一笑，轉身去了。

這金宮蟾待玉喜去了半晌，才把飛去的魂靈收回腔子裡來。正要站起身來出園去，忽然想到自己原是一個窮讀書人，進京來趕考，銀錢原帶得不多，偶然到園子裡來聽戲，被她的美貌迷住了。每天買戲票的錢，還是典當得來的，如今連皮袍也當了錢。在這客地裡，借無可借，當無可當，兩手空空，如何去見得那美人？要知這金宮蟾後來能見得玉喜的面否，且聽下回分解。

傾心一笑杏花春解圍　祝發三年陀羅春守節

卻說金宮蟾迷戀玉喜，又苦得沒有銀錢，只站在戲園門口發怔。心中想不去呢，又捨不得丟下這美人兒，要去呢，又苦得囊中空空。後來發了一個狠，把身上穿的紗大褂子脫下來，到長生庫中去典了幾弔錢，換穿了一件夏布大褂子，踱到玉喜院子裡去。玉喜見了，滿面堆笑迎接著。她師傅見了這樣一個窮書生，連眼角兒也不去看他。玉喜見房裡人看他不起，便替他說道：「他是六王爺家裡的師傅，很有勢力的。你們倘然怠慢了他，能叫俺們立刻存不住身。」他們聽了也害怕。停了一會，擺上酒來，玉喜陪著他在房裡，兩人密密切切的一邊談著心，一邊喝著酒。金宮蟾這時快活得好似登了天一般。吃完了酒，金宮蟾從袖子裡抖出幾弔錢來，放在桌上，轉身便要告辭出去。玉喜一把抓住他的袖子，笑說道：「你真是一個傻子！誰要你的錢來？再者你既到了俺這裡，也由不得你回去了。」說著便把他捺在椅子上。這原是金宮蟾求之不得的，便樂得嘻開了一張嘴，再也合不攏來。他倆人在房中調笑了一陣，便雙雙入幃，同圓好夢去了。

第二天清早起來，玉喜自己拿出錢來，替他開發了房中婢女和師傅們，整整花了一千兩銀子。那班下人得了銀錢，便千謝萬謝。從此以後，院子裡的人，都拿他當貴客看待。玉喜每天戲園子裡回來，金宮蟾便早已恭候在她房裡了。那班王孫公子還睡在鼓裡，還在玉喜身上拚命花錢。玉喜拿了他們的錢，暗暗的去貼給金宮蟾。後來玉喜打聽得宮蟾家裡不曾娶過妻子，便打定主意要嫁給他。拿出歷年的體己銀子，悄悄的交給宮蟾，在三不管地方買下一所宅子。他倆人天天商量著如何打扮這座屋子，買了許多木器，把個房子鋪設得簇新，打算擇一個吉日，他們成雙作對的搬進新屋去住。宮蟾僱了許多婢僕，先一日在新屋子裡住著。第二天便僱了一輛車去接玉喜。宮蟾走進院子去一看，頓覺靜悄悄的不見一個人。走到玉喜房裡去一看，只見脂粉零落，幃帳蕭條。有一個老婆婆守著空房。宮蟾急問時，她模模糊糊的說道：「進宮去了。」宮蟾再三問時，也問不出一個細情來，沒奈何走到戲園子裡去候著，直候到曲終人散，也不見玉喜的影蹤。只聽得一班看客沸沸揚揚的說：「玉喜昨晚被宮裡拿三萬兩銀子買去做妃子去了。」宮蟾聽了，心中一氣，魂靈頓時出了竅。

原來玉喜果然被崔總管訪到了，連夜和她老鴇說明了，買進宮去。皇帝看她兩朵粉腮兒紅得和海棠花似的。便取她一個名字叫「海棠春」。宮蟾在外面打聽得千真萬真，便悄悄的回到新屋裡去，一條帶子吊死在床上。那海棠春進得宮去，也因想宮蟾想得厲害，一病不起，憂鬱而死。

在四春裡面，年紀最小、皮膚最白的，要算杏花春。講到這杏花春，原是好人家的女兒。只因從小死了父母，被叔父賣在一家姓石的大戶人家，做陪房丫頭去。那石家只有一個小姐，杏花春便終日陪伴著這位石小姐。石小姐的父親，進京做官去，把家眷帶在京裡。後來石小姐嫁了一位徐尚書的少爺，杏花春也跟著到徐家去做陪房丫頭。那徐少爺也是一位侍郎，見石小姐長得標緻，便出奇的寵愛起來。因寵愛而變成了一個懼內的丈夫。

這時杏花春年紀已到十五歲，懂得人事了，長著水靈靈的一對眼珠，蘋果似的臉蛋，一張櫻桃似的小嘴，嘴邊長著兩個酒渦兒。笑一笑，對人溜一眼，真要叫人丟了魂靈。她小主人石侍郎，趕著要調戲她。只因夫人的醋勁大，又不敢放膽下手，只得在背地裡動手動腳。那丫頭也因主母寵愛她，一心想要嫁一個如意郎君。任你主人如何調戲她，總是不肯。後來石侍郎忍不住了，向夫人跪求這個丫頭做姨太太。夫人聽了大怒，忙把這丫頭藏起來。這時有一位宗室福晉，和石侍郎夫人最說得投機，硬把這丫頭去寄存在宗室家裡。那宗室貝勒，原是和崔總管通氣的。知道那崔總管正在外面物色江南美人，見了這丫頭，便讚不絕口，忙去和崔總管說知。崔總管到宗室家裡去一看，連聲說妙。貝勒福晉立刻去把侍郎夫人請來，說崔總管願拿出二萬銀子來，買這丫頭進宮去。侍郎夫人聽了，滿口答應。這魚腥擱在家裡，難免被丈夫偷了手。如今送她進宮去，落得眼前乾淨。

石侍郎夫婦辦了一桌酒，請這丫頭上面坐著，夫妻倆人雙雙跪下，對她拜著，求她見了萬歲爺，替他說些好話。這丫頭也點頭答應。一進宮去，取名「杏花春」，受皇帝的寵幸。杏花春也常常在皇帝跟前，替石侍郎說許多好話。後來這石侍郎果然很快的升了官，不到一年工夫，直放河南布政使。

這杏花春生性善笑。笑的時候，柔情微露，星眼乜斜。咸豐帝便在盛怒時候，見了這杏花春的笑容，也立刻轉怒為喜。咸豐帝又愛吃酒，酒醉的時候，常常發怒。每到發怒的時候，便有一兩個太監或宮女遭殃。輕的吃打，重的被皇帝殺死。到酒醒的時候，又十分悔恨，拿出整千整萬的銀子來撫卹那遭殃的。只有杏花春陪侍皇帝，從沒吃過虧，每到盛怒時候，只叫杏花春展齒一笑，倒在皇帝懷裡，皇帝也立刻把怒容收起，滿面堆下笑來，伸手把杏花春摟在懷裡。說道：「這真是朕的如意珠兒呢！」因此別的妃嬪遇到皇帝盛怒時候，便來求著杏花春去替她討饒，皇帝沒有不准的。宮裡上上下下的人，都稱她「歡喜佛」，又稱她劉海喜。

杏花春看待那班宮女，也是十分和順。只有一樣，是杏花春最壞的脾氣。她別的都不愛，只是愛錢財。她房裡藏著一個大撲滿。

有時得了皇上的賞賜，她都拿去藏在撲滿裡。一任同伴如何哄騙恐嚇，她總不肯拿出一個錢。皇上知道她的脾氣。特別多賞她些。因此，杏花春的私藏很富。她只怕有別的妃嬪向她借貸，她見了人，便說自己窮得厲害。她在宮中，終日想著法子弄錢。她仗著皇帝的寵愛，有時有別的妃嬪求她去皇帝跟前討饒，她便伸手向那人要錢。一開口便是五百兩、一千兩，缺分文不可。那人為要保全自己的性命，沒奈何只得如數給她。任你事體如何急迫，銀錢倘不如數照付，她總不肯去。那人急了，真正沒有錢，也須寫一張借票，她才肯去。票子到了期，她便百般索取，少一文不行的。許多妃嬪在背地裡怨恨她。

牡丹春原是十分奸刁的。她見杏花春太不講交情，便想出一個法子來捉弄她。知道杏花春是愛賭錢的，便在暗地裡和同伴說通了，哄她入局。起初故意給她得些小便宜，杏花春看自己贏了錢，便十分高興。從此她在日長無事的時候，便四處拉人下局，後來她慢慢的輸了，起初小輸，她還肯拿出錢來照賠。後來輸得大了，一輸便是幾千，她便不肯拿出現錢來，總是推三阻四，約定了償還日子，到期又抵賴不認。

有一天，咸豐帝一人在園中閒走，從「尋雲榭」繞過「貽蘭亭」後面。只聽得亭前一片鶯嗔燕吒的聲音，接著又是嬌聲喝打。皇帝悄悄的踅向亭前去，只見亭前草地上一群宮女圍著。從人叢裡望去，只見兩個漢裝妃子，揪住了在草地上打架。一個瘦小的，被一個長大的，按在地下，只見她擎著兩只小腳兒亂蹬。那高大的妃子，一幅石榴裙兒浸在草地上一汪水裡。正扭結不開的時候，皇帝看了也發笑。忙推開眾人，上去親自扶她們起來。她兩人還各自低著脖子揪住雲鬢，不肯放手。皇帝看時，認識一個是杏花春，一個便是牡丹春。兩旁的宮女齊聲喊道：「萬歲爺來了！還不放手嗎？」她兩人聽得了才放了手。看她們雲鬢蓬鬆，嬌喘吁吁，皇帝問：「為什麼事？」

牡丹春一邊喘著氣，一邊奏說：「杏花春賭輸了錢，只是抵賴不還。」皇帝問杏花春：「輸了多少錢？」杏花春回奏說：「一共輸欠六千多兩銀子。」皇帝聽了，不覺一笑。說道：「朕替你還了罷。不用鬧了，快陪朕吃酒去。」牡丹春聽了不服氣，把粉頸兒一側，小嘴兒一撇說道：「顯見杏花春是佛爺寵愛的，佛爺替她賠賭帳，一賠便是六千兩。俺們是趕不上，怪不得一個子也不見賞下來。」皇帝看牡丹春這種嬌嗔模樣，不覺哈哈大笑起來。忙說道：「朕賞你，朕賞你，也賞你六千兩銀子如何？」其他妃嬪一聽說皇帝有賞，便齊聲鼓譟起來，你也要賞，我也要賞，皇帝通通答應。每一位妃嬪賞三千兩。每一個宮女，賞銀三百兩。頓時一片嬌聲說：「謝萬歲爺賞！」

咸豐帝聽了很快活。一手搭住杏花春的肩頭，一手搭住牡丹春的肩頭，後面跟著一群妃嬪宮女，迤邐向雲錦墅正屋走來，便在屋中開懷暢飲。當夜牡丹春和杏花春兩人，同被召幸。從此以後，杏花春開了例規。凡是自己輸了錢，總求皇帝代還賭帳。那班妃嬪見有皇帝代還帳，便索興大家串通了騙她的錢。後來杏花春的私房錢越積越多，竟積到十萬多銀子。卻悄悄叫太監拿出宮去，交給她主母布政使太太，替她存放生息。那銀子利上滾利，一天天多起來了。杏花春怕她主母起黑心謀吞她的銀子，便打發太監去對她主母說，要她主母出一張憑據。她主母聽了十分生氣。立刻要把銀子退回宮去還她。杏花春害怕起來，情願拿一萬兩銀子孝敬主母，主母不肯收，杏花春無法可想，便在皇帝跟前替侍郎的兒子說了，賞他一個小京官才罷。後來八國聯軍打進京城來，西太后趁忙亂的時候，叫太監暗地裡去把杏花春勒死了，把她的錢通通拿了去。這都是後話。

如今再說那「陀羅春」進宮時候悲慘的情形。皇帝得了杏花春、牡丹春、海棠春三個美人以後，立意要再去找一個美人來湊成四春。有一天，皇帝喬裝打扮作客商模樣，出宣武門閒玩去。走過金鎖橋下，遠遠看見對岸一個女孩子，在河埠洗衣服，那面貌長得十分美的。急過橋去看時，那女孩兒已走進一座黑漆大門裡面去了。皇帝在門外守了一會，不見她出來，當日回宮去，便吩咐崔總管，明天多帶幾個侍衛，到她家打聽去。那總管奉了聖旨，第二天趕到金鎖橋，先在她四鄰探問，才知道這家姓李，家中只母女二人。母親是個寡婦，女兒今年十七歲了。崔總管聽說都是女流之輩，量來總是容易到手的。便去金店裡兌了一千兩銀子，分開裝在四隻紅盤裡，叫四個侍衛捧著。崔總管前面領著，打門進去，把銀子擱在廳屋裡，來意說明了。那寡婦聽了，一口拒絕。說道：「俺女兒說了婆家了，便是沒有婆家，也不願意葬送她到深宮裡去。誰希罕你的銀子來！快拿出去！雖說是皇帝家裡，也要講個理，怎麼可以強逼良家女子做這下賤事體？快回去！你若不出去，俺便到提督衙門告狀去。」

崔總管聽了，不覺大怒，說道：「量你一個婦人，怎能跳出俺家萬歲爺的手掌？俺如今且去，在這十小時內，管叫你家破人亡。」那寡婦聽了，正要說話，還是女兒走來，把母親拉進屋子去，直待崔總管去遠了，她女兒對母親說道：「孩子聽說當今皇上是個色中餓鬼。那班強徒雖暫回宮去，便要再來，孩子若不避開，便要遭他們的毒手。孩子不如暫時避到姨母家中去。」她母親聽了女兒的話，便把女兒送去姨母家中藏著。到了傍晚時候，那崔總管果然帶了十數個侍衛，氣勢洶洶的打進門來。原打算搶劫她女兒的。後來在四處一搜，搜不出她女兒。便揪住了這寡婦，在大街上走去。消息傳到她女兒耳朵裡，便要挺身去救她母親，後來被她姨母攔住。說道：「你這一出去，便是自投羅網了。他們便拿你母親恐嚇著罷了。照我的意思，不如趁此機會找你女婿去。你兩口子立刻成了親，拉著你女婿一塊兒求統領老爺。那老爺見你是有夫之婦，便也無法可想，便是當今皇上，也不好意思硬拆散你們夫妻的。」

女孩兒到了此時，也顧不得了，只得託姨母找媒人到婆婆家說去。誰知她那女婿已在兩年前到南邊去，還不曾回來，生死未卜呢！女孩兒聽了這番話，認為自己命苦，悲切切的哭了一場。到半夜時分，解下腰帶，向床上上吊尋死。被她姨母知道，從床上救活過來。姨母怕鬧出人命來，將來宮裡向她要人脫不了干係，便勸女孩兒自己投到尼庵裡去。李小姐也依從了她姨母的話。

她母親原認識一個尼姑名叫月真，是這裡西山上白衣庵中主持。那月真向她問起，才知道她母親被宮裡捉去。皇帝要把李小姐娶進宮去，聽了又可憐又可怕。李小姐要立刻剃下頭髮來，後來還是月真勸住，說道：「你既到了庵裡，那官家也絕不敢到來搜查，況且你那女婿生死未卜，你若剃了頭髮，倘然你女婿回來了，叫我如何對答？你既是借我們這佛地來避避難的，盡可以帶髮修行。待你母親放出來了，你家女婿回來以後，再和他們商量去。他們許你落髮，你便落髮。」小姐聽了她一番勸說，便也依了她，暫時帶髮修行。跟著那老尼晨鐘暮鼓，清磬紅魚，度她寂寞的生涯。

宮裡天天搜尋李小姐，兀自不肯罷手。他們打聽得李小姐躲在她姨母家裡，也曾到那姨母家裡去搜尋過。尋不到李小姐的蹤跡，便連她姨母也捉去監裡關著，天天拷問，可憐那李家寡婦年紀也大了，在牢監裡挨凍受餓，肚子裡又氣，身上又受著刑罰，莫說是一個老年婦人，便是強壯少年，也要給他們折磨死了。果然不到幾天，那李寡婦便死在監裡。官裡明欺李家沒有人，便給她一口薄板棺材，裝著屍身，抬去義塚地埋下。那姨母卻因他姨丈上下花錢，便放了出來。李小姐住在庵裡，卻一點也不知道。直待她姨母從牢監裡放出來，悄悄到庵裡去告訴這一番傷心事，直把這位李小姐哭得死去活來。她口口聲聲說母親的性命，是被她害死的，如今願跟母親一塊兒死去。她終日尋死覓活。那月真和庵中的眾位師太，晝夜提防。

李小姐看看死不得，便另打了一條主意，求著月真，說自己的命已苦到極地，求師父准她落髮苦修。月真看她心態虔誠，便也答應她。挑選了一個好日子，給她剃度。到了那日，佛座前香花供養著，李小姐跪在當地，有兩個年長的女尼上來，把她頭髮開啟，分兩股梳著，披在兩旁。月真上來，念過一卷經，那女尼拿起快剪，颼颼的剪下去。那李小姐的眼淚，到了此時，也不覺撲簌簌的落下來。頭髮剪去，留一圈項發披上袈裟。月真給她一串牟尼珠，可憐玉貌花顏女，長伴青燈古佛旁。合個庵裡的女尼們看了，誰不可憐她。有一天，忽然白衣庵裡來了十數個太監，喝女尼們齊來接駕。那月真帶領眾徒弟，匍匐在地。過了一會，高軒駟馬，果然皇帝到了。眾女尼齊呼：「佛爺萬歲！萬萬歲！」那皇帝直入內殿裡，拜過佛，便高坐炕上，把庵中女尼——一傳呼過來見過。太監傳話下去，問：「庵中女尼是否到齊？如有未到的，快快喚出來見駕。若有半個不字，管叫你白衣庵立刻搗成齏粉。」月真沒奈何，只得上前來跪奏說：「還有一個新來的徒弟年輕怕羞，不諳禮節，怕犯了聖駕。」皇上傳旨下去，叫把那徒弟傳撥出來，恕她無禮。

李小姐這時躲在殿後，原聽得親切，心想吾命休矣。不如趁此自盡了罷！一眼看桌上擱著一柄剪刀，她拿起剪刀，向喉嚨裡刺去。說時遲，那時快！早有三四個太監搶進屋子來，把她剪刀奪去。不由分說，一個人拉著一條臂膀，後面兩個人推著，橫拖豎曳的推上殿來。這時李家小姐雖已剪去頭髮，但一圈瀏海發兒，後面襯著粉頸，前面齊著蛾眉，豐容盛鬋，不減從前在金鎖橋下遇見時的風姿。皇帝看了，禁不住笑逐顏開，說道：「美人美人，真是踏破鐵鞋無覓處，得來全不費工夫。如今好好的跟朕進宮去罷。」那李小姐跪在下面，只有哭泣的份兒，卻說不出一句話來。皇帝看她哭得可憐，又被她美色感動了，便親自走下座來，拿袍袖替她拭乾臉上眼淚，用好言勸慰她，說道：「朕和你也是前世有緣，自從那天在金鎖橋下見面以後，害得朕眠思夢想，廢寢忘餐。如今來喚你，也並不是要硬逼你失身於朕。朕求美人可憐朕一片痴心，早早跟朕進宮去住著，使朕得每日望見美人的顏色，也心滿意足了。倘然美人要立志修行，朕也不敢相強，只是這種齷齪狹小的地方，也不是美人可以住得的，朕圓明園中佛殿很多，美人進園去，愛住在什麼地方修行，便在什麼地方。朕便打發幾個宮女伺候美人，絕不相強。」

皇帝這一番話說得溫存體貼，左右侍從的太監們從不曾聽得皇帝說過這種溫柔話，聽了十分詫異。接著皇帝問：「外面可曾預備美人坐的車兒？」大家齊聲答應：「早已備齊。」皇帝吩咐把這美人好好的扶出去。李小姐見太監上來扶她，急逃到月真跟前，向月真懷裡躲去。那月真到了此時，看看也庇護她不得了，便親切地勸慰她一番。又附耳低低的對李小姐說道：「小姐到了這時候，也倔強不得了。皇上一動怒，性命便不保。如今皇上既答應你宮裡去修行，我看這位皇帝也還懂得可憐女孩兒。只叫小姐立定主意，不肯失志，皇上也無可如何了。」李小姐聽了月真的話，心中便打定了一個死字的念頭，一任他們把她接進宮去。要知後事如何，且聽下回分解。

金蓮點點帝子銷魂　珠喉嚦嚦阿父同調

卻說李家小姐自從進了圓明園以後，咸豐帝吩咐把她安頓在西山佛寺裡。又挑選了八個年輕宮女，住在寺裡侍奉她。那李小姐到了佛寺裡，真的謝卻鉛華，長齋禮佛。咸豐帝雖有杏花春、牡丹春一班絕色女子陪侍著，但一般濃脂俗粉，皇帝也看厭了。宮中六千粉黛，總趕不上李小姐這種清麗美妙的神韻。皇帝想起她來，便親自到佛寺裡去看望。那李小姐把皇帝迎進寺去，便自顧自跪倒在佛座前，誦讀經卷。一任那班宮女伺候著皇上。待到皇上傳喚她，她走到跟前，匍匐在地下，再也不肯抬起頭來。皇帝忍不住了，自己伸手去攙她，她便哭得十分淒涼，口口聲聲說：「萬歲許賤妾進宮來修行，皇上聖旨想來總可以算得數了。」

皇帝被她一句話塞住了嘴，一時裡卻也反悔不得，只得聽她去。但是眼看著這樣一個絕色美人不得到手，心中說不出的煩悶。後來皇帝賞了她一個「陀羅春」的名字，常常到寺裡來和她談談。陀羅春見皇上沒有逼迫她的意思，便也不和從前一般的冷淡了。只是有時說起她母親被官府裡用刑拷打，死得苦，要求皇上辦那官府的罪。咸豐便依她，下諭給吏部，著把那官府革了職，充軍到寧古塔去。陀羅春見報了仇，才把悲傷減輕了些。便是皇帝幾次來召幸她，她總是抵死不去。逼得她緊些，她便尋死覓活，拿刀動剪。咸豐帝也沒奈何她，只得暫時把這條心擱起。

這時只因皇帝歡迎小腳漢女，那班大臣要討皇帝的好，到蘇、杭、揚州一帶去蒐羅了許多小腳姑娘來。有的尖如束筍，有的小如紅菱，各把裙幅兒高高吊起，露出一雙纖瘦玲瓏的小腳來。一霎時，圓明園裡花前廊下，都留著纖纖足印。講到那弓鞋樣兒，越發的鬥奇竟巧。有的用紅綠緞子繡鮮豔的花朵兒的；有的鞋口兒上掛著小金鈴兒的；有的把腳底兒挖空了，裡面灌著香屑，走起路來，步步生香的。咸豐帝看在眼裡，真是銷魂動魄。只苦的宮裡規矩，小腳女子一進宮門，便要殺頭。後來還是穆總管想出一個法子來，推說是宮裡太監，不夠差遣時，僱用民間婦女，在宮中打更。

這個消息一傳出去，便有許多小戶人家的婦女，進宮來受僱。宮裡定出兩個條件來：第一要年輕；第二要腳小。又挑選那皮膚白淨面貌標緻的，送去在皇帝寢宮前後打更。那班女人到夜靜更深的時候，都被皇上傳喚進去，一一臨幸，每夜臨幸三人。臨幸過的，都有珍寶賞賜。那特別標緻的，便留在宮裡，封做宮嬪。不上半年，那封宮嬪的漢女，差不多把個圓明園住滿了。

皇帝住在園裡，有許多美人陪伴著，再也不想回宮去了。照宮裡的規矩，皇帝每年三四月到圓明園避暑。到八月時候，到木蘭去打過圍獵回來，便回皇宮。咸豐這時候每年一過了新年，便要搬到園裡去住。直到十月裡，還不回宮。非得孝貞后再三上疏請聖駕回宮，他才不得已回宮去過年。在這三五十日裡，他想著園裡一班美人，險些要害起相思病來。只因皇帝喜歡漢女，那班小腳女子，便頓時威風起來。裡面最得寵的，要算杏花春和牡丹春。這兩人在園裡，作威作福。那班滿洲妃嬪，個個都去奉承她。可憐她們都是皇上挑選秀女的時候選進宮來的，實指望一朝得寵，門戶生光。誰知這時皇上迷戀江南美人，把她們一班滿洲少女一起丟在腦後，門庭冷落，簾幕銷沉。大家沒有法兒想，只得來拍四春的馬屁。

內中有一個新進宮來的秀女名叫蘭兒的，卻是滿洲婦女中出類拔萃的人才。講她的年紀，正是荳蔻年華；講她的風姿，真是洛神風韻。輕顰淺笑，裊娜動人。一進園來，指派在桐蔭深處。從此長門寂寞，冷落紅顏。早晚只聽得笙歌歡笑從隔院傳來。問時原來天子正和一班漢女在那裡歌舞作樂。蘭兒聽了只得嘆一口氣。從此深閉院門，潛心書畫。不多幾天，居然寫得一手好草書，又畫得好蘭竹。你們不要看她小小蘭兒，她是一個極聰明的女子，也是一個極有作為的女子。她一生的事跡很多，掀波作浪，清朝三四百年天下，也斷送在這宮女手裡。下文要敘述她的事體很多，做書的一枝筆忙不過來。如今趁她在不得意的時候，先把蘭兒的出身敘一敘。

蘭兒原是滿洲正黃旗人，姓那拉氏，查起她的祖上來，是葉赫部的子孫。太宗的孝莊皇后，也姓那拉，講到她的門第，卻也不壞。蘭兒是她的小名，她父親名喚惠徵。那拉氏到了惠徵手裡，已是十分貧苦，虧得他祖上傳下一個世襲承恩公的爵位，每年拿些口糧，拿來養家小。惠徵從筆帖式出身，六年工夫，才爬到一個司員。他太太佟佳氏卻是大官府人家的小姐，惠徵靠他丈人的腳力，從司員放了安徽蕪湖海關道。在前清時候，那道班裡要算關道最闊了。惠徵得了這個美缺，一跤跌在青雲裡，心中說不出的快活，便帶了家眷，走馬上任，到了蕪湖。

惠徵的家眷，卻不只妻子佟佳氏、女兒蘭兒兩人，還有兒子桂祥和小女兒蓉兒，一家五口。在女兒中，要算蘭兒年紀最大，這時也有十二歲了。據佟佳氏說，蘭兒出世的時候，曾得到一個奇怪的夢，她見一個明晃晃的月亮，吊下來落在佟佳氏肚子上。一嚇醒來，覺得肚子痛，到天明時候，便生下這個蘭兒來。他們滿洲人看女孩兒，原比男孩兒重。因為女孩兒長大，有做皇后的希望。所以滿洲人家，十分尊敬女孩兒。平常在家裡起坐，總讓女兒坐上首的。何況如今佟佳氏得了這個夢，越發把蘭兒當寶貝一般看待了。

偏生這蘭兒的面貌，比妹子蓉兒特別出落得嬌豔，身材又苗條，性格又溫順，人又聰明，又會打扮。同伴十多個女孩兒，只有蘭兒家境最苦。別人穿綢著緞，戴金插翠，獨有蘭兒沒有這個。但是她一般穿一件藍竹布大衫，戴一朵草花，總是十分清潔，也是十分俏麗。任你如何富家的女兒，沒有一個人比得過她的。只是有兩樣壞處，便是到老也改不過來。你道兩樣什麼壞處？第一樣，是舉止太輕佻。她掩唇一笑，掠鬢一睞，真是迷煞千萬人。第二樣，是愛唱小曲兒。她幼小的時候，惠徵也指教她讀書識字，她在書本兒上的聰明卻也還有限，獨有這唱小曲兒，卻是前世帶來的聰明。無論是京調、崑曲、南北小調，給她聽過一遍，她便能一字不遺，照樣的唱出來。她天生的一串珠喉，又能自出心裁，減字移腔，唱出來抑揚宛轉，特別動人。她起初還不過是清唱罷了，後來她索興拉著親戚中的旗下姊妹來，弄起笙簫，拉起絃索來。合上她的嬌脆歌喉，煞是動聽。

母親佟佳氏，看看一個女孩兒，如此放浪，終不是事體，也曾禁阻她幾回，誰知那惠徵卻很愛聽女兒的歌唱。旗下人的習氣，原是愛哼幾句皮黃的。他見女兒愛唱，索興把自己一肚子的京調詞兒，通通教給她。父女兩人，早也哼，晚也哼。家裡無柴無米，他也不管。他父女常常配戲，有時唱「三孃教子」，蘭兒扮三娘，惠徵扮老薛保，有時唱「汾河灣」，有時唱「二進宮」，把客堂當戲臺，拉著佟佳氏做看客。佟佳氏看看勸說也無用，索興氣出肚皮外，也不去勸她了。這是惠徵未做蕪湖關道以前的話。

後來，惠徵一到任，蘭兒隨在任上。那蕪湖地方，原是一個熱鬧所在。西門外正是大江口岸，沿江茶坊酒肆，開得密密層層，茶園戲館裡人頭濟濟。蘭兒到底是女孩兒心性，她父親又有錢，便帶了一個丫頭，一個小廝，天天到戲館裡聽戲去。那戲院子掌櫃的，知道是關道的小姐，便出奇地奉承。那蘭兒聽戲，又有一種古怪脾氣，不喜歡坐在廂樓裡規規矩矩地聽，卻愛坐在戲臺上出場的門口看著聽著。天天聽戲，那團隊裡的幾個戲子，她都熟識。院子裡的人，都稱她蘭小姐。那蘭小姐天天在戲院子裡聽戲還覺不夠，每到她父親母親或是哥哥妹妹的小生日，便要把那戲團隊傳進衙門來唱著聽著。這蘭兒在蕪湖地方，除聽戲以外，又愛上館子。她父親衙門裡原有親兵的，惠徵便撥兩名親兵，天天保護著小姐，在外面吃喝遊玩。合個蕪湖地方上的人，誰不知道這是關道的女兒蘭小姐。

講到那位關道，只因在北京城裡當差，清苦了多年。如今得了這個優缺，便拚命地搜刮，貪贓納賄，無所不為。一年裡面，被人告發了多次。皆由他丈人在京城裡替他打招呼，把那狀紙按捺下來。到了第二年，他丈人死了，也是惠徵的晦氣星照到了，他在關上扣住了一隻江御史的坐船，說他夾帶私貨，生生地敲了他三千兩銀子的竹槓。這位江御史，在京裡是很有手面的，許多王爺跟他好。他到了京裡，便狠狠地參了惠徵一本。這時惠徵的丈人死了，京裡也沒有人替他張羅。一道上諭下來。把惠徵撤任調省。惠徵得了這處分，只得掩旗息鼓，垂頭喪氣地帶了家眷回到安徽省城安慶地方去住著。

照那江御史的意思，還要參他一本，把他押在按察使衙門裡清理關道任上的公款。後來虧得那安徽巡撫，也是同旗的，還彼此關點親戚，惠徵又拿出整萬銀子去裡外打點，總算把這個風潮平了下來。但是他做過官的人，如今閒住在安慶地方，也毫無意味。他夫人佟佳氏，也勸他在巡撫跟前獻些殷勤，謀點差使噹噹。安徽巡撫鶴山，看他上衙門上得勤，人也精明，說話也漂亮；還能常常出出主意，巡撫也慢慢地看重他。這時安徽北面鬧著水災，佟佳氏勸丈夫趁此機會拿出萬把銀子來，辦理賑濟的事體。又在巡撫做生日的時候，暗地裡孝敬了兩萬銀子。這一來，並並刮刮，把他太太的金珠首飾，也並在裡面了。鶴山巡撫得人錢財，與人消災，便替惠徵上了一個奏摺，說他精明強幹，勇於為善，便保舉他辦全皖賑務的差使。誰知惠徵運氣真正不佳，鶴山這個摺子一上去，不到三天，疝氣大發，活活地痛死了，遺缺交按察使署理。那按察使恰巧是惠徵的對頭人；上諭下來，把山東布政使顏希陶升任安徽巡撫。

那顏希陶一到任，按察使便把惠徵如何貪贓，如何巴結上司，徹底地告訴了一番。這顏希陶是著名的清官，他生平痛恨的是貪官汙吏。如今聽了按察使的話，從來說的先入為主，從此他厭惡了惠徵。那惠徵一連上了三次衙門，顏巡撫總給他一個不見。惠徵心裡發起急來，一打聽，知道按察使和他抬槓子。這時惠徵所有幾個錢，都已孝敬了前任巡撫，眼前度日，已經是慢慢的為難起來，要想打點幾個錢去孝敬上司，再也沒有這個力量了。沒有法想，只得老著面皮，天天去上院。那巡撫心裡厭惡他，老不給他傳見。他也曾備了少數的銀錢，託幾位走紅的司道，替他在巡撫跟前說好話。誰知那巡撫實在把個惠徵恨得厲害，一聽得提起他的名字，便搖頭。那替他說話的人，見了這個樣子，便是要說話也說不出了。

惠徵住在安慶地方，一年沒有差使，兩年沒有差使，三年沒有差使。你想他在關道任上，把手勢鬧闊了，吃得好，穿得好，住得好，一個道臺團隊，進出轎馬，這一點體面又是不可少的，再加這位蘭小姐，又是愛漂亮愛遊玩的人。在安慶地方，雖然沒有蕪湖一般好玩，但是一個省城地方，也有幾條大街，兒座茶館、戲館。這蘭小姐也常常出去遊玩，免不了每天要多花幾個錢。況且這惠徵，又吃上了一口煙，不但多費銀錢，那新撫臺又是痛恨抽大煙的。一打聽惠徵有這個嗜好，越發不拿他放在眼裡。只因他是一位旗籍司員，不好意思去奏參他。

惠徵三年坐守下來，真是坐吃山空，早把幾個錢花完了。起初還是借貸度日，後來索興典質度日，再到後來借無可借，典無可典，真是吃盡當光，連一口飯也顧不周全了。蘭兒母子四人，常常挨凍受餓。那蘭兒是愛好奢華的人，如何受得這淒涼，天天和她父母吵嚷，說要穿好的，要吃好的，又要出去玩耍。這也怪她不得，女孩兒在十五六歲年紀，正是顧影自憐、愛好天然的時候。蘭兒一年大一年，卻長得一年俊一年。她這樣花模樣玉精神的美人兒，每日叫她蓬頭垢面，襤褸衣裳，一把水一把泥地操作著，叫她如何不怨。她每到傷心的時候，便躲在竈下，悲悲切切地痛哭一場。佟佳氏看看自己花朵也似的女兒被糟蹋著，如何不心痛？到傷心的時候，便找她丈夫大鬧一場。

那惠徵眼看著兒女受苦，何嘗不心痛！只因窮苦逼人，也是無可奈何的事體。他到了這時候，外面眾人交謫，內而饑寒交迫。只因沒有錢去買大煙，鴉片常常失癮。再加憂愁悲苦，四面逼迫著，那身體也便倒了下來。從秋天得病，直到第二年夏天，足足一年，那病勢一天重似一天。佟佳氏起初因家裡沒有錢，便還挨著不去料理他。到後來看看他的病勢不對，才著起忙來。從箱底裡掏出一枝從前自己做新娘時候插戴的包金銀花兒來，叫他兒子桂祥拿去典錢。那桂祥比蘭兒年紀卻大一歲，今年十八歲了，不知怎的，卻生得痴痴癲癲。如今見母親叫他去上當鋪去，把他急得滿臉通紅，說俺不會幹這個，平日他家裡上當鋪，都是佟佳氏自己去上的。如今因她丈夫病勢十分厲害，不便離開，便打發桂祥去。誰知桂祥卻一口回絕說不去，佟佳氏不覺嘆了一口氣，說道：「蠢孩子！這一點事也做不來，卻叫我將來靠誰呢？」說著，不覺掉下眼淚來。蘭兒在一旁，見她母親哭得淒涼，便站起身來，過去把包金銀花兒接在手裡，出門自己上當鋪去了。

那當鋪裡的朝奉，見了這美貌的女孩兒，早把他的魂靈兒吸出腔子去。只是嘻開了嘴，張著兩只桂圓似大的黃眼珠，從那老花眼鏡框子上面，斜乜著眼睛，望著蘭兒的粉臉，連連地問道：「大姐姐！你要當多少錢？」那蘭兒看了這個樣子，早羞得滿臉通紅，一肚子沒好氣，說道：「你看值多少，便當多少。」那朝奉說道：「十塊錢夠嗎？」蘭兒聽了，不覺好笑。心想一枝銀花兒，買它只值得一兩塊錢，如何拿他質當，卻值得十塊錢呢？當下她也不和他多說，只把頭點了點。

可憐那朝奉，只因貪著蘭兒的姿色，眼光昏亂，把一朵包金花兒，看做是真金的，白白賠了十塊錢。

蘭兒捧著十塊錢，趕回家裡。又出來延請醫生。那醫生到她家去診了脈，只是搖頭。說：「癆病到了末期，不中用了！你們快快給他料理後事罷！佟佳氏聽了這話，那魂靈兒早已嗡嗡地飛出了頂門。心想如今一家老小，流落他鄉，莫說別的，只是丈夫死下來，那衣衾棺槨的錢，也沒有地方去張羅。誰知這個念頭才轉到，那惠徵睡在床上，已經在那裡裝鬼臉了。佟佳氏忙拉著她兒子桂祥、女兒蘭兒蓉兒，趕到床前去叫喊，已是來不及了，看他只有出來的氣息，沒有進去的氣息。不到一刻工夫，兩眼一翻，雙腳一蹬死了。那佟佳氏捧著丈夫的臉，嚎啕大哭。想到身後蕭條，便越哭越淒涼。那桂祥、蘭兒、蓉兒也跟著哭，這一場哭，哭得天愁地慘，那佟佳氏直哭到天晚，還不曾停止。

左右鄰居聽了，也個個替她掉眼淚。內中有幾個熱心的，便過來勸住了佟佳氏。說起身後蕭條，大家也替她發愁。可憐惠徵死去，連身上的小衫褲子也是不周全的。鄰舍中有一個周老伯看他可憐，便領頭兒在前街後巷抄化了十多塊錢。連那當鋪裡拿來的十塊錢，拼湊起來，買了幾件粗布衣衾。但是那棺槨依舊是沒有著落。後來又是那周老伯想出法子來，帶了蘭兒，到那班同仁家裡去告幫；有幾個現任的官員，有幾位闊綽的候補道，內中還有幾位旗籍的官員。要知同僚肯不肯援助，且聽下回分解。

美人落魄遭橫暴　天子風流選下陳

卻說周老伯帶了蘭兒，到各處同仁家裡去告幫。從來說的，兔死狐悲，物傷其類。那班同仁聽說惠徵死得如此可憐，豈有個不動心的？回想到自己，浮沉宦海，將來不知如何下場。因起了同情心，便你也十塊，他也二十塊，大家拿出錢來幫助他。尤其是旗籍的官員，出的特別關切些，那送的喪禮，特別豐厚些。再加這蘭兒花容月貌，帶著孝越發俊俏了。蘭兒原是一個聰明女孩子，她跟著周老伯到各家人家去，見了宅眷，便是帶哭帶說，說得悽惻動人。那班老爺公子，又被她的美貌迷住了，越發肯多幫幾個錢。因此她這一趟告幫，收下來的錢，卻也可觀，回到家裡點一點數兒，足足有三百多塊錢。佟佳氏做主，拿二百塊錢辦理喪事，留著一百多塊錢，打算盤著丈夫的靈柩回北京去。

惠徵這一家，平日原是東賒西欠過日子。如今聽說他們要扶柩回京了，那債主便四面八方跑來，把個佟佳氏團團圍住，其勢洶洶，向她要債。五塊的、十塊的，什麼柴店米舖醬園布莊，統共一算，也要二百塊錢光景。佟佳氏無可奈何，挑選那要緊的債一還，整整也還了一百塊錢。又對大眾說，一時裡不回京去，求大家寬限幾天。你想佟佳氏總共只留下了一百二十塊錢，除去還債一百塊錢，還有什麼錢做回家去的盤纏？佟佳氏無可奈何，只得再在安慶地方暫住幾天再說。但是眼看著冷棺客寄，一家孤寡，此中日月，唯淚洗面。況且手中只剩有少數銀錢，度日一天艱難似一天。從前藉著丈夫客死，還可以告幫，如今無名無目，卻到什麼地方去借貸？佟佳氏心中的焦急，那桂祥兄妹如何知道。惠徵死的時候，佟佳氏和兒女三人，原做幾件素服的，如今看看手頭拮据，那素衣從身上一件一件剝下來，仍舊送到長生庫中去了。那時候慢慢地到了深秋，天氣十分寒冷。西風颳在身上，又尖又痛。佟佳氏因貧而愁，因愁而病，病倒在床。那桂祥和蓉兒兩人，原懂不得人事，只有蘭兒在一旁侍奉。

這時，佟佳氏口渴得厲害，只嚷著要吃玫瑰花茶兒。蘭兒便在母親枕箱邊掏了十幾個錢，囑咐桂祥兄妹兩人好生看著母親。她自己略整一整頭面，出門買茶葉去。誰知出得門來，西北風颳在她身上，凍得她玉容失色，兩肩雙聳。她低著頭，咬緊了牙關，向街上走去。虧得那茶葉鋪子離她家不很遠。穿過兩條街，繞過一個彎兒便到了。這茶葉鋪子是她常去的，她母親只愛吃好茶葉，所以蘭兒常去買茶葉的。這時她一腳踏進店堂，心中便是一跳。見只有一個傻子夥計，站在櫃身裡面。

那傻子夥計，姓牛，名裕生，平日原有些傻頭傻腦的，最愛看娘兒們。平日站在櫃身裡，遠遠見了一個娘們在街上走過，他便張大了嘴，伸長了脖子，踮起了腳跟，睜大了眼睛望著。要是有一個女人踏進店堂裡來買茶葉，他總搶在前面，喜眉笑眼地上去招呼。一面一句天一句地和那女人兜搭著，一面卻多抓些茶葉給她，討她的好兒。但是他雖對女人萬分的殷勤，那女人卻個個厭惡他，叫他傻子。而且他平日見的女子，卻沒有一個好的，大半都是窮家小戶的女人，或是大戶人家的老媽子粗丫頭，他見了已經當她是天仙了，何況見了這千嬌百媚的蘭兒，怎不叫他見了不要魂靈兒飛上半天呢？那蘭兒也曾遭他幾次輕薄，什麼好人兒美人兒，滿嘴的肉麻話兒。蘭兒總不去理他，拿了茶葉便走。如今走進店來，見只有牛裕生一人在店堂裡，且見了自己，早已笑得把眼睛擠成兩條縫，迎將上來。蘭兒心想不買茶葉了，迴心又想母親正等著茶葉吃呢，空著手回去，卻去要叫母親生氣。這樣一想，便硬一硬頭皮，上去買茶葉。牛裕生伸手來接她的錢，又拿錢向櫃上一擲，說了一句玫瑰花茶兒，便綳起了臉兒，不說話了。

牛裕生一邊包著茶葉，一邊涎著臉，和她七搭八搭；又說：「真可憐！這樣一個美人胎子，卻沒有衣服穿，凍得鼻子通紅，叫我怎不心痛死呢！」嘴裡嘰嘰嘻嘻地說著。蘭兒聽了，總給他一個不理不睬。那牛裕生包好了一大包茶葉，放在櫃臺上。蘭兒伸手去拿時，冷不防那人隔著櫃身伸過手來，抓住蘭兒的手臂，用力一拉，蘭兒立不住腳，撲進櫃身去。那人騰出右手來，摸著蘭兒的面龐，嘴裡說道：「我的寶貝！這粉也似的臉，凍得冰冷，怎麼叫我不心痛呢？待我替你捂著罷！」說著，竟把那又黑又糙的手伸向蘭兒粉頸子裡去。急得蘭兒只是哭罵。今天湊巧，他店裡人都有事出去了。這街道又是冷僻的，所以牛裕生放膽調戲著，卻沒有人來解圍。那牛裕生欺侮蘭兒生得嬌小，一手拉住她肩膀，一手在櫃臺上一按，托地跳出櫃臺來。

牛裕生正要伸手上前摟蘭兒的腰時，正是事有湊巧，這時外面闖進一個人來，大喝一聲道：「好大膽的囚囊！竟敢青天白日裡調戲女孩子。」那牛裕生見有人進來，忙放了手。連說：「不敢！」那人氣憤憤的要上前去抓住他，要送他去保甲局裡去。慌得牛裕生跪下地來，不住地磕頭求饒。這時那店裡掌櫃的也回店來了，見了這情形，也幫著求情。一面又喝罵那牛裕生。這時店門外也擠了許多人看熱鬧。大家說：送局去辦！倒是這蘭兒，因為自己拋頭露面的給眾人看著，怪不好意思的，便悄悄地對那人說：「饒了他也罷，我要回家去了。」那牛裕生聽蘭兒說肯饒恕他，便急忙向蘭兒磕下頭去。蘭兒也不理他，拿了茶葉，轉身走出店去了。走不上幾步，只見那人趕上前來，低低的向蘭兒問道：「你是誰家的小姐？我看你長得這副標緻的臉兒，也不像是平常人家。看你身上又怎麼這般寒苦？」蘭兒聽他問得殷勤，便也向他臉上打量著；看他眉清目秀，竟是一位公子哥兒。知道他是熱心人，便也把自己的家境，和父死母病，流落在客地的情形，原原本本的告訴他。那人聽了，連說：「可憐！」他又說自己也是旗人，父親在本城做兵備道，他自己名叫福成。說著，他兩人已經走到蘭兒的家門口了。那福成從衣袋裡掏出四塊錢來，向蘭兒手裡一塞。說：「這個你先拿回去用罷，我是沒有財產權的，不能多多幫助你。但是我回去想法子，總要幫助你回京去。」

蘭兒見他給錢，不好意思拿他的，忙推讓著。那福成再三不肯收回。蘭兒心想，一男一女站在門口，推來讓去的，給旁人看了不雅；又想自己家裡連整個兒的銀錢也沒有一個了，如今我收了他四塊錢，也可以度得幾天。可憐窮苦逼人，任你一等的好漢，到這時也不得不變了節呢！蘭兒這時雖收了福成的銀錢，卻把粉腮兒羞得通紅，低下脖子，再也抬不起頭來。虧得那福成卻是一個少年老成的公子，見蘭兒接了銀錢，便一轉身走了。蘭兒定了一定心，走進屋子裡去。她母親睡在床上，問：「怎麼去了這半天？」蘭兒便把茶葉店夥計調戲的事瞞了，只說外面有一個送禮的，送了四塊錢來，孩兒收下了，打發那人去了。她母親聽說有人送禮來，正因這幾天沒有錢用憂愁；她聽了，心裡暫時放下，也不去查問細情了。這裡她母子四人，又苦守了幾天。有一天，忽然大門外有人把大門打得震天作響。桂祥出去開門看時，見一個體面家人，手裡捧著一個包裹。問：「此地可是已故的惠徵老爺家裡？」桂祥點頭說是。那家人便把包兒送上，說：「這是俺老爺送給府上的奠儀。」桂祥把包兒接在手裡，覺得重沉沉的；

拿進去開啟來一看，裡面整整封著二百塊銀錢，可憐把個佟佳氏看怔了。忙問那家人時，說是道臺衙門裡送來的。蘭兒聽了，心下明白，便對她母親道：「想來那位道臺，和俺父親生前是好朋友；如今知道我父親死了，卻故意多送幾個錢，是幫助我們盤費的意思。現在我們的光景，也沒有什麼客氣的，便收下了，叫哥哥寫一張謝帖，封十塊錢敬使，打發那家人去了再說。」可憐他哥哥桂祥，雖讀了幾年書，卻全不讀在肚子裡，這時要他寫一張謝帖，真是千難萬難，寫了半天，還寫不成一個格局。後來還是蘭兒聰明，她平日都看在眼裡，當下便寫了一張謝帖，打發那家人去了。

佟佳氏見有了錢，病也好了。便和蘭兒商量著，打算盤柩回京去。蘭兒便去把那周老伯請來，託他僱船盤柩等事。周老伯也看他孤兒寡婦可憐，便熱情幫忙，去僱了一隻大船，買了許多路上應用的東西，又僱了十二個抬柩的人。一算銀錢，已用去了六七十。到了第三日，佟佳氏把行李都已收拾停妥。正要預備動身，忽然從前送禮的那個家人又來了。一見佟佳氏，便惡狠狠地向她要回那二百塊錢，說：「這錢是送那西城鐘家的，不是送你們的。快快拿出來還我！若有半個不字，立刻送你們到衙門裡去。」佟佳氏聽了那家人的話，沒頭沒腦的，又是詫異，又是害怕。這時周老伯也在一旁，聽了這個話，知道事體有些蹊蹺。便和佟佳氏說明，拉著桂祥跟著那家人一塊兒到兵備道衙門裡去。見了那位道臺，把惠徵家裡的光景，細細訴說了一番。又說現在錢已花去一半，大人要也要不回來的了。可憐他家孤兒寡婦四口子，專靠著大人這一宗銀錢回家去的。大人不如做了好事，看在同旗面上，舍了這筆錢，賞了他們罷。

那道臺聽了，卻也無可如何。他也是一個慷慨的人，便也依了周老伯的話，看在同旗的面上，把那二百塊錢布施了這孤兒寡婦。那桂祥聽了，便千恩萬謝，周老伯也幫著他說了許多好話去了。這裡道臺又吩咐帳房裡，再支二百塊錢，補送到西城鐘家去。一面把他大公子喚來，問他：「為什麼瞞著父親打發家人送銀錢到惠徵家裡？你敢是和那惠徵的女兒有了私情嗎？」那大公子聽了，只是搖頭。原來他大公子自從那天送蘭兒回家以後，便時時刻刻把她擱在心上。這也因蘭兒的面貌長得嫵媚，叫人看了越發覺得可憐。這位大公子，又是天性慈善的，他只苦於手頭拿不著銀錢，但是既答應了蘭兒幫助她，這個心願總是不能忘記的。也是事有湊巧，這安慶地方有一個姓鍾的鄉紳，這位道臺從前也得到過他的好處的。前幾天，那位鄉紳死了，打聽得他身後蕭條，這道臺也曾說過，須得要重重地送一封禮去報答他。這句話聽在大公子耳朵裡，心想這機會不可錯過，我須得要借這一筆錢，救救那可憐的美人兒呢。他便時時留心。

第二天，父親果然吩咐帳房裡封二百塊錢，打發家人送去。那大公子守在帳房門口，見家人拿一封銀錢出來，他便趕上去，推說是大人打發他來叮囑的，改送到已故候補道惠徵家裡去。那家人見公子傳著大人的話出來，總不得錯，便把那銀錢改送到蘭兒家裡去；拿著謝帖，回衙門來。那大公子便把謝帖接去藏著。帳房問時，家人說：「那謝帖是大少爺拿進去給大人瞧了。」帳房聽了，便也不起疑心。到了第三天，那帳房到上房裡來回話，順便又問起那張謝帖。這道臺說：不曾見。帳房聽了，十分詫異。忙傳那家人問時，家人說確實是大少爺拿去了。又傳那大公子，那大公子見無可躲避，便把那張謝帖拿了出來。他父親接過去一看，見上面寫著「不孝孤子那拉桂祥」，不覺大大詫異起來。急追問時，這家人推說是大少爺吩咐叫改送到已故候補道惠徵家裡去。

道臺聽了，不覺咆哮起來；一面喝叫家人快去把那封禮要回來，一面盤問他大公子，為何要私地裡改送到惠徵家去？他大公子便老老實實把那天在茶葉鋪子裡遇到那蘭兒的情形說了出來。他父親聽了不信，喝著叫他把實情說出來。正在盤問的時候，那家人便帶周老伯和桂祥到來。經周老伯拿桂祥家裡的事實情形說了一遍，道臺聽了，便也不覺起了兔死狐悲的念頭，把二百塊錢，做了好事，放桂祥去了。但是他總疑心大公子在蘭兒身上有什麼私情，便又盤問他。那大公子指天誓日，說不敢做那無恥的行為。那帳房和道臺太太，也在一旁解說：大少爺心腸軟，是真的。講到那種下流事體，卻從來不曾有過。道臺聽了也放了心，反稱讚了幾句。又說：下次不可獨斷獨行。凡事須稟明父親。大公子諾諾連聲的退去。到了第二天，他未免有情，便悄悄地跑到蘭兒家去看望。誰知她全家人都動身去了。大公子又打聽得停船的地方，急急趕去。可惜只差了一步。那蘭兒的船已漾在河心，只剩一個空落落的埠頭。這公子站在埠頭上，對著那船隻是出神。

忽然，船窗裡露出一個女人的臉來。大公子看時，認識是蘭兒的臉。只見那蘭兒微微的在那裡點頭，大公子在岸上痴痴地望著。那船身愈離愈遠，直到看不見了，大公子還是直挺挺地站著不動。直到另一隻船靠近埠頭來，遮住他的眼光，他才嘆了一口氣回去。這里蘭兒在船裡，心中不斷的感念著那公子。想到他親自趕到埠頭來送行，這是何等深情？我家在這落魄的時候，有這樣一個多情多義的公子，今生今世須是忘他不得。

不說蘭兒的心事，再說佟佳氏帶了丈夫的棺木和兩女一子，坐著船在路早行夜宿，向北京趕著路程。一船孤寡，看在佟佳氏眼裡，倍覺傷心。她想丈夫在日，攜眷赴任，在這路上何等高興。到了蕪湖地方，那文武官員，在碼頭迎接。又連日擺酒接風，又是何等風光！如今觸目淒涼，還有誰來可憐我們呢！想著不覺掉下眼淚來。一路上孤孤淒淒，昏昏沉沉，不覺已到了天津。從天津過紫竹林，到北京，不過一日多的路程，轉眼到了家裡。她家原是世襲承恩公，還有一座賜宅在西池子衚衕裡，佟佳氏帶著子女住下。這光景不比從前丈夫在日，門庭冷落，簾幕蕭條，說不盡的淒涼況味。

蘭兒原有舊日作伴的鄰舍姊妹，多年不見，彼此都長成了。又見蘭兒出落得裊娜風流，大家都愛她。今天李家，明天王家，終日姊姊妹妹，說說笑笑做著伴，倒也不覺得寂寞，她們見她光景為難，姊妹們有贈脂粉的、有贈衣衫的，還有暗地裡贈她母親銀錢的。佟佳氏靠著鄰舍幫忙，勉強度著日子。看看到了春天，正是桃紅柳綠，良辰美景。北京地方終年寒冷，難得到了暮春時候，天氣和暖，便有許多紅男綠女，出來逛廟的逛廟、遊春的遊春，十分熱鬧。便是蘭兒在家裡，也常有女伴來約她出去遊玩；什麼琉璃廠、陶然亭，她們也曾去過。後來那班女伴，忽然有許多日子不來了。蘭兒想念她們想得厲害，便也忍不住親自上門去看望。誰知一打聽，嚇得她急急跑回來，躲在家裡，再也不出門去了。佟佳氏看了詫異，忙問時，才知道今年皇宮裡挑選秀女，宮裡出來的太監，正搜查得緊。見八旗人家有年輕貌美的女孩子，便也不問情由，硬拉進宮去候選。因此住在京城裡有女兒的八旗人家，都把女兒深藏起來。已經說有婆家的，便急急催著婆家來娶去。便是沒有婆家的。也替她說了婆家，連晚送了過去，正鬧得家翻宅亂。蘭兒認識的這幾家姊妹，差不多都是在旗的。因此她們也深深地在家裡躲起來了，蘭兒還睡在鼓裡呢。

她母親佟佳氏聽了這個消息，心下也願意。她心想：女兒選進宮去，當一名秀女，也勝似在家裡挨凍受餓。說不定得了皇帝的寵幸，封貴人，封妃子，都在意中，當下便把這意思勸著女兒。誰知蘭兒一聽，便嚎啕大哭起來，從此飯也不吃，頭也不梳，終日躲在房裡不出來。要知後事如何，且聽下回分解。

瓊珠翠玉聘兒去　婉轉歌吟引鳳來

卻說女孩兒家到了摽梅年紀，總未免有幾分心事。便是這蘭兒，她受了那道臺兒子的保護恩惠，心中豈有個不感激的。那公子又長得白淨俊美，從來說的，自古嫦娥愛少年，蘭兒看了他那一表人才，也不由得不動心。只因他兩人遇合得遲，分離得快，這一段情愫，也無可寄託，只是兩地想念著罷了。在蘭兒的意思，那公子是同旗的，終須有進京的一天，到那時他若有心，天緣湊合，了卻兩人的心願，也是說不定的。但是女孩兒的心事，藏在心眼兒裡面，輕易不肯告訴人知道的。如今聽母親說要把她送進宮去，急得她嚎啕大哭起來，嘴裡連說：「俺不願去！」佟佳氏看她哭得厲害，便也死了這條心。誰知她母親雖不曾把她送進宮去，她自己卻好似把自己送進宮去了。

事情真也湊巧，前幾天蘭兒出門去看望她鄰舍姊妹，她那副俏臉兒俊身材，便已落在人眼裡了。那天有一個宮內太監，正走在西池子衚衕，迎面見了這蘭兒，不覺把他看怔了。心想天下有這樣美貌的女孩兒嗎？看她穿著長衫，垂著大辮，額上鬍發齊眉，腳下光趺六寸，這分明是八旗女兒了。他看了，忙回宮去報與崔總管知道。那崔總管這幾天因挑不出美貌的女孩來，正在那裡發悶，聽了那太監的報告，便急忙趕到西池子衚衕來，在蘭兒左右人家，打聽蘭兒的家世。知道她父親做過蕪湖關道，又是世襲承恩公，蘭兒很夠得上做秀女的資格。原來清宮裡點秀女，也有一定的品級，必得那女孩兒的父親做官做到四品以上，才可以入選。如今蘭兒父親是從二品銜，恰恰可以當選。秀女的年紀，原限定十四歲到二十歲的，如今蘭兒已是十九歲，正在妙年。那總管打聽明白了，便去報內務府。那內務府此番奉了孝貞皇后的密旨，務要選幾個絕色的女子，叫這位風流天子收收心，因此那班太監和內務府人員，都十分起勁，在外面到處如狼似虎的搜尋著。如今聽這總管報來，立刻派了人員，和這總管太監們到蘭兒家裡來。

蘭兒在家裡躲了幾天，沒見有動靜，便也到庭心裡走走。她已不比從前了，一切洗衣煮飯的事體，都要自己動手。這一天，她正在庭心裡洗衣服，那太監們如狼似虎的闖了進來，見了蘭兒，指著她說道：「這不是一個很好的秀女嗎？」慌得蘭兒忙丟下衣服，逃到屋裡去。佟佳氏見了，忙出來招呼。問：「你們幹什麼來了？」那總管說道：「你老太還不曾知道嗎，宮裡選秀女呢。俺們連日東跑西跑，也找不到一個好的，如今知道你家藏著一個美貌姑娘，怎麼不報名上去呢？你家姑娘叫什麼名兒，快報出來，我們替你送進去，包你萬歲爺見了，立刻升做貴人，再升做妃子，那時多麼榮耀，你老太感激我們也來不及呢！」

這番花言巧語，說得佟佳氏心裡活動了。她想：我家如今苦到如此地步，這桂祥又是一個傻孩子沒有出息的，只得望著這兩個女孩兒了。如今宮裡挑選秀女，這個機會卻不可錯過。蘭兒既不願去，我把蓉兒送進去罷。想道，便進去把蓉兒拉了出來。說道：「我把她報進去罷。」那總管看著蓉兒，只是搖頭。那內務人員，便勸著佟佳氏道：「你家把女兒送進宮去，原圖得個萬歲寵幸，光輝門戶的，那非得女孩兒長得俊美不可。倘然女孩兒面貌長得差些，莫說得不到萬歲的寵幸，且白白把一個女孩兒斷送在宮裡。這又何苦來？我看方才進去的那位大姑娘便好。」佟佳氏聽了他的話，不住地點頭。便說道：「你們既說我的大女兒好，且容我三天的限期。我那大女兒有些任性，須得我要慢慢地把她勸說過來。你們三天以後再來討信罷。」那總管聽了，連說：「可以！可以！」轉身出去了。

佟佳氏到她女兒房裡，橫勸豎勸，總說：「我家衰敗到這個樣子，你想想你父親死的時候，何等苦惱？你弟弟又是一個傻孩子，不爭氣的。我也不望他了。如今只望你的了。好孩子！你看在母親面上，去了罷！仗著你的聰明美貌，還怕不得意嗎？只求你得意了以後，莫忘記你孤苦的母親便了！」佟佳氏說到這裡，止不住汩汩地掉下眼淚來，蘭兒也禁不住哭了。這一場哭，把個蘭兒的心腸也哭軟了，便答應她母親。拼著斷送了終身，進宮當秀女去。她母親見女兒肯了，樂得她捧著蘭兒，只是喚寶貝心肝。過了三天，那總管又來了。另外捧了一包鮮豔衣服，給蘭兒替換了。佟佳氏和桂祥蓉兒送她上車，母女姊妹哭著，看車子去遠了，才回進屋子去。

說起此番宮裡挑選秀女，並不是咸豐皇帝的意思，卻是孝貞皇后的意思。這孝貞皇后是一個賢惠不過的人，又是一個貞靜不過的人。她見皇帝終年住在圓明園裡，和那班漢女廝混著，荒淫無度，不但荒廢了朝政，且也糟蹋了身體。自己又是六宮之主，不能輕易去看管著皇帝。況且皇帝登位以來，雖有三宮六院，也不曾生得一個皇子。將來大位無人繼承，豈不是一樁極大的心事？後來她想了一個計策，皇帝既愛好女色，不如索興下一道諭旨，著內務府挑選秀女，也許挑得幾個美貌的女孩子進來，得了皇帝的寵幸，生下一個皇子來，一來也延了國家的血脈，二來藉著那寵妃的愛情，管住了皇帝。孝貞后主意已定，候著皇帝回宮來的時候，便和皇帝說知。這咸豐帝和孝貞后，夫妻雖然很淡，但也很敬重皇后的。皇后說的話，他在面子上總是依從的。一道聖旨下去，居然挑選了六十四個秀女。皇帝這時的心正在漢女身上，這班旗下女孩兒，卻不在他心上，只因皇后的好意，便胡亂挑選了幾個。其餘不中選的，吩咐送回家去；中選的六十四個秀女，一齊送進圓明園去安插。皇帝選過了秀女，依舊進園去，找著四春尋歡作樂去了。

看官要聽明白，這時蘭兒卻在六十四個秀女之內，一樣的被他們送進園去，安插在桐蔭深處。那桐蔭深處，是一個避暑的所在。那地方原有四個宮女，在那裡看守屋子，打掃門戶。如今又新添了兩個秀女，一個便是蘭兒，一個名叫燕兒。她兩人是同時被選進來的。這燕兒原是好人家女兒，在家裡吃得好穿得好，弟兄妹妹又多，十分熱鬧。如今送她到園裡來，冷清的住著，心中想念父母，因此朝晚哭泣。倒是蘭兒進得園來，十分快活。可憐她的家中，苦的日子久了，如今在園裡，好吃好穿，又有宮女服侍。她又生成小孩子脾氣，愛遊玩的。偌大一座園林，天天玩耍著，嘻嘻哈哈，東走走，西闖闖，早樂得把家裡的父母也忘記了。她是何等聰明的女子，她見這桐蔭深處，十分幽雅，滿院子罩著梧桐葉兒，照得屋子裡四壁翠綠。她便拿了許多字帖畫譜，沒日沒夜學起書畫來。真是天生成的聰明女子，況且她在家裡也曾學習過幾時。不到幾天，居然寫得一手好趙體草字，畫得一手好惲派蘭竹。她便畫了許多窗心兒，上面題著恭楷的詩句，把屋子裡的窗心，一齊換過，又在院子裡種下四季蘭花。凡是到她院子裡去的，一踏進門，便覺芬芳觸鼻，清雅怡神。蘭兒指揮著宮女，天天打掃庭院廊房。她看待宮女，和自己姊妹一般，十分親熱，因此那宮女都聽她的差遣。便是燕兒看她如此高興，也暫時把愁懷丟開，幫著她布置房屋。看看這桐蔭深處，收拾得清潔幽靜，真是紅塵飛不到，世外小桃源。

你道這蘭兒真是沒有心肝的，只圖玩耍罷了嗎？原來她如此辛辛苦苦收拾著屋子，卻有她的深心在裡面。她看看這地方，是一個極好避暑的所在，現在雖在暮春時候，還不及時。但是到了夏天，終有一天聖駕臨幸到此。那時萬歲見了這個清潔地方，不由他不留戀。再者，看了那窗心上的字畫兒，也不由他不注意到自己身上來。最可怕的，倘然萬歲不到此地來，那真沒有法兒了。蘭兒一進園來，便存了這一條心。她們做秀女的，原每月由內務府發給月規銀子。

那蘭兒拿了銀子，住在園裡，毫無用處，便把這筆銀子積蓄起來，湊滿了二三百兩，便賞給那太監們。那太監們常常受了她的賞，心中十分感激。在太監們的意思，蘭兒賞了銀錢，總有事體委託他們；誰知問時，卻沒有什麼事體。因此那班太監，個個和她好，凡是萬歲爺的一舉一動，都來報告給蘭兒聽。那蘭兒聽了，也若無其事。

看看春去夏來，這時正是盛夏時候，咸豐帝每日飯後，便坐著由八個太監抬的小椅轎，到水木清華閣裡去午睡避暑。從皇帝寢宮到水木清華閣去，卻有兩條道路：一條是經過接秀山房的；一條是經過桐蔭深處的。比較起來，經過接秀山房的，路又平坦，又近便。因此太監們抬著皇帝，總走接秀山房一條路。蘭兒打聽得明白，便悄悄地拿銀錢打通總管太監，叫他以後抬著皇帝，從桐蔭深處圍牆外走過。那太監都曾得過她的好處，便依她的話，如法泡製。那桐蔭深處，外面圍著一條矮牆，東面是靠近路口；從外面望進去，只見桐蔭密布，清風吹樹。

這一天午後，咸豐帝坐著椅轎，正從桐蔭深處的外牆走過，一陣風吹來，夾著嬌脆的歌聲。在這炎暑時候，看見這一片樹蔭，已覺心曠神怡了，如何又經得這鉤魂攝魄的歌聲，鑽進耳來？早已打動了這風流天子的心。只見他把手向矮牆內一指；那班太監，便唵唵幾聲喝著道，抬著聖駕向桐蔭深處走來。一走進門，濃蔭夾道，花氣迎人，眼前頓覺清涼。皇帝連聲說：「好一個幽雅的所在！」那班宮女和燕兒見萬歲駕到，慌得她們忙趕出屋子來，跪在庭心裡迎接。這時咸豐帝一心在那唱曲子的秀女身上，走進院子來，那歌聲越發的聽的清晰；當時便吩咐眾宮女站著，不許聲張。自己跨下轎來，向屋子裡走去。只見四面紙窗上貼著字畫；屋子裡卻靜悄悄的，一個人也沒有。再看那畫幅兒上，具的款是小蘭兩個字，字卻寫得十分清秀。

咸豐帝正看著書畫，忽聽得後院子裡歌聲又起，清脆裊娜，動人心魄。皇帝跟著歌聲，繞出後院去；只見一座假山，隱著一叢翠竹。一個旗裝秀女，穿一件小紅衫兒，手裡拿著一柄白鵝毛扇兒，慢慢地搖著風；背著臉兒，坐在湖山石上，唱著曲子。真是珠喉婉轉，嬌脆入耳。再看她一搦柳腰兒，斜嚲著雙肩；兩片烏黑的蟬翼鬢兒，垂在腦脖子後面，襯著白玉似的脖子上面。橫梳著一個旗頭，髻子下面壓著一朵大紅花兒；一縷排須掛在簪子上。她唱著曲子，把個粉臉兒側來側去，那排須也不住的擺動著。她下身穿著蔥綠褲子，散著腳管；白襪花鞋，窄窄的粉底兒。咸豐帝終日和那班漢女廝混著，也有些膩了，今天見了這豔裝的旗女，覺得鮮麗奪目，嫵媚之中，帶著英挺，另有一種風味。只可惜那秀女只是側著臉兒唱著曲子，老不回過臉兒來。咸豐帝原想假咳嗽一聲驚動她的，又聽她正唱得好聽的時候，便也不忍去打斷她的歌聲。只是靜悄悄地站在臺階上，倚定了欄杆，聽蘭兒接下去唱道：

秋月橫空奏笛聲，月橫空奏笛聲清；
橫空奏笛聲清怨，空奏笛聲清怨生。

唱到結末一個字，真是千回百轉，餘音裊裊。只聽她略停了一停，低低的嬌咳了一聲，又接下去唱道：

冬閣寒呼客賞梅，閣寒呼客賞梅開；
寒呼客賞梅開雪，呼客賞梅開雪醅。

唱到末一字，咸豐帝忍不住喝道：「好曲子！」那蘭兒冷不防背後頭有人說起話來，急轉過臉兒來看時，原來不是別人，正是她在心眼兒上每日想著的萬歲爺。慌得她忙爬下地來跪著，口稱：小婢蘭兒，叩見聖駕，願佛爺萬歲萬萬歲！減豐帝聽她這幾聲說話，真好似鸞鳴鳳唱，便吩咐她抬起頭來。這才細細地看時，只見她眉彎目秀，桃腮籠豔，櫻唇含笑。咸豐帝看了，不覺心中詫異，想朕在外面遊玩，見過美貌的女子，也是不少的；再沒有似她這般鮮豔動人的。聯一向說八旗女子沒有一個美貌的，如今卻不能說這個話了。他想著，把手向蘭兒一招，轉身走進屋子去，便在西面涼床上盤腿兒坐了。又指點蘭兒在踏凳上坐下。便問道：「你適才唱的，是什麼曲兒？」蘭兒便奏稱：「是古人做的四景連環曲兒。」咸豐帝說：「你說四景，朕卻只聽得秋冬兩景；還有那春夏兩景，快快唱來朕聽。」那蘭兒聲稱「遵旨！」便跪在皇帝跟前，倚定炕沿，提著嬌喉唱道：

春雨晴來訪友家，雨晴來訪友家花；
晴來訪友家花徑，來訪友家花徑斜。
夏沼風荷翠葉長，沼風荷翠葉長香；
風荷翠葉長香滿，荷翠葉長香滿塘。

咸豐帝聽了，笑說道：「這詞兒做也做得巧極了！也虧你記在肚子裡。」蘭兒便起身去斟了一杯薄荷甜露來，獻在榻前。那皇帝一面喝著，一面打量著蘭兒的面貌。只見她豐容盛鬋，白潔如玉。她因聖駕來得突兀，也來不及更換衣服，依舊穿著小紅衫兒，半開著懷兒，裡面露出一抹翠綠色的抹胸來。那一條黃澄澄的金鏈兒，繞在粉頸上，倍覺撩人。咸豐帝喝完了杯中甜露，把空杯兒遞給她。蘭兒伸手來接，一眼見她玉指玲瓏，又白淨、又豐潤、又纖細。那指甲上還染著紅紅的鳳仙花汁，掌心裡一抹胭脂，鮮紅得可愛。蘭兒正要接過茶杯去，猛覺得那皇帝伸過手來，把她的手捏住了。接著哐啷一聲，一隻翠玉茶杯跌在地下，打得粉碎。蘭兒這時又驚又喜，只是低著脖子，羞得抬不起頭來。皇帝趁勢把她一提，提上炕沿去坐著，騰出右手來摸著她的掌心兒。一邊問她的姓名年紀，幾時進宮來的？又問她家住什麼地方？父親居何官職？蘭兒聽了，——一奏對明白。咸豐帝一笑，把她拉近身來，湊在她耳朵邊低低地說了幾句話。蘭兒不由得噗哧一笑，只說得一句：「小婢遵旨！」把她兩面粉腮兒羞得通紅。一面忙走出前院去，把那總管崔長禮、安得海兩人傳喚進後院去。皇帝對兩個總管說道：「快傳諭水木清華去，說朕今天定在桐蔭深處息宴了，叫他們散了自便去罷。」那總管聽了心下明白，便口稱遵旨，把院門兒掩上，悄悄地退出去了。這里蘭兒服侍皇帝息宴，直息到夕陽西下，才見皇上一手搭在蘭兒肩上，走出院子來納涼。蘭兒陪在一旁，有說有笑。看皇上臉上，也十分快樂。過了一會，太監抬過椅轎來，皇上坐著，蘭兒跪送出院。

皇上一轉背，那院子裡的宮女和太監們都向她道喜。蘭兒雖害羞，肚子裡卻十分得意。她知道皇上這一去，今夜一定舍她不下，必要來宣召的。忙回進房去，細心梳妝起來。在夏天時候，最容易淌汗，午後蘭兒原洗過浴的，只因伺候聖駕，又不覺香汗淫透小紅衣。她又重新用花露洗了一個澡，輕勻脂粉。宮女替她帶上一朵夜合花兒，打扮得通體芬芳，專候皇上寵召。要知後事如何，且聽下回分解。

卻說蘭兒見皇上回宮以後，明知道皇上舍她不下，夜間必要來宣召，便急急忙忙梳洗一番，打扮得特別嬌豔。到了用過夜膳以後，那敬事房的總管太監，果然高高的舉著一方綠頭牌來，口稱：「蘭貴人接旨！」那蘭兒聽說稱她貴人，知道皇帝已加了她的封號，心中說不出的快活，忙跪下來，領過旨意。宮女扶她到臥房裡去，照例脫去了衣服，又渾身灑上些香水，一切停妥了，由宮女高聲喚一聲：領旨！那總管太監便拿著一件大氅進來，向蘭兒身上一裹，自己身子往地下一蹲，蘭兒便坐在他肩頭，總管太監抱住蘭兒的腿，站起來，直送進皇上的寢宮裡去。約隔了兩個時辰，仍由總管太監送她回桐蔭深處。說也奇怪，這咸豐帝每夜臨幸各院妃嬪，從不叫留的；只有這一夜召幸了蘭兒，卻吩咐總管太監留下。蘭貴人院子裡的宮女太監們，見皇上在蘭貴人身上留了種；知道皇上的寵愛正深，將來說不上生下一個皇子來，莫說三宮六院的妃嬪們，便是那正宮皇后，見了她也要另眼看待的。因此合院子的人，誰不趨奉她？那燕兒原也住在桐蔭深處的，自從蘭貴人得了寵之後，便讓到香遠益清樓去住著。

咸豐帝自從召幸了蘭貴人以後，便時時舍她不下，每天到桐蔭深處去聽蘭貴人唱曲子。那蘭貴人肚子裡的曲子正多，今天唱小調，明天唱崑曲，後天又唱皮黃，把個風流天子的心鎖住了。天天住在蘭貴人房裡，連夜裡也睡在桐蔭深處，不回寢宮去了。把什麼牡丹春、杏花春都一齊丟在腦後了。蘭貴人又能夠知大體，常常勸著皇上，須留意朝政。皇上也聽她的話，傳諭軍機處把奏章送來閱看。

這時長江一帶，正被洪秀全的太平軍鬧得天翻地覆。曾國藩、向榮、彭玉麟、左宗棠一班將帥拚命抵擋著，還是天天吃敗仗，失城池。皇上看了奏章，也常常和蘭貴人談及。蘭貴人卻很有見識，說：「國家承平日久，俺們滿洲將帥都不中用了。陛下不如重用漢人，那曾國藩一班人自小生長在長江一帶，人情地勢十分熟悉的。陛下便當拿爵位籠絡他，他們都是窮書呆子，一旦得了富貴，便肯替國家拚命去殺自己人了！」皇上聽蘭貴人的話有理，便照她的主意去行，一天一天把那班曾、左、彭、胡的官階往上升。咸豐帝又見蘭貴人寫得一手好字，便叫她幫著批閱奏章。從此蘭貴人也漸漸的干預朝政、議論國事。咸豐帝看她又有色、又有才，便越發寵愛她起來。

轉眼到了深秋，皇上嫌桐蔭深處太蕭條了，便把蘭貴人搬到「天地一家春」去住著。那「天地一家春」地方很大，蘭兒雖是貴人，品級不高，但她排場卻很大，手下養著百數十個宮女太監。蘭貴人進園來的時候，便聽人說皇上寵愛著四春，又在園中容留了許多小腳女人，勾引著皇上荒淫無度。她早已把那班漢女恨如切骨。她常常想替滿洲妃嬪報仇，苦於那時未得皇上的寵幸，手中無權，也無可奈何。到這時候，皇上的寵愛都在她一人身上，她說的話，皇上句句聽從；她的權一天一天大起來，她的膽子也一天一天大起來了。這時牡丹春、杏花春住在園裡，長久不見聖駕臨幸，心中十分詫異；後來打聽得皇上新寵上了一個什麼蘭兒，卻是旗下女子，但也不十分清楚。園裡的一班宮女太監，何等勢利？見她們失了勢，便走得影跡全無；大家都去趨奉著蘭貴人，又把從前皇上如何寵幸四春的情形，細細地告訴出來。蘭貴人聽了，心中的醋勁發作得厲害。

這時恰巧有一個漢女，到「天地一家春」裡去打聽皇上的消息，躲在樹蔭裡，和一個小太監說著話。蘭貴人正坐在樓視窗，望下來，一瞥眼給她看見了，不覺把無名火冒高了十丈。這時皇上正在涵德書屋傳見大學士杜受田。蘭貴人心想趁皇上不在這裡，我便下一番毒手警戒警戒她們。她一面在肚子裡打主意，一面悄悄地調兵遣將。吩咐太監們去把那漢女和小太監捉來拷問時，原來便是住在煙月清真樓的漢女，也曾承皇帝召幸過；如今多日不見皇帝的面了，心中想得厲害，便到這裡來打聽皇上的消息。看那人時，生得皮膚白淨，眉目清秀，裙下三寸金蓮，套著紅幫花鞋，好似一隻水紅菱兒。蘭貴人看了，心中越發妒恨，便罵一句：「賤人！裝這狐騷樣兒，哪裡是探聽皇上的消息來的，竟是和小太監私會來的。如今經我親眼看見了，你還敢抵賴麼？」喝一聲：「剝下她的衣服來！」便有四五個宮女，上前來把那漢女按倒在地；解她的衣裙，一霎時剝得上下一絲不留，聳著高高的乳頭，露著白白的腿兒。又叫：「綁起來！」便有四五個太監上來，把這漢女和那小太監面貼面綁成一對。喝一聲：「打！」幾枝籐條從那雪白的腰背頭腿上，狠狠地抽下去；一抽一條血，一任那漢女嬌聲哭喊，那籐條總是不住手。看看抽有二三百下，可憐抽得她渾身淌著血，這樣一個嬌嫩女人，叫她如何受得住，早已痛得暈絕過去。宮女提一桶井水來，向她身上一潑，那漢女又醒過來。

蘭貴人吩咐鬆了綁，又把她小腳鞋子羅襪腳帶一齊脫下，露出十趾拳屈的兩隻小腳來。三四個宮女手裡拿著藤鞭打著，逼著叫她赤著小腳走路。可憐她如何走得，站在那石板地上已是痛徹心脾。經不得那藤鞭從頭臉上接接連連打下來，她移一步，便啊唷啊唷地連聲嚷著痛。蘭貴人還嫌她走得慢，叫兩個宮女拖著她兩條臂兒，在那甬道碎石子上跑來跑去，那漢女痛得殺豬也似地叫喊起來。後來她實在走不來了，只拿膝蓋在石子上磨擦，那一條甬道上滿塗著血。那漢女又湧痛暈絕過去了，蘭貴人吩咐拖去沉在「萬方安和」的池底裡。從此以後，蘭貴人天天拿漢女做消遣品，覷著皇上出去了，便叫太監滿園子去捉著漢女來，痛打一場，凌辱一場，去沉在河底裡。有的漢女怕吃苦的，得了這個風聲，便預先上吊死的，也有投井死的，也有買通太監悄悄地逃出園去的。把好好的一座花明水秀的圓明園，鬧得天愁地慘，鬼哭神嚎，只瞞住皇上一個人的耳目。那四春住的屋子裡，卻不曾去騷擾過；只因四春是從前皇上十分寵愛的，難保皇上不再去臨幸，因此也不敢去驚動她。便有許多漢女，跑到四春屋子裡去躲著，也算躲過了一場災難。

這時蘭貴人又得了一個好消息，原來她伺候了皇上，不上一年，肚子裡已懷著龍胎了。咸豐帝聽了蘭貴人的話，心想朕玩了多年女人，日夜盼望生一個皇子，也接了大清的後代；那孝貞皇后又是貞靜不過，朕和她親近的機會很少，看來要那正宮生養太子，這事是不成功的了。如今難得這蘭貴人腹中有了孕，只望她養下一個皇子來，也不枉朕的一番寵愛。從此越發把個蘭貴人寵上天去，真是要風得風，要雨得雨。蘭貴人說一句話，皇上沒有不聽的。這蘭貴人得了身孕以後，常常害喜，頭暈嘔吐，這是孕婦常有的事。但是這蘭貴人因自己多殺了漢女，便疑心生暗鬼，在夜靜更深的時候，她偶然從夢中醒來，便覺得那「天地一家春」的屋子四周，隱隱有鬼哭的聲音。再加她肚子裡的東西作怪，終日情思昏昏，她認作是鬼附在身上，頗想和皇上說明，搬回宮去。又想到自己肚子一天大似一天，總有幾月淨身呢。那時候皇上久曠了，難保不再去找那四春，續舊時的歡愛。我還不如趁早勸諫皇上搬回宮去，離了這圓明園，她們這一班妖精也無法可使了。

蘭貴人主意已定，便在枕上奏明皇上，說要搬回宮去。皇上也許久沒有回宮去，也得回宮去看望正宮娘娘。再者皇上也許久沒有臨朝了，也得上殿去和群臣見見面兒，問問國家的事體，不能給文武百官在背地裡說皇上迷住了女色，忘記了國政。這位皇上是散漫慣了，他最怕的是坐朝，如今聽蘭貴人說了這個話，只因是他寵愛的，不好意思不答應。無奈這蘭貴人今天也說，明天也說，又說陛下倘真疼婢子，也得為婢子留一個地步。沒得給娘娘說，都是婢子迷住了皇上，叫皇上忘記了宮裡，這個名氣一傳出去，叫婢子如何做人？她說著不覺兩行淚珠掛了下來。這時咸豐帝正在寵愛頭裡，見蘭貴人哭了，心中異常肉痛，便忙依了她，在三天以內搬進宮裡去住。

這圓明園離北京城遠在四十里外，那滿朝文武聽說皇上要回宮了，不覺個個心中感激這位蘭貴人。你道他們為什麼要感激？原來北京城離圓明園四十里路，那班臣子上朝，須得每半夜起身，坐車的車，騎馬的騎馬，趕出城去。到園門口，還不曾聽得雞叫。到天明上朝，各部大臣把事體奏明了，聖旨下來，趕回京城去，還不曾到午膳的時候。每天這樣跑著。遇到大雪，大雨，大寒，大暑的天氣，那百官走在路上，真是狼狽不堪，叫苦連天。幸得今天蘭貴人一句話，把皇上勸回宮去，他們心中如何不感激？那蘭貴人一到了宮裡，皇上便把她安頓在熙春宮裡，卻吩咐宮女太監們暫時瞞著正宮，俟貴人生下皇子，再去報與娘娘知道。因此皇上依舊每天宿在蘭貴人這邊。

蘭貴人自從有了喜，便常常害病，也曾傳御醫診脈處方，無奈這是胎氣，三日好二日歹的纏綿不休。皇上又寵愛得蘭貴人厲害，凡是貴人服的湯藥，都要皇上親眼看過。那蘭貴人也撒痴撒嬌的自己睡在床上，卻拉著皇上在床前陪伴著。皇上便和她說笑著解悶兒，因此皇上天天晏起。懋勤殿上雖設了朝位，卻十有八九是不上朝的。卻累得那班文武官員，天天在直廬裡候著。這裡面卻觸惱了兩個人，一個是大學士杜受田，一個是宗室肅順。那杜受田覷著皇上御殿的時候，便切切實實地勸諫了一番，說：如今外患內訌，迫於眉睫；天子一日萬機，正當宵旰憂勤，以期不墮祖宗之大業。咸豐帝原是敬重杜受田的，又聽他抬出老祖宗來，也便不好說什麼。那肅順卻很有鋒芒，因為他是宗室，現掌管著宗人府，宮裡的事體他都知道。他知道近來皇上寵上了一個蘭貴人，心中很不以為然。原來他本認識蘭貴人的父親惠徵的，惠徵在日，為一點點小過節，和他不相容。又打聽得蘭兒原在桐蔭深處當灑掃時，便也瞧她不起。他如今直走內線，放了一個風聲給正宮裡。

那孝貞后平日最恨的是妖冶的女子，如今聽說皇上迷戀著一個貴人，把坐朝的事體也荒廢了，心中如何不恨。她便不動聲色，起了一個早，坐著宮裡的小黃轎，悄悄地跑到熙春宮來。在寢門外跪倒，拿出祖訓來，頂在頭上，便朗朗地背誦起來。嚇得皇上忙把蘭貴人推開，從被窩裡直跳起來，跪著聽。一面傳諭勸住皇后，停止背誦；一面起來，急急穿了衣帽，到懋勤殿坐朝去。退朝下來，才走到熙春宮門前，見一個太監慌慌張張跑出來跪倒。皇上喝問他什麼事體，值得這樣慌張？那太監奏稱：方才皇后傳下懿旨來，把蘭貴人宣召到坤寧宮裡去了！皇上一聽，把靴腳兒一頓，連說：「糟了！糟了！」原來這坤寧宮是皇后正殿，凡是審問妃嬪用刑的事體，都在坤寧宮裡舉行。

咸豐帝聽了太監的話，也不及更換朝衣，便親自趕到坤寧宮來。踏進正屋去，一眼看見皇后滿面怒容，坐在上面。那蘭貴人哭哭啼啼跪在當地，外面的大衣已剝去了，只穿了一件蔥綠的小棉襖兒。皇后喝一聲「打」，只見那左右宮女各人手裡拿著朱紅棍兒，向蘭貴人肩背上打將下去。皇上急搶步遮去，一面攔住棍子，一面對皇后說道：「打不得！打不得！她身上已有五個月的身孕了。」一句話嚇得孝貞后面容失色；忙走下座來親自把蘭貴人扶起。那蘭貴人也十分乖覺，又跪下去，先謝皇上的恩，又謝皇后的恩。皇后對皇上說道「怎麼不早對妾身說知？陛下春秋雖盛，卻不曾生得一個皇子，這貴人既有了身孕，也說不定將來生下一個皇子，繼續了宗祧。妾身用權打這貴人，原是遵守祖訓。倘然因受了杖責，傷了胎兒，豈不是妾身也負罪於祖宗了嗎？」說著也忍不住淌下眼淚來。咸豐帝原是十分敬愛孝貞后的，她杖責蘭貴人，卻也不恨她。如今見她哭了，便拿好言勸慰她。孝貞后又趁此勸諫皇上須留心朝事。如今外面長毛鬧得不成樣子，十八省已去了一半，如何還不憂勤惕勵；思何以保全祖宗基業的法子？那女色萬萬再迷戀不得了！

咸豐帝聽了孝貞后的一番勸誡，不覺肅然起敬。這時孝貞后也只有二十三歲，雖說打扮得十分樸素，但究竟是一個少年美婦人；那眉目之間隱隱露出秀美的神色來，他們夫妻之間也是久闊了。皇上這時不覺動了愛慕之念，當夜便在坤寧宮裡宿下。

這皇帝和皇后好合，在皇宮裡算是一件大事。那敬事房太監，須把年分月分日子時辰仔仔細細地寫在冊子上。皇上住一天，那冊子上寫一天。誰知這時皇帝和皇后夫妻久闊，竟一天一天的住著；那敬事房太監一天一天的寫著，足足寫了半年光陰。在這時候，孝貞后便勸皇上調養身體；知道鹿血是補陰的，便在宮裡養著幾百頭鹿，天天取著鹿血給皇帝吃。又每天清早催皇上起來坐朝。這時皇帝也慢慢的預聞國家大事，才知道外面鬧得一塌糊塗；那洪秀全得了南京，漸漸地逼近京師來，急得咸豐帝毫無主意，有時退朝回宮，把這政事和孝貞后商量商量。那孝貞后說：妾身是一婦人，懂得什麼朝政？況且中宮干政，祖宗懸為厲禁；望陛下不要謀及婦人，還是去找那大臣商量的好。這一番話，說得又婉轉，又堂皇，咸豐帝越發敬愛她了。後來皇上下了一道上諭，派直隸總督訥爾經額為欽差大臣，專辦河南軍務，抵敵那向北來的太平軍。

這時洪秀全在南京建國，開科取士，勸農務工。那外國人見他聲勢浩大，軍隊眾多；他又口口聲聲說種族革命，為民除暴，外國人越發相信他。第一個便是美國，派了一隻兵船直放南京；洪秀全的弟弟洪仁玕，是懂得外國規矩，說得外國話的，便去招待美國船主。那船主遞上國書，居然稱他太平天國天王。洪秀全允許外國人通商，外國人也允許幫助洪秀全。美國公使回到上海，通報英法各國領事，大家對於太平天國都十分滿意。洪秀全也派洪仁𤩊做欽差，到美國遞國書去。從此外國人處處幫助洪秀全，與憎朝作難．廣東的各國領事和那總督秀英作對，步步逼著他。後來管英內調，做了大學士；徐廣豬做了兩廣總督，葉名深做了廣東巡撫。英國兵船闖進廣東，廣略帶了團勇，敵住英兵；英兵悄悄退去。朝旨下來，賞廣紹一等於爵，名操一等男爵。後來名屎升做了總督。誰知這葉名操升了總督以後，便自恃有功，十分驕傲起來，他這時十分看輕那團勇。廣東的團勇是從前立過功的，如何肯服氣便有團勇的頭目，關巨、梁揖兩人，悄悄地上了英國兵輪，投降去了，並與英領事巴夏禮約定，願替他做嚮導。

那巴領事一向啣恨這葉總督，苦得無隙可尋，這時恰巧有私販鴉片煙的，冒掛著英國商旗，把船駛進關河來；那巡河水師千總見了，上去把船扣住，把船上十三箇中國人捉去，關在監裡。這事體傳在巴領事耳朵裡，如何肯錯過機會？便寫信去責問葉名深，說那條船是英國人的。葉名路見小小的交涉，便吩咐把十三箇中國人放出來送還巴領事。誰知巴領事卻不依，定要水師提督來往領事衙門去謝罪，又要捉那千總去。葉名環說外國人無禮，便也置之不理，卻也不去防備他。英國領事卻去要求香港總督帶兵船來，直攻黃埔炮臺；名挑選也不理他。後來那兵船直開到十三洋行地面，又去攻打鳳凰山炮臺，奪下海珠炮臺，快要到廣州城下了。城裡的司道大員慌張起來，大家都跑到總督衙門去請示；那名躁手執書卷，若無其事。忽然霹靂般的一聲響亮，大砲轟進城來，把城地打得粉碎，名現才害怕起來，打發人去講和。那英國領事和香港總督只要葉名深一個人出來講話，萬事全休。那葉名操聽了越發害怕，只縮著頸子，躲在廣州城裡，不敢出來。起初還有美國領事從中調停，後來看看葉總督搭架子搭得厲害，也不覺動了氣，便去聯合了法國公使噶羅，英國公使額爾金，俄國公使布恬庭，美國公使利特，一齊帶了兵船，開進廣州。軍情十分緊急，這才把個葉名操慌得手忙腳亂起來。他一面傳令瓊州總兵黃開廣帶了一百幾十隻釣船紅單船出去抵敵，一面在淨室裡擺設亂壇，扶起乩來。葉總督跪拜過以後，叩求神仙降壇；慢慢的果然見那蚍筆動起來了，在沙盤上寫道：「吾乃呂洞賓是也。」葉總督看了，忙又跪下去，默默禱告道：「弟子葉名操，求領封折，職守重大；夷氣甚惡，城危如卵，請祖師速顯威靈，明示機宜。」禱告已畢，那蚍手又扶出四句道：十五日，聽消息；事已定，無著急。

葉總督見上面有十五日三字，他認做外國兵船過了十五這一天便能退去，便大大的放心，不去理他。要知後事如何，且聽下回分解。

蘭貴妃寄腹產載淳　咸豐帝避難走熱河

卻說葉總督迷信了乩仙的話，他打定主意，百事不管，躲在衙門裡，靜候過十五日，外國兵自退。司道等官來請發兵，紳商等人來請練勇，他都不准。英國公使要求五條：第一條，與總督想見；第二條，欲在南河岸造洋樓；第三條，欲通商；第四條，欲進城；第五條，索賠款六百萬兩。葉總督益發不去理他。各國公使大怒，第二天滿城只見貼的香港總督的告示，說定於次日破城。那城裡一班百姓看了，立刻慌亂起來，扶老攜幼，紛紛逃避。葉總督要禁止也禁止不住。不到黎明，果然城外炮聲隆隆，煙焰四起。葉總督沒奈何，暫到粵華書院去避難。

廣州紳士伍崇耀，和將軍暗地裡說通了，在城頭上豎起白旗，求外國兵暫停炮火，把城中難民一齊放出去逃命去。那邊香港總督，也下文書給合城官民說只打葉總督一人。於是巡撫將軍都統等官員，以及紳士們，都到觀音山上去避難。外國兵營裡炮火又響，葉名爍無地可躲，城門一破，英國兵先進城來，趕到粵華書院裡，把葉名環捉住，橫七豎八地把他拖к英國兵船。這時有一個戈什哈，跟隨在葉總督身旁。他趁外國兵不留意的時候，悄悄地對總督指著海水說道：「大人瞧，這海水不是很清的麼？」那葉總督聽了他的話，莫名其妙。這戈什哈氣憤極了，便縱身一躍，自己沉在海裡死了。這時英國公使做主，把捉來的廣州官民一齊放口；只帶了這個葉名探，從廣州到香港，又從香港到印度，把他關在一間樓房裡。葉名深住在印度，卻也自得其樂；終日吟詩作畫，空下來又時時誦讀《呂祖經》。他的詩畫署名「海上蘇武」，流傳在外國的卻也不少。

廣東巡撫見外國兵去了以後，才提奏人朝。咸豐帝看了不禁大怒，立刻下諭，從兩廣總督起，所有廣州合城文武官員，一律革職；另委了兩廣總督，去和英、美、法三國的公使講和。又委黑龍江辦事大臣，和俄國講和。這時外國所提出來的條件，卻比不得從前了。總督大臣見條款十分嚴厲，卻不敢做主，便去奏明朝廷。咸豐帝把條款發給軍機大臣會議，議了許多日子，也議不出一個眉目來。那四國兵將，見所求不遂，便索興開了兵船．打到北京去。英國兵船十四隻，法國兵船六隻，美國兵船三隻，俄國兵船一隻，一齊停泊在天津白河裡；一面又提出條件，託直隸總督譚廷襄轉奏皇上。咸豐帝便派戶部侍郎郭崇綸，內閣學士烏爾棍泰前去議和；英國公使見這兩個官銜上沒有全權兩字，說中國政府沒有誠意，又說中國政府瞧他不起，便不由分說，帶同兵船從白河直闖進大沽口去。不費吹灰之力，占據了大沽炮臺。咸豐帝沒奈何，改派了桂良、花沙納兩位欽差大臣，全權去和各國議和。

各國提出的條款，又多又嚴。內中單講英國公使提出的條款，已有五十六條；最重要的三條：第一條，是於舊有上海、寧波等通商五口外，加開牛莊、登州、臺灣、潮州、瓊州等處；又於長江一帶，從漢口到海州許其選擇三口，為洋商出運貨物往來之所。第二條，是洋人所帶眷屬，可長住北京。第三條，是償還洋商虧損兩百萬兩，軍費二百萬兩；付清賠款，方將廣州城交還中國。還有修改稅則，允准傳教等條。此外法國也提出了四十二條，又另索賠款一百萬兩。這兩位欽差，也不敢自專，請命於朝廷。咸豐帝這時身體不好，常常害病，也沒有這許多精神去對付外國人，便傳諭一概允准。口令桂、花兩位欽差，會同兩江總督何桂清，親自去查察各海口；何處宜於通商，再定稅則。四國兵船，先後駛離天津，到上海會齊。總算把這樁外交案件，暫時告一個結束。

蘭貴人這時居然生了一個皇子，不但是皇帝皇后歡喜，便是那滿朝文武和海內居民，人人都歡欣鼓舞，大小衙門懸燈慶祝。這也是當時專制時代奴隸人民的現象。按到實在，真正肚子裡歡喜的，只有咸豐帝一個人。這時立刻把蘭貴人升做蘭貴妃，那新生的皇子，取名載淳。從此這蘭貴妃，也因自己生的皇子，十分驕傲起來。非但不把宮中的妃嬪放在眼裡，便是那孝貞后，也因她生了皇子』，另眼看待她幾分。說實在的，這個皇子，也不是蘭貴妃生的，乃是圓明園裡的一個漢女，名叫楚英生的。這楚英也是讀書人家小姐，她父親是湖南人，在京裡做了幾年小京官，僅僅糊得口。她女兒楚英，卻出落得洛神一般的風韻；官場中慕她的美名，都託人來說媒。無奈她父親生性清高，說他們都是濁富，不配娶我的女兒。誰知到楚英十六歲上，她父親一病死去了。只落得兩手空空，身後蕭條。後來宮裡僱用管宮漢女，楚英的母親貪圖俸祿大，便把楚英送進宮去。便是在楚英心想，也不過到宮裡去打掃庭院，看守房屋．決沒有意外事體的。誰知這位風流天子，卻出奇的歡喜玩弄漢女，他最愛的是那三寸金蓮。恰好這楚英，不但臉兒長得好，而且裹得一雙好端正瘦小的金蓮。

有一天，她在牡丹花叢中間閒玩著，咸豐帝從廊下走來，遠遠地望見花叢下面露出一雙小腳兒來，勾動了他的情懷，忙向侍衛們搖手。那侍衛們也看慣了皇帝的情景，知道皇帝又要幹風流事體了，便悄悄的避去；楚英便在這一天受了皇帝臨幸。任你如何貞節的女於，待到一踏進宮門，總難保得貞節了而楚英那時，迫於勢利，也是無可如何。一連召幸了幾次，不覺已有了身孕。肚子一大，皇帝便丟在腦後了。這時正是蘭貴妃初得寵的時候，專一和漢女作對。她住在園裡，瞞著咸豐帝的耳目，將那班漢女暗地裡打死、溺死的不計其數。

後來，蘭貴人又打聽得有一個楚英曾受過皇帝的臨幸，便吩咐太監，把那楚英去喚來。在蘭貴妃心思上，滿想把她打死。後來一看見楚英帶著肚子，細細一盤問，知道是龍種。她便立刻變了一個主意，從此把個楚英藏在自己後房；自己也裝著假肚子，哄著皇帝，說自己受了孕了。又怕住在園中耳目眾多，敗露出來，她便把楚英裝成大腳，改了旗裝，夾在宮女隊裡，帶進宮去，依舊藏在一間密室裡。待到那楚英十月滿足，養下一個男孩兒來；便趁著楚英肚子痛得昏昏沉沉的時候，拿一杯毒酒，撞在她肚子裡去，立刻把個產婦藥死了。一面暗地裡僱了乳母，在密室中乳著這孩子。看看自己裝的假肚子，也已十月滿足了；便把那孩子抱來，滿身塗著血水，只推說是自己生下來的。後來皇帝皇后見這孩子長得特別魁梧，便也特別歡喜。

蘭貴妃見大事成功，便不覺驕傲起來。又因為住在宮中，有這正宮娘娘管束著，不得任性；便又慫恿著皇帝，搬到圓明園去住。這時已在三月終，照例原可以搬進園裡去住了，皇帝便依了蘭貴妃的話，進園去依舊住在天地一家春裡。咸豐帝許久不到園中來，又在這春深的時侯，園中景色分外鮮媚，把個風流天子，樂得早把朝廷大事丟在腦後去了，終日帶著這蘭貴妃，到處遊玩。但是咸豐帝大病以後，身體十分虛弱，在園中遊玩，要人扶持。常常坐著黃轎，或是坐著御舟，代替行走。這時園中也養著許多鹿，皇帝天天飲一杯鹿血；幾百頭花鹿，養在「碧楊橋」東面坦坦蕩蕩的地方。蘭貴妃每天帶著幾個宮女，在這地方騎射，射著花鹿玩兒。

咸豐帝見蘭貴妃騎馬騎得很好，便帶她出園打鳥雀去。三千御林軍保護著，在萬壽山腳下玩了一天，打得了無數鳥雀。看看天色傍晚，那園中文武大臣知道皇上快要回園了，便排齊了班次，在園門口候著。遠遠地聽靜鞭聲響，御駕已到了門口；文武百官，一齊跪下地去。這時正在鴉雀無聲的時候，忽聽得馬蹄聲響，當先一個旗裝的少婦，騎著馬跑進園門來。見兩旁百官脆著，便在馬上笑說道：

「怎麼今天矮子這樣多啊！」嬌聲聽聽，一騎馬早已過去了，嚇得百官們頭也不敢抬。後來打聽那騎馬的少婦，便是如今最得寵的蘭貴妃。蘭貴妃進園了半晌，才是御駕到。這一天皇帝玩得非常盡興。

第二天是蘭貴妃的生辰，在園裡吃酒聽戲，又熱鬧了一天。皇帝聖旨下來，把蘭貴妃改作霓貴妃。這一天棚貴妃陪皇上在「壺中日月長」軒裡吃酒，吃到夜深才安寢。第二天皇上病了，忽然吐起血來。慌得資貴妃忙傳御醫，一面報進宮去。那孝貞后夫妻情分原是深的，得了這消息，便急急趕到園中來看視。虧得皇上的血是急氣攻肺，吐的是肺血，調養了三五天便漸漸的止住了。又養了半個月，一般也能遊玩行走了。皇上在病中，孝貞后又切切實實勸他保養身體，莫過寵了鼓貴妃。又說鼓貴妃是個受寵不起的人，常常要干預朝政，這不是我們女人應該管的事體。那滋貴妃自從生了皇子以後，那言語舉止之間，便是對於皇帝，也不覺露出驕縱的神色來。咸豐帝也有些覺得，只是心中實在溺愛她，便也不忍去說她。如個聽了孝貞后說話，知道皇后是一片好意。又知道鼓貴妃是十分陰險的女子，便也推著病不和鼓貴妃見面。這時皇上又想起一四春」來了，便把牡丹春、杏花春兩人傳來。一看她們，已經消瘦得多，遠不如從前那種嬌豔模樣了。皇帝問她們為什麼這樣誰懷？杏花春忍不住哭了。牡丹春便告訴說：

鼓貴妃如何虐待她們，那班宮女大監都害怕貴妃的勢力，吃也不給我們好吃，穿也不給我們好穿，住在園裡真是苦不堪占。杏花春又奏說：「鼓貴妃住在園裡，專與漢女為難；瞞著皇上的耳目，拉到屋子裡去，被敵貴妃活活打死的，又拉去抛在太液地裡，活活淹死的，不知有多少。」皇卜聽了，不覺大怒。第二天，傳旨把錫貴妃召來。那鼓貴妃耳目很長，有那總管安德海替她打聽消息；知道皇上動怒了，鼓貴妃便披頭散髮，懷中抱著皇子，進宮去跪在皇帝面前，只是碰頭求饒，又做出那可憐的樣子來。

說也奇怪，皇上不曾看見鰲貴妃的時候，把這蘇貴妃恨人切骨；等見了這鰲貴妃，便想起從前的一番恩愛，又看見她眉眼兒實在迷人，又見她一哭一求，如帶雨梨花似的，越發叫人可憐。再看看她懷中抱著皇子，又看在他皇子的面上，不覺把心腸軟了下來。西貴妃趁此又撒痴撒嬌的說了許多牡丹春杏花春的壞話，咸豐帝反而勸慰她。這一夜雨露深思，堂堂一位萬歲爺，又吃楊貴妃迷住了。鼓貴妃把聖駕接到天地一家春去住著，自己料理皇上飲食，調養病體；暗暗裡吩咐安德海，外面不論有什麼事，不叫他通報。因此那杏花春牡丹春和皇上見了一面以後，從此又隔絕了。

直到五月時候，皇上身體漸漸的強健起來，常常到園中各處來散步納涼。記得各處妃嬪，便傳旨召來，在「清水灌纓室」裡開宴。那班妃嬪和皇上久別生疏了，也不敢多說話；獨有這秉貴妃，仗著自己是皇上寵愛的，在皇帝跟前，有說有笑。皇帝的事體，她一個人攬著服侍。又因為自己是生了皇子的，便不把同輩的妃嬪放在眼裡。外面軍機大臣有奏摺拿進來，丞貴妃使瞞著皇上，說：「皇上正在吃酒開懷的時候，莫給他看奏摺。」便和安德海私地裡冒了皇上的意旨，把那奏摺批出去了。隔了幾天，皇上坐朝，鼓貴妃才把代批奏摺的事體奏明；皇上心中雖不樂，但因寵她寵得厲害，也不好意思說什麼。

後來鼓貴妃看看皇上不說什麼，每逢皇上和大臣們議論朝政，她也在一旁出主意。皇上也因自己懶得管事，漸漸把那些奏摺都叫龍貴妃代他批發去，因此，鼓貴妃漸漸地預聞外事。有幾個手腳快的人，都偷偷地拿了銀錢，走安德海的路子，孝敬鰲貴妃去；鼓貴妃一方面得了外人的錢財，一方面在皇帝跟前包攬事體。

皇上也有些看出強貴妃的弊病來，只因自己身體實在虛弱得厲害，沒有精神看奏章似後每逢有大事，便請孝貞后傳見大臣，隔著簾子親自詢問。孝貞后有忙不過來的地方，便叫賣貴妃在一旁讀著妻章。皇上又把能親王、恭親王傳進園裡，幫著皇上辦理國事。皇上有時和能親王、恭親王閒談著，龍貴妃站在一旁，也不避忌。鼓貴妃見能親王面目姣好，年紀很輕，打聽得醇親王正死了福晉，便和皇上說了，把菌貴妃的妹妹蓉兒，指配給能親王。那能親王見皇上的命令，也不敢不遵從；從此以後，那蓉兒在外面，也暗暗的和鼓貴妃通聲氣。獨有恭親王和肅順兩人，不和蘇貴妃聯繫，常常在皇帝跟前勸諫，不可使貴妃干政。咸豐帝也明知道這寇貴妃居心叵測，無奈自己寵愛她厲害；彭貴妃干預朝政也慣了。那孝貞后是十分沉靜的，見了大臣，期期艾艾地說不出什麼話來；鼓貴妃在一旁代問話，口齒清楚，語言漂亮，且另有一種威脅，大臣們見了她都害怕。後來日子久了，孝貞后卻也省她不得。楊貴妃自恃有才能，便也越發的驕傲了。那年春天，宮裡照例鬧著龍舟。皇帝帶著妃嬪們，坐在御舟裡吃著酒，看著龍船。這時皇帝身體還不十分健旺，不願意和許多妃嬪們擠在一起；卻自己帶著孝貞后，坐著一隻小艇子，在湖中蕩漾著。四邊岸上的宮女們，見御舟在湖中，便齊聲嚷著「安樂渡」三字。原來官中的規矩。皇帝坐在船裡，那船身一離開岸，便令宮女站在兩岸，齊聲喚著安樂渡三字；直到皇上的船到那邊岸上，才停住喚聲。這雖是一樁迷信事體，但兩岸幾千個宮女嬌聲喚著，卻也很有風韻。這時皇子載淳年紀尚小，聽著喚聲，也跟著她們嚷著。楊貴妃拉了他和要好的妃嬪宮女們，另外坐一隻船遊玩著；打聽得皇上在「映水蘭香」開宴，她們便趕去伺候。那地方是靠著湖邊的，埠頭上泊著三隻龍舟，龍舟兩旁一字兒停著許多小船。鼓貴妃自小在南邊學得弄槳渡水，這時她們飯都吃罷，邀貴妃見了埠頭的小艇，不覺觸動了她的舊好，便縱身一跳，跳在小艇子上，拿了一支槳，正要盪開去。忽然，給皇上看見了，說：「有趣！朕也搭著你的船渡過去。」鼓貴妃見皇上也高興，忙把那小艇靠近埠頭，候皇帝走下艇子來。誰知咸豐帝才下得艇子，兩腳不曾立定，那艇於使盪開了。皇上是久病之後，身體虛飄飄的，兩腳又沒有力；那艇於一晃，身於向側面一撲，一個倒栽蔥，噗通一聲，皇帝翻身落水。只聽得岸上宮女、太監們大聲呼救，那孝貞后正在屋子裡，聽了忙趕來看時，虧得湖邊水淺，下面又鋪著石階；皇上落水的時候，急把兩手攀住埠頭石條，身子浸在水裡，從肩膀以上露出在水面上。七八個太監一齊跳下水去，把皇帝扶Ｌ岸來；滿身水淋淋的，把個皇后嚇得臉上也變了色。一面吩咐把皇上送到就近「靜香屋」去更換衣服，一面喝令太監把站貴妃送到永巷裡去關起來待罪。這咸豐帝身體原不曾復原，如今經了這一嚇，又受了凍，不覺舊病復發起來。孝貞后日夜看護著，這一場病，直到深秋才慢慢好起來。

那駐貴妃平日是一個如何飛揚拔扈的人，如今關在永巷裡，一住四五個月。宮裡的人何等勢利，大家見她失了勢，都來打落水狗。那肅順和美貴妃最是不對，便買通了服侍鼓貴妃的宮女，故意到皇后跟前去告密，說紹貴妃住在永巷裡，終日怨恨皇上，又拿滿洲咒語咒罵皇上。孝貞后聽了，忙親自到永巷裡去勸慰顫貴妃，說你暫時安心靜守，過幾天待皇上歡喜的時候，俺替你求求恩典，放你出來。不知怎麼，這這貴妃咒詛皇上的話，給皇帝知道了，便不覺大怒。恰巧肅順站在一旁，皇上便問肅順道：「朕意欲把蘭貴妃廢了，賜她自盡，你看怎麼樣？」慌得肅順忙跪下地去碰頭，說道：「奴才不敢頂聞宮禁裡的事體。」

這句話傳到孝貞皇后的耳朵裡，忙去見皇帝，竭力替錨貴妃辯護著，說：「這都是平日和她不對的人造的謠言，臣妾也常常去檢視過，蘭貴妃十分恭順，深知道自己的錯處，常常自己悔恨著。臣妾敢管她在皇上面前求求恩典，放了她出來。她在冷宮裡，時時想念皇上，日夜哭泣，看了也十分可憐。」皇帝到這時候，又想起孟貴妃是生了皇子的，一時不能廢去她妃子的名號，便也把怒氣消掉了。後來孝貞后時常在皇帝跟前替懿貴妃求恩典，皇上看在皇后的面上，便赦了罪，把懿貴妃放了出來。要知後事如何，且聽下回分解。

泣脂啼粉夢驚三更　畫棟雕梁園付一炬

卻說葉名琛在廣東鬧了亂子，惹得各國聯軍打破廣州城，又調動海軍，進逼京津。朝廷派了桂、花兩大臣與各國講和，賠了七八百萬兩銀子，總算把這件事體暫時和緩下來。在條款上原寫明賠款付清後，聯軍才把廣州城交還中國，如今聯軍在廣州城裡，一住兩年半，看看絕無交還的意思。便有一個佛山鎮團練兵的頭目，忍不住一肚子的氣憤，他想想廣東這件禍事，都是英國領事巴夏禮鬧出來的，害得中國賠款割地，喪師辱國。他便出了一張告示，說願出一千兩銀子的賞格，買那英國領事巴夏禮的腦袋。那巴夏禮聽了，不覺嚇了一跳。這時英國公使還在上海，巴夏禮便打了一個電報到上海去，告訴這件事體。英國公使聽了大怒，便動公文給桂良，要他奏革兩廣總督黃宗漢的職，還要逼著他立刻去解散團練兵。

桂良無可奈何，只得一面答應他，一面仍舊簽定條約，一時暫不掉換。外國人見桂良不換條約，說他沒有講和的誠意，那英國兵船便開到長江一帶去遊弋，直到漢口地方。法國兵也到內地去亂闖，又到處設立天主教堂，地方官都嚇得不敢出來說話。

這時，有一位滿親王名僧格林沁的，見外國人這樣肆無忌憚，忍不住大怒起來，拉起一本折子，奏參直隸總督譚廷襄，說他疏於海防。便親自派人在大沽口修築炮臺，在海口打一道木樁，再拿鐵鏈鎖住港口。待到換約這一天，各國的兵船都開到天津來會齊。中國官廳送過照會去，叫他們兵船改道在北塘口下碇，不許他們在大沽口行動。那英國兵船如何肯依，便一定要開進大沽口來。他們見大沽口已有鐵鏈鎖住，便拿炮轟斷，一面開進十三隻小兵輪來，船頭上插著紅旗，和炮臺挑戰，逼向炮臺開炮，拿炮轟打中國步兵。看看打勝了，便一擁上岸，搶上炮臺來。炮臺上開炮還擊，打沉了幾隻小兵船，那上岸來的外國兵，也被中國兵殺死了幾百名，又活捉得一個英國將軍。英國兵船隻剩下一隻，逃出攔江河外面。那大兵船上見自己的兵吃了敗仗，便退出大沽口，到旅順、威海衛測量海勢，慢慢地向南退去。

廣東人民聽得英國人吃了敗仗，便急急修造船隻，怕他再來報仇。由富商捐銀三百萬兩，暗地裡去送給英國人，求他不要打仗。英法兩國公使，照會通商大臣何桂清，情願遵守咸豐八年的條約。那桂清只求平安無事，無奈這時咸豐帝信任僧王的話，不答應外國人的要求，只答應他照道光年間的事體通融辦理。又吩咐他仍在上海議和，不得率行北來；如有外國兵船再敢駛入攔江河的，必痛加剿辦。一面由僧格林沁動用內帑一百餘萬，經營北塘口。後來忽然有人主張在北塘口引敵上岸，咸豐帝卻也說不錯，便又吩咐把北塘口的軍備盡行拆去。

那時翰林院編修郭嵩燾，上疏竭力說不可。北塘紳士御史陳鴻翌，也奏說不可撤去北塘兵備。咸豐帝不聽他們的話，不到幾天工夫，英國、法國的小兵船開進北塘，拔去港口的木樁。打頭陣是英國將軍額爾金，法國將軍噶羅，帶了一百多隻兵船打進來。外國兵拖著炮車上岸，中國兵卻不敢動手，只送照會叫他到北京去交換議和條約。外國兵到了這時候騎虎難下，如何肯依，便催動各國聯軍一萬八千人，從北塘打進內港。這時適值潮退，外國兵船一齊擱在淺灘上，他們只怕中國兵在兩岸夾攻，便掛起白旗，假做求和的樣子。中國兵見了白旗，果然不敢攻打。待到潮漲潮大，那兵船上便出其不意，直撲上岸來。炮火連天，把中國兵打得四散奔逃。一萬八千聯軍，直打到新河地方。僧王帶領三千勁旅上去抵敵，無奈外國兵營裡炮火厲害，槍彈如雨，一陣子打，可憐三千個騎兵打得只剩七個人。

新河陷落以後，看看大沽危急。皇上便命大學士瑞麟帶領京中的八旗兵，到通州去防守。那聯軍果然進逼大沽，拿開花彈攻打北岸炮臺。開花彈落在火藥庫裡，一聲轟天價響，烈焰飛騰，把巍巍一座炮臺打倒，提督樂善死在炮火裡。這裡僧王正駐兵在南岸，見了這個樣子，忙退兵到通州的張家灣地方。看看天津也保守不住了，告急的文書，雪片似到得京裡。

咸豐帝看了，心中一急，舊病復發。一面命桂良到天津去議和。那桂良送照會到英國公使衙門裡去，那公使回了一個公文，說要增加賠款，開天津為商埠；還要每國酌量帶領兵隊，進京去換約。皇帝在病中，性子十分暴躁，聽說外國人要帶兵進京來，又聽說英國派的議和大臣便是巴夏禮，心中越發生氣，便下旨一律拒絕。

英法各國兵隊，見中國皇帝無意講和，便又進兵攻打河西，進逼通州。那北京地方的人心，便頓時慌亂起來。咸豐帝聽孝貞后的話，連夜從河南把勝保召進京來，命他帶領一萬禁兵，到通州去抵擋外國兵。一面由怡親王載垣，邀集英法各國公使，開一個宴會。吃酒中間，載垣提起議和的事體。那巴夏禮大聲答道：「如欲講和，非面見中國皇帝，並須每國帶兵二千名進京去，才可開議。」這樣凶橫的條件，叫載垣如何答應得下來？只得回答說：「這事須請旨才能答覆。」巴夏禮見怡親王做不得主，便也閉著嘴不說話了。任你載垣如何去和他敷衍說笑，他總是閉著眼假睡在榻上，給你個不理不睬。載垣無奈，只得不歡而散。

第二天，接連的報馬報進軍情來，說通州勝保的軍隊大敗，僧、瑞的兵也敗退下來，英將額爾金帶領大隊外國兵，快要打進京來。整個京城頓時鬧得沸反盈天。那大學士端華和尚書肅順看看時勢危急，便在半夜時候到圓明園去請見皇上。咸豐帝這時病勢很重，孝貞后早晚在一旁伺候著，懿貴妃在房中料理湯藥。忽傳說端華和肅順請見，皇帝知道大事不好，把他嚇得臉色慘白，渾身索索地打顫。孝貞后一面傳御醫進來請脈下藥，一面把這兩位大臣傳到御榻前來問話。肅順把外面的軍情一一奏聞。又奏稱如今外國兵來勢猖狂，皇上萬乘之軀，自宜從早出狩，住在萬安的地方。咸豐皇帝說：「現在昏夜，朕身體又十分疲乏，到什麼地方去好呢？」當時大家商量了一會，還是孝貞后有決斷，說：「俺們不如到熱河去走一趟罷。」皇上聽了，也點頭稱是。

當時那御醫還不曾走，便奏說：「快把鹿血拿來請皇上服下，便立刻可以增長精神，加添氣力。」早有太監去殺翻兩頭花鹿，取得血來，還是熱騰騰的，咸豐帝吃下一碗去，果然立刻身體旺壯起來，精神也有了。便傳諭恭親王留守京師；著肅順統率御林軍，隨往行宮，端華照料園裡的事體。這個消息一傳出去，好好一座圓明園，頓時鬧得人仰馬翻，鶯啼燕叱。咸豐帝也顧不得這許多了，自己坐了一輛園中的黃蓋車。肅順在半夜裡去開啟車行的門來，僱得四輛敞車，車上面略略遮蓋些蘆席。一輛請孝貞后抱著皇子載淳坐了，其餘三輛，便有許多妃嬪宮女們搶著坐。可憐一輛車子，擠著五六個妃嬪，擠得她們腰痠骨痛。內中一位懿貴妃，她平日席豐履厚，何等嬌養？如今從半夜裡逃出園來，吃盡苦楚，早見她嬌喘細細，珠淚紛紛。此外還有許多妃嬪宮女，坐不著車子的，只得互幫率引，跟著皇上的車子，哭哭啼啼的走去。內中有幾個平日和太監要好的，便有太監們來背著她走了一程，沿途僱得騾馬，扶她爬在騾馬背上走去。

懿妃在車子裡簸蕩了半夜，早把她的頭髮也撞散了，額角也撞腫了；她傷心到極點，便在車裡嗚嗚咽咽地痛哭起來。看看到了天明，一瞥眼見那肅順趕著一群騾馬，從她車旁走過，懿貴妃這時也顧不得了，便一手掀開了車簾，提高了嬌滴滴的喉嚨，喚著：「六爺！六爺！俺的車子破了，求你六爺做做好事，替俺換一輛好的車子罷！」說著不覺柳眉緊鎖，雙淚齊拋。那肅順正要趲程趕上皇上的車子去，聽了懿貴妃的話，便答道：「在這半道兒上，哪裡來的好車子？俺們等趕到前站再說罷。」說完便馬上加鞭，急急跑向前面去了；停一會兒到了一個鎮上，一行車馬，一齊停下來打尖。懿貴妃四處留心看時，不見有肅順；便向身旁的太監打聽時，知道他止在皇上跟前奏事。那太監替她跑去，候肅順奏完了事下來，便上去對他說：懿貴妃要換一輛車子。那肅順聽了，把頭搖了一搖，說道：「現在是什麼時候？我還有空工夫辦關防差使嗎？」

第二天，懿妃又在路上遇到肅順；懿貴妃實在支撐不住了，便哭著喚著六爺，要求肅順替她換一輛車子。肅順聽了，陡的放下臉來，冷冷的說道：「如今在逃難的時候，哪比得上太平日子？在這荒山野地裡，到什麼地方去僱新車子呢？不是我說一句不中聽的話，俺勸貴妃還是安分些罷；在這個時候，有得一輛破車子坐，已是萬幸了。貴妃不看見路旁還有許多貴人宮女，哭哭啼啼走著的嗎？貴妃可曾看見那中宮坐的也是一輛破車子，和貴妃坐的一模一樣的嗎？中宮不叫換新車子，貴妃卻要換新車子；貴妃是何等樣人，怎麼可以越過中宮去呢？」肅順說完幾句話，又把鞭子打著馬，飛也似的跑上前去了。懿貴妃這時無可奈何，只得咬牙切齒地罵道：「好大膽的奸賊，過幾天看俺的手段罷！」

不多幾天，帝后和妃嬪皇子一班人，到了熱河，在行宮裡住下。一面下諭給恭親王，著他去聯軍主帥早日議和。一面仍著僧、瑞兩軍，調兵把守海澱。那僧王把個巴夏禮恨入切骨，他想了一條計策，把巴夏禮誘進營來，伏兵齊起，把巴夏禮擒住，送進京去監禁起來。英國公使見捉了巴夏禮，十分惱怒，向恭親王索還巴夏禮甚急；勝保也傳檄江南，叫各軍勤王。一時裡僧王部下的鮑超，袁將軍部下的張得勝，安徽團練苗沛霖，帶了軍隊，陸續都到了京裡；外國兵見中國調來了許多兵士，便也不敢十分胡鬧，只是照會恭親王，限他三天，把巴夏禮交出來。恭親王不肯，要他把兵隊退到天津去，才肯開議和局；英國公使也不答應。恭親王無法可想，便邀同周祖培陳孚恩聯名上奏行在，說外人十分強悍。

咸豐帝身體本來是淘空了的，再加上那天半夜出奔，一路上受了些風寒，到了熱河，病勢越發厲害。孝貞皇后為保全皇帝性命起見，所有一切外間事體，都一起捺住；大事叫恭親王在京中便宜行事，小事便沒奈何自己每天看著奏章，時時和端華、肅順兩人商量取決。又因懿妃辦事敏捷，料事很明，口才也好，筆下也快，便也叫她幫著辦理朝政，每逢到疑難不決的時候，懿貴妃便一言立斷。因此咸豐帝反得逍遙事外，靜心調養；御醫也跟來，每日替皇上診脈下藥。圓明園中養著的幾百頭鹿，這時也送到行宮來，每天吃著鹿血；看看那皇帝的身體，一天一天的健朗起來。

總管太監安德海，每天服侍著皇上，又領著皇上在行宮內苑裡遊玩。這熱河行宮，雖在北地荒涼的地方，但是經過從前乾隆、嘉慶幾朝極意經營，便一樣的花明柳媚，鶯歌燕唱。咸豐帝看了這情景，不覺起了無限感慨。他想從前在圓明園中，何等風流，何等快樂；如今空落落的一座園子，雖說一般的花嬌柳媚，但是那些六宮粉黛，都不在眼前，春色撩人，不覺動了無限相思。是皇后的主意，一切朝廷大事，都不叫皇帝知道；總叫安德海帶領太監們伺候著皇上，自己也避開，不常和皇上見面。怕的是皇帝多動情慾，傷害身體；又禁止懿貴妃和別的妃嬪親近皇帝。皇上見了她們，想起從前園中的情形，多麼傷心，因此也不願去召幸她們。但是看看皇上的身體，一天比一天強健，終日在行宮園中養病，閒得無事可做，只是長吁短嘆。安德海知道皇上的心事，便悄悄地在行宮外面，找了幾個粉頭來，陪伴著皇帝。這一天，皇帝卻歡喜起來。從來做皇帝的睡女人，總是堂堂皇皇的；唯到如今卻是偷偷摸摸的玩著。女人越是偷偷摸摸，越覺得有味。

咸豐帝因在行宮裡玩得不舒暢，索興由安德海領著悄悄地到宮外嫖院子去。這熱河地方，本來不是個小去處；來往關外的客商很多，平日也有幾家娼寮。如今皇上出幸，那文武百官，都隨從在行宮裡，使熱河的市場，頓時熱鬧起來。那百官們都是不曾帶得家室的，大家都找窯姐兒玩耍去；因此竟有幾家上等的窯姐兒，從天津、北京趕來做買賣。皇上便也悄悄的在這幾家上等窯子裡玩耍。

咸豐帝是久病之後，身體不曾復原，如今在窯子裡日夜縱樂，早把個身體更淘虛了。到了秋初時候，竟狂吐起血來；把個孝貞后和滿朝文武，急得走投無路。傳了三四個御醫進去，日夜診脈處方。雖說把吐血止住了，但是那身體看著一天瘦弱一天。咸豐帝知道自己是不中用了，便把孝貞后和懿貴妃傳進來，日夜陪伴著，又常常問起孝貞后那聯軍的事體。孝貞后起初勸他不必勞心，且管養病；無奈咸豐帝一定要看奏章，孝貞后拗他不過，便把外間送進來的奏摺，每日由懿貴妃在床前朗聲誦讀給皇帝聽。

才知道恭親王和各國公使商量，改在通州會議，外國人也不答應。皇上嚴諭恭親王，須不失朝廷體面，那恭親王便不敢輕言講和。

兩面相持不下，英法聯軍便惱怒起來，要立刻攻入海澱；所有皇宮左右的禁衛軍隊，見外國兵來了，便一齊潰散。恭親王站腳不住，便逃到廣安門外長辛店去躲避，由瑞麟出面，和步軍統領文祥商量，把巴夏禮釋放出來。誰知這巴夏禮因為被中國皇家監禁，心中又慚愧又憤怒，他出來的時候，忿無可洩，便悄悄地走到圓明園裡去放一把火。這時御林軍已逃得一個不留；園裡的太監們，見皇上走了，他們也散了桃園，個個回家去了，所剩幾個老弱婦女在園裡，有誰能救得這火？這時西風又大，園裡的亭樓造得密密層層，一霎時滿園都燃燒著了，只見天上起了一片紅雲。可憐這畫棟雕梁，金迷紙醉的一座圓明園，足足燒了三日三夜，燒成了一片瓦礫場。

這時，做書的急要交代的是住在園中的四春：那牡丹春原生得最是聰明，她見宮中漢女，有被蘭貴妃捉去活活打死的，有私自逃出園去後，被侍衛們捉回來活活吊死的；她知道都是漢女的打扮與旗女不同，在宮中容易辨識，一旦有事，也不容易逃走。她便刻意模仿旗女的打扮，平日跟一班宮女十分要好，跟著宮女學得梳頭擦粉，以及旗女種種的禮節。她到高興的時候，一般的梳著大頭，穿著旗袍，腳下登著粉底鞋，臉上擦著濃濃的胭脂，嘴裡說著一口十分流利的京電影，望去活似一個極漂亮的旗下宮妃。只因她待太監宮女們好，那天皇上倉皇出走的時候，早有太監報信給她。牡丹春原是旗下女人打扮，得了這個消息，便也慌慌張張夾在宮女隊裡，逃出園去。她身邊原積蓄下幾個錢，便動身到天津，搭輪船到蘇州，回到自己家裡。她母親還在，後來由她母親做主，嫁給一個讀書人，一雙兩好的過著日子。要知其餘三春如何下落，且聽下回分解。

防懿妃文宗草遺詔　立怡王肅順奪國璽

卻說圓明園偌大一個花木勝地，被巴夏禮付之一炬之後，頓時煙消霧滅。那四春之中，要算牡丹春的結果最好。那海棠春進得園來，因想念金宮蟾想得厲害，不到一年功夫，在咸豐帝最寵愛的頭裡，她便鬱鬱而死。只有杏花春得到皇上寵愛的日子最多，她手頭積蓄的錢也最富。她在宮中和誰都沒有交情，無論什麼人託她在皇帝跟前說一句話，她總非錢不行。因此宮裡的人，沒有一個不恨她的。但是杏花春手頭的錢一天多似一天，她有二十萬兩銀子，託她主母放在外面生息。此外零零星星三萬五萬的，都由總管太監替她拿出去存放在錢莊裡。她自己的屋子裡，還存著二三千兩黃金，此外金珠首飾不計其數。只因她平日待人不好，到了出事體的這一天，那班宮女太監們各自逃命，也沒人去通報她。待到天明，杏花春從枕上醒來，皇上已去了，園裡已是天翻地覆似的鬧成一片。杏花春正要起來打聽時，早有一班年老的太監宮女們，惡狠狠地打進房來，便在床上大家齊動手，把杏花春活活勒死，把她所有的金銀珠寶搶掠一空。可憐一個脂粉嬌娃，她屍首挺在床上，直到渾身腐爛，也沒人來收拾。

再說那陀羅春。自從她進得園來，每日在一座小庵里長齋禮佛。宮中人人見她可憐，到皇上臨走的一天，便有管宮太監悄悄的去告訴她。陀羅春自進園來，早把死生置之度外，聽了太監的報告，她也不驚惶，依舊念她的經卷。直到園中的宮女太監們俱已走盡，便有一個小太監來勸她出園去。又說：「如今園裡沒有人查問，盡可以放膽出園回家去。」陀羅春聽說可以回家，不覺心中一動，便也略略收拾些細軟對象，跟著小太監走出庵來。看看滿園荒涼，到處塵封，她心中起了無限感慨。迴心一想，如今家裡母親為她死在宮裡了，便是要回去，也沒有家了。生成一個薄命人，便是出得園去，也沒有好日子過的。她便起了一個決心，這時正走到「萬方安和」的卐字橋上，看看那小太監在前面走著，她便出其不意地一縱身，向池心裡一跳，只聽得噗通一聲，那池面很大，陀羅春一個嬌小身軀，早不知蕩到什麼地方去了。這時候園中靜悄悄的，四面不見一人，也無處可以求救，倒累得這小太監，對著池子大哭一場。這陀羅春溺水以後的第七天上，那圓明園便遭了火災。寂寂一座園林，一任那狂風烈焰把它捲得寸草全無。

圓明園被毀的消息傳到行宮裡，把個咸豐帝氣得病勢越發加重。厲害的時候還暈絕過去幾回。那英法聯軍又聲稱要攻打紫禁城。孝貞后得了這個消息，忙傳諭給恭親王，叫他從速議和。這時有一個俄國海軍少將，名叫普查欽的，他見有機會可乘，便去鼓動俄國公使名伊格葉替耶夫的，出來排解，勸英、法兩國和中國議和，照道光年間的和約，增加九條，法國也增加十條和約，把天津開做商埠。賠償英國兵費銀一千二百萬兩，賠償法國兵費銀六百萬兩。這和約奏到行宮裡，咸豐帝把端華、肅順兩人召進宮去商議。那端華、肅順兩人，和恭親王是素來不對的，當下看了這和約，便說道：大爺辦事如此不中用，照此下去，將來俺們還有好日子過嗎？

咸豐帝這時也拿不定主意，因為孝貞后和懿貴妃是素日與聞朝政的，便也把這一后一妃喚來，和她們商議。這孝貞后是忠厚人，見如此大事，卻一時不敢下斷語。獨有那懿貴妃，她卻大著膽侃侃而談。說：「如今兵臨城下，外國人不滿所欲，絕不甘休的，這件事錯在當初那班耆英、牛鑒、桂良、花沙納混蛋手裡！當初事尚可為，便一味的媚外誤國，示弱乞和，以致鑄成今天的大錯。如今天子蒙塵在外，京師危在旦夕，南有發匪之禍，北有捻匪之亂，內江未清，怎當得再有此外患？不如請佛爺乾機獨斷，就此准了他們的和約，一來外兵可以早日退去，二來佛爺也可以早日迴鑾，在宮中養病，總比在這行宮裡諸事不便的強得多。」

一席話打中了咸豐帝的心窩。咸豐帝抱病在外，原天天想回宮去，當下便依了懿貴妃的主意，批准了和約。一面諭令恭親王收拾宮殿，繕修城郭。直到秋末冬初，才把宮禁收拾停妥，聯軍也退出京了，仍由恭親王領銜，籲請皇上皇后返蹕。誰知這時候咸豐帝大發起哮喘病來，住在行宮裡，一步也動不得，只得暫把迴鑾的事體擱起。懿貴妃帶了皇子載淳，早晚在皇上榻前侍奉湯藥。咸豐帝經此亂離之後，見了懿貴妃，想起從前的一番恩愛，便把從前的宿恨一齊忘去，漸漸的依舊寵愛她起來。

懿貴妃見自己又得了勢，豈肯錯過這個機會？她便拿出體己銀子來，在宮裡聯繫安、崔兩個總管，又託崔總管暗地裡去聯繫她的侄兒榮祿。卻說懿貴妃的母家，原有一個弟弟名叫桂祥。懿貴妃住在「天地一家春」最得皇上寵愛的時候，真是言聽計從，懿貴妃滿意要把她弟弟提拔起來，做一個京官，在外面也可以和她通通聲氣。誰知這桂祥卻是一個傻子，雖做了京官，卻還是呆頭呆腦的，一點事體也不懂。懿貴妃看看自己的兄弟不中用，便改變方針，一意提拔她的侄兒榮祿。

榮祿是一個聰明刁滑的人，他得了功名，便在滿朝中拉攏。別人看他是寵妃的家裡人，自然另眼相看。不多幾年功夫，竟被他爬上滿尚書的地位，在朝中也頗有權勢。他見恭親王是皇上親信的人，便也和恭親王好。這恭親王也不知不覺落在他彀中，兩人十分莫逆起來。如今見他姑母打發崔總管來聯繫他，姑侄一家人，沒有不幫忙的。彼此心照不宣，由榮祿去聯繫恭王，從此恭王也做了懿貴妃一黨的人。懿貴妃看看裡外都已打點停妥，在皇上跟前，便慢慢的掌起權來。那孝貞后原是不會說話的人，凡有外來奏章，都由懿貴妃讀給皇上聽。皇上這時精神十分衰弱，凡事都叫送孝貞后決斷去，這孝貞后又看懿貴妃生得比自己聰明有才情，便諸事和她商量。後來懿貴妃索興獨斷獨行，自己在奏摺上批定了，再給孝貞后看，孝貞后心中不以為然，但她也無意爭權，便一任她做去。

自有一班朝中大臣，打聽得懿貴妃與聞朝事，便大家拿著整萬的銀子，走安、崔兩總管的路子，去孝敬懿貴妃。懿貴妃得人錢財，與人消災，便也替他們在皇上跟前說說好話。偶然說幾次，皇上卻也不覺得，後來見懿貴妃盡替外面大臣們說好話，咸豐帝便覺得這妃子有些靠不住，心中便有些厭惡她起來。這時咸豐帝病勢一天重似一天，懿貴妃知道皇上是不中用了的，便想到將來自己的地位，緊拉著皇子，天天在皇帝榻前絮聒。說：「佛爺只有這一個皇子，將來百年之後，總是這載淳繼承大統了，如今外面大臣，頗有主張立長君之說，佛爺何不趁現在立定了太子，免得日後俺們娘兒吃虧。」咸豐帝聽了，心知這是懿貴妃有意造謠，但是如今只有這一個皇子，將來這個皇位，總是逃不了是他兒子的了，便也樂得答應她。又安慰她：不必多心，將來總傳位給你兒子，總給你升做太后。懿貴妃聽了皇上這幾句話，心才放下。皇帝害的是癆損病，那身體一天瘦似一天，精神一天委頓似一天，他心地卻十分明白。他在病中，暗暗的留心懿貴妃的舉動，覺得貴妃仗著自己將來可以做太后，便漸漸有些跋扈起來，有時甚至和孝貞后對口，不肯相讓，有時外面有奏章送進來，貴妃便不和孝貞后商量，竟自獨斷獨行批交出去。咸豐帝心知這貴妃將來是不得了的人，心中十分憤怒。覷著懿貴妃不在跟前的時候，皇帝便把肅順召到床前來。這時孝貞后也陪在床前。咸豐帝氣憤的對肅順說道：「懿貴妃十分跋扈，留此人在世，將來必是皇家的大害，朕打算趁朕未死之前，賜她一死，除了宮中的大禍。」那肅順聽皇帝說出這個話，嚇得他只是爬在地下碰頭，不說一句話。停了一會，皇上又說道：「不然，朕留下遺旨，朕死以後，便將懿貴妃殉葬。」

孝貞后到底是忠厚人，聽了皇上的話，覺得懿貴妃甚是可憐，便替貴妃再三求恩說：「懿貴妃生有皇子，母以子貴，萬歲便特別開恩，饒她一二。萬歲若賜她一死，將來皇子繼位，追念生母，叫他何以為人？」孝貞后說得聲淚俱下。咸豐帝也感動了，便說道：「朕如今看在皇后面上，饒她一死，但是這懿貴妃是陰險刁刻的人，朕死以後，無人可製得住她，朕如今須寫下遺詔，使她不敢放肆。」說著，便竭力支撐著從床上坐起來，命肅順端過筆硯來，就床上寫下遺詔。道：

諮孝貞太后：懿貴妃援母以子貴之義，不得不尊為太后；然其人絕非可倚信者，即不有事，汝亦當專決。彼果安分無過，當始終曲予恩禮；若其失行彰著，汝可召集廷臣，將朕此旨宣示，立即誅死，以杜後患。欽此。

寫畢，叫皇后在詔書上寫下名字。又叫肅順也寫下名字，便交給孝貞后收下。那孝貞后正要收藏，忽然又交還皇上，奏稱：「這詔書也得傳示外臣，請恭親王來此，寫上名字。將來萬一有事，也得內外相應。」皇上聽了皇后的話，也說不錯，便一面下諭傳恭親王奕訢，火速趕赴行在，一面暫把這遺詔收藏在枕邊。

這時，懿貴妃在皇帝左右，早已布下耳目，她見皇上情形，對她一天冷淡似一天，心知有些不妙，便在背地裡囑咐安、崔兩個總管，留心檢視動靜。這一天，皇上和皇后肅順兩人密議的事體，崔總管在窗外也略聽得一二，只是不敢久站在窗下，怕被人看見，因此皇上說的話，他也不曾聽得完全。心知是不利懿貴妃的，便忙去通報與懿貴妃知道。懿貴妃聽了，心中十分害怕，一時也估料不出什麼事體來，滿心焦躁，害得她幾夜不曾闔眼。恰巧有一個機會到了，皇上病了多日，身體睡在床上，骨瘦如柴，覺得十分疲痛，頗想人在身上捶捶。那時有一個姓陸的御醫，他是懂得推拿的，便按著穴道替皇上推著。皇上依舊是個不舒服。後來總管喚來一個太監，名叫李蓮英的進來，替皇上按摩著。這李蓮英原懂得這按摩法子的，當下替皇上按摩著，經過他按摩的地方，筋骨都十分舒適，按摩到胸口，皇上便沉沉睡去。從此皇上十分喜歡這個李蓮英，每日非把他傳進宮去按摩一次不可。

李蓮英也十分乖覺，他趁皇上閉上眼睡去的時候，便抬起頭來留心看這屋子裡的情形。他一眼見皇帝枕頭邊露出一隻紙角兒來，只見得「其人絕非可倚信者」一句，他知道這一張紙，總與一個人有利害關係的。他一轉念，便想到懿貴妃，莫非這上面說的是懿貴妃麼？也便大著膽兒，伸過手去，把紙角兒拉出來一看，把遺詔上面的話通通看在肚子裡。這時李蓮英身後站著一個人，便是崔總管。他們原是同通一氣的，李蓮英便不在意，正想把這遺詔偷下來。忽然，孝貞后走進房來了，崔總管拿靴尖兒輕輕的踢著他，李蓮英忙縮住手，拿一方手巾遮住那遺詔，退出來急急去告訴懿貴妃。

原來這李蓮英是懿貴妃極親信的人，進宮的年數雖不多，卻深得懿貴妃的寵用。他本是河間地方人，在一家硝皮鋪子裡當學徒，人家都喚他皮硝李。家裡十分窮苦，常常不得溫飽。那河間地方有許多人是在宮裡做太監的，崔總管恰巧住在他鄰近，有時見崔總管告假回家，拿著許多金銀回來，又說宮裡如何好玩，如何有勢力。這時李蓮英年紀只有十六歲，卻十分勇敢，聽說宮中如此好玩，便瞞住了父母，把自己下身東西割去了，痛得暈絕過去。他父母請醫生，用藥擦抹，止住了血。他在床上睡了三四個月便平復了。他趕進京去找到崔總管，求他帶他進宮去當一名小太監。崔總管留他住在自己下處，守候機會。

過了幾天，恰巧懿貴妃要僱一個年輕的太監當梳頭房裡的差使，崔總管便把李蓮英領進宮去。懿貴妃見他面目清秀，語言伶俐，便也歡喜了。又叫他試試梳頭，這李蓮英原是專門在女人身上用功夫慣的，他服侍起女人來，溫存體貼，嫵媚玲瓏。如今第一次替懿貴妃梳頭，便特別小心。懿貴妃十分愛惜自己的頭髮，又是怕頭皮痛的，因此李蓮英便放出輕靈的手段來，替懿貴妃梳成一個頭，非但頭皮一點不痛，頭髮一絲不脫，且那頭樣子梳得玲瓏剔透。最叫懿貴妃歡喜的，他能每天換一個頭樣子，而且他換的樣子，越換越好看。每一個樣子總有一個吉利的名字，什麼「富貴不斷」頭，「天下太平」頭，「一團和氣」頭，「龍鳳雙喜」頭。懿貴妃的脾氣，最是愛吉利的，如今聽見這許多吉利名字，不由得她不喜歡。李蓮英還生成一張利嘴，到沒事的時候，搬些鄉下故事，村莊野話出來說說，又對上了懿貴妃的勁。懿貴妃最愛聽故事，到氣悶的時候，便傳李蓮英進房去講故事。李蓮英肚子裡的故事真多，天天說著，也沒有說完的時候。他人又生得聰明，無論什麼笑話故事，都能隨嘴編排得出來。說到發笑的時候，引得懿貴妃笑得前俯後仰，伸手打他，罵他小鬼頭！李蓮英又天生成一副媚骨，任你如何打他罵他，他總是花眉笑眼的，懿貴妃到憤怒愁苦的時候，全靠著他解悶兒。

李蓮英還有一件絕技惹人喜歡的是他自幼學得一副好嗓子，無論南北小調，京陝戲曲，他都能唱，而且唱來，抑揚宛轉，十分動聽。這一件又對上了懿貴妃的胃口。懿貴妃原是愛唱的，自從有了這李蓮英，有時跟著學幾句詞兒，有時靜靜的聽他唱幾折京調，聽到高興的時候，便也夾在裡邊對唱著。滿間屋子，只聽得他兩人咿咿呀呀的唱聲。李蓮英又最能體貼女人的心理，凡是女人的苦處，女人的性格，他都體會得出來。和那班宮女們談起天來，句句說在女孩兒們的心窩裡。因此上上下下的宮女們，都和他好。李蓮英又懂得按摩的法子，懿貴妃每到骨節痠痛的時候，便傳李蓮英來替她按摩。說也奇怪，他按摩的時候，叫人渾身舒服，口眼都閉。因此種種，懿貴妃十分寵愛他，每晚留他睡在榻旁，到清醒的時候，和他談些家常事體。李蓮英也能迎會意思，屈意對答。

懿貴妃如此寵愛李蓮英，倒把崔總管疏淡下來。李蓮英心中感激貴妃的恩德，便處處幫著貴妃。如今在皇上枕邊，見了這張遺詔，便急急地來告訴貴妃知道。貴妃聽了，一時無法可想，打聽得皇上病勢十分沉重，她便天天帶了皇子去坐在皇上榻前，藉此可以監督著皇后的舉動。這時恭親王奕訢也到行在來過，也在遺詔上寫了名字。實在恭親王暗地裡已入了懿貴妃的黨，便暗暗地把這消息去告訴榮祿。

這時，大學士肅順，鄭親王端華，御前大臣額駙景壽，軍機大臣兵部尚書穆蔭，吏部左侍郎匡源，署禮部左侍郎杜翰，太僕寺少卿焦佑瀛等一班大臣，天天祕密商議，只怕將來懿貴妃仗著幼子的勢力，竊弄大權。便打算俟咸豐帝死後，公勸怡親王載垣為嗣皇帝。載垣知道懿貴妃生有皇子，自己強奪皇位，只怕群臣不服，便說皇子年幼，借託當今皇上有遺詔，命他為監國攝政王。無奈肅順等一班人不答應，這件事體還不曾議定，那咸豐帝便死在煙波致爽殿上了。

皇上一死，肅順一班人一不做，二不休，索興自稱為贊襄政務大臣。說大行皇帝遺詔，立怡親王載垣為嗣皇帝，改年號稱祺祥元年。又傳諭留京王公大臣恭王榮祿等不必奔喪，不日當奉梓宮返京。這時懿貴妃早料到肅順的計謀，皇上一死，她便把那顆傳國璽收藏起來。肅順進宮去向孝貞后索取國璽，孝貞后這時見肅順來勢洶洶，深怕出了什麼變故，便也幫著懿貴妃哄著肅順道：「那傳國璽早被六王爺帶進京去了。」那肅順聽說玉璽不在行宮裡，便急於要進京去。這裡懿貴妃看看事體緊急，便抱著皇子載淳，跪在孝貞皇后面前，求她幫助。那孝貞后看懿貴妃說的可憐，又想她生有皇子，這大統總應該皇子繼承下去，便把懿貴妃扶起來，答應幫助她。懿貴妃便寫了一道詔書，蓋上國璽，暗地裡打發膳房總管喜劉，星夜趲程進京去，送給醇王、恭王、榮祿三人，叫他們按計行事。這裡肅順要把后妃兩宮留在熱河，自己先奉梓宮進京去，無奈孝貞后不答應。肅順沒法，只得請孝貞后奉著梓宮一塊兒進京去。要知後事如何，且聽下回分解。

除異己慈禧有急智　燭奸謀安後運獨斷

卻說肅順原打算先奉梓宮進京，向恭王要了國璽，立怡親王載垣做皇帝。誰知孝貞皇后看出了肅順的計策，便不許他先進京去，又說要和懿貴妃一塊兒奉梓宮進京。肅順無可奈何，只得遵了孝貞后的懿旨，一同進京。他和端華在暗地派了怡親王的侍衛兵，名說是保護后妃兩宮的，實在是打算在半路動起手來，把懿貴妃母子兩人殺死，只奉孝貞后進京去。誰知懿貴妃也早早料到有這一著，那喜劉送詔書進京的時候，便又諭令榮祿帶了四千禁兵，到熱河來保護幼帝。

這裡梓宮正出得城，那面榮祿的人馬也動了，兩面碰個正著。肅順見有一支禁兵保護著懿貴妃母子二人，榮祿跟隨著懿貴妃又是寸步不離，一路上行來，苦沒有下手的機會，把個肅順急得只是在馬上嘆氣。但是還想著自己帶領侍衛兵先一日進京，還可以假託先帝的遺詔，把懿貴妃廢了名號，又把幼帝載淳拒絕在城外，自己在城裡，奉載垣做皇帝，那時生米煮成熟飯，也不怕懿貴妃不奉詔。只因此時行宮裡出來一行人馬，是在梓宮前面，肅順帶領侍衛兵馬，算是保護梓宮，緊跟在後面，孝貞后和懿貴妃的車仗，又在肅順一班人後面。榮祿帶領禁軍，保護兩宮，又在後面。大隊人馬，在路上走得很慢。

走了許多日子，看看快到京城了。懿貴妃也料定肅順有這麼一著，便趁打尖的時候，在行宮裡和孝貞后商量停妥，卻叫兩個宮女假扮著后妃兩人，坐在后妃的車子裡，自己卻僱了幾輛輕快的車子坐著，叫榮祿撥一小支人馬暗暗的保護著，從小路抄在梓宮前面，飛也似的趕進宮去。孝貞后和懿貴妃到得京裡，肅順等還在路上。懿貴妃便把恭王、醇王、大學士周祖培、桂良，戶部尚書沈兆麟，戶部左侍郎文祥，右侍郎寶鋆，鴻臚寺少卿曹毓英等一班心腹大臣，召進宮去連夜密議。又把傳國璽給大臣們看過，議定奉幼主載淳為皇帝，改年號稱同治元年。諸事停妥，第二天恭親王派大隊人馬去駐紮在大清門一帶以備迎接梓宮，一面又在太和殿上預備綵燈，作為奉安梓宮百官行禮的地方。

直到第三天上，那怡親王載垣和端華，先進城來。孝貞后便吩咐把詔書向兩人宣讀。端華大聲說道：「我輩未曾入城，詔書從何而來？」恭王說：「現有傳國玉璽在此。」怡親王也說道：「小王承先帝遺旨，監國攝政，如今皇子年幼，非我允許，無論太后貴妃，都無權召見臣王。」正說著，榮祿從裡面出來，說：「太后懿旨，將兩人拿下。」便有兵士上前來擒住，又有侍衛上前來脫去兩人的衣帽，擁出隆宗門，打入宗人府監禁起來。這時肅順正護送梓宮，走到密雲地方打尖，醇王便祕密宣詔神機營大祥子、大文子，星夜趕到密雲去捉拿。這時肅順正在臥室裡，擁抱著兩位如夫人睡在床上。聽說醇王派人來捉拿他，他便咆哮如雷，在臥室中大罵。兵士打破房門，一擁上去，把肅順捉住，帶上腳鐐手銬，暫送宗人府去監禁。這裡兩宮皇太后和同治皇帝，都是全身孝服，素車白馬出皇城大門，把梓宮迎接進城，奉安在太和殿上，都行過禮，然後同治帝升殿，受百官朝賀畢。便下諭旨定肅順、端華、載垣一班人的罪。諭旨上說道：

載垣，端華，肅順，朋比為奸，專權跋扈，種種情形，均經明降諭旨，宣示中外。至載垣端華肅順，於七月十七日，皇考升遐，即以贊襄王大臣自居。實則我皇考彌留之際，但面諭載垣等，立朕為皇太子，並無令其贊襄政事之諭；載垣乃造作贊襄名目，諸事並不請旨，擅自主持。兩宮皇太后面諭之事，亦敢違阻不行。御史董元醇條奏皇太后垂簾事宜，載垣等非獨擅改諭旨；並於召對時，有伊等系襄贊朕躬，不能聽命於皇太后，伊等請皇太后看折，亦屬多餘之語。當面咆哮，目無君上，情形不一而足；且屢言親王等不可召見，意在離間。此載垣肅順端華之罪狀也。肅順擅坐御位，子進內廷當差時，出入自由，目無法紀，擅用行宮內御用器物，於傳取應用對象，抗違不遵旨。並自請分見兩宮皇太后，於召對對，辭氣之間，互相抑揚，意在構釁。此又肅順之罪狀也。一切罪狀，均經母后皇太后聖母皇太后面諭，議政王軍機大臣逐條開列，傳知會議王大臣等知悉。茲據該王大臣等按律擬罪，將載垣等凌遲處死；當即召見議政王奕訢，軍機大臣戶部左侍郎文祥，右侍郎寶鋆，鴻臚寺少卿曹毓瑛，惠親王綿愉、惇親王奕誴，醇郡王奕譞，鐘郡王奕詥，孚郡王奕譓，睿親王仁壽，大學士賈楨、周祖培，刑部尚書綿森，面諭以載垣等罪，不無有一線可原。茲據該大臣等僉稱載垣端華肅順，跋扈不臣，均屬罪大惡極，國法無可寬宥，並無異辭。朕念載垣等，均屬宗支，以身罹重罪，應悉棄市，能無淚下！唯載垣等前後一切專權跋扈情形，謀危社稷，是皆列祖列宗之罪人，非獨欺凌朕躬為有罪也。在載垣未嘗不自恃為顧命大臣，縱使作惡多端，定邀寬典；豈知襄贊政務，皇考實無此諭，若不重治其罪，何以仰副皇考付託之重？亦何以飭法紀而示萬世？即照該王大臣等所擬，均即凌遲處死，實屬怙罪相當；唯國家本有議親議貴之條，尚可量從末減，姑於萬無可寬貸之中，免其肆市，載垣端華均著加恩賜令自盡。即派肅親王華封，刑部尚書綿森，迅即前往宗人府空室，傳旨令其自盡。此為國體起見，並非朕之私於載垣端華也。至肅順之悖逆狂謬，較載垣等尤甚，亟應凌遲處死，以伸國法而快人心。唯朕心究有所不忍，著加思改為斬立決；即派睿親王仁壽，刑部右侍郎載齡，前往監視行刑，以為大逆不道者戒。至景壽身為國戚，緘默不言；穆蔭匡源杜翰焦佑瀛，於載垣等竊奪政柄，不能力爭，均屬辜恩溺職。穆蔭在軍機大臣上行走已久，班次在前，情節尤重；該王大臣等擬請將景壽穆蔭匡源杜翰焦佑瀛革職，發往新疆效力，均屬罪有應得。唯以載垣等凶焰囂張，受彼箝制，實有難與爭衡之勢；其不能振作，尚有可原。御前大臣景壽，著即革職，仍留公爵並額駙品級，免其嚴遣。兵部尚書穆蔭，即革職，改為發往軍臺效力贖罪。吏部左侍郎匡源，署禮部右侍郎杜翰，太僕寺少卿焦佑瀛，均著即行革職，加恩免其發遣。欽此。

煌煌一篇上諭，全是懿貴妃的主意。這時載淳做了皇帝，懿貴妃也升做了太后。孝貞后住在東面，宮裡人稱為東太后；懿貴妃住在西面，宮裡人稱為西太后。

當時肅順在宗人府裡接了聖旨，便十分憤怒，大聲對載垣、端華兩人說道：「你們當初不聽我的話，把事體弄糟到這個樣子！」原來咸豐帝臨危的時候，肅順便勸怡親王先把國璽偷了出來，再行調動兵隊，看住兩位太后和幼主，不放他們進京去。一面下諭，革去恭王、榮祿一班人的職，奪去他們的兵權，然後回京行事。那時怡親王膽小，不敢下手，那傳國玉璽又落在西太后手裡，大勢已經去了。又放兩宮先回京去，和恭王、榮祿從容部署，自己又守著笨重的梓宮，直比太后遲三日才到密雲，坐失絕好機會，生生的敗在怡親王一人手上。

當時肅順口口聲聲怨恨怡親王。怡親王也無話可說，只得聽憑華封、綿森兩人把他押到宗人府空屋子裡去自盡。

且說肅順由睿親王仁壽、刑部右侍郎載齡押著出宗人府來，直押到西市去行刑。那沿路看熱鬧的人人山人海，見肅順身肥面白，因在國喪期內，穿著白袍布靴，反綁著坐在牛車上。那犯人過騾馬市大街的時候，道旁的小孩都歡呼著道：「肅順這奸賊你倒也有今天這一日嗎？」還有許多讀書人，聽說肅順殺頭了，便大家呼朋引類的坐著車子，帶著酒菜，到西市去看熱鬧，一面歡呼暢飲，一面抓些泥土，向肅順臉上擲去。一霎時肅順一張白白胖胖的臉堆滿了泥土，劊子手舉刀吃嚓一聲，把肅順的腦袋砍下來。便見人叢裡走出一個少年來，撲的在睿親王馬前跪倒，滿臉淌著眼淚。睿親王問是什麼人，那少年自認說是已故大學士柏的兒子，他願出一千兩銀子，把肅順的頭買去祭他冤屈死的父親。睿親王也知道柏死得冤枉，又看那少年哭得厲害，便答應了他。少年便拿出一千兩銀子來，賞了劊子手，捧著肅順的頭回家去，請了許多親友看他祭人頭。

說起那柏，在咸豐八年的時候做大學士。他雖是滿人，卻也常常放出去做主考。這一年，恰恰點柏做了北闈的主考，便有人告發，說他勾通關節，將一個戲子名平齡的取中了。他們旗下的公子哥兒原愛唱戲，高興的時候，串著班兒，算不得一回事體。況且捐了監生進考場，原講不得出身，只看文章便了。無奈那肅順正在專權的時候，他有意要興大獄，在文宗跟前說了，把那時北闈的同考官，一網打盡。從同考官起，直到舉人，殺頭的有五六十人。只有那時一個副考官名朱鳳標的，因害眼病請假，不曾入場，只革了職，逃了性命。刑部會審下來，把柏的罪定了斬立決，那班滿大臣，都替他在文宗跟前跪求。無奈文宗聽信了肅順的話，再也挽不回來。當時對大臣們說道：「朕不是殺宰相，聯是殺考官。」

到行刑的這一天，柏照規矩戴著沒有纓子的帽子，穿玄色外套，步行到菜市口去謝恩以後，靜候聖旨，又叮囑了兒子在夕照寺守候。他兒子正要走時，忽見刑部尚書趙光，嚎陶大哭著跑來。這時時辰已到，劊子手不容他說話，便跪請柏大人昇天。柏臨死的時候，便囑咐他兒子，不要忘了殺父之仇。只聽得吃嚓一刀，人頭落地。當時有人挽柏道：

其生也榮，其死也哀，雨露雷霆皆聖德；臣門如市，臣心如水，皇天后土鑒孤忠。如今柏的兒子，居然也守到肅順殺頭的這一天，不但是柏的兒子快活，便是全個京城裡的讀書人，都人人快活。

肅順等人的如意算盤被粉碎了，天大一件事體，全仗西太后一人的智謀，把同治皇帝的天下打了下來。同治皇帝便上母后皇太后的尊號，稱為慈安皇太后；上聖母皇太后稱號，稱為慈禧皇太后。由恭王領銜，奏請兩宮垂簾聽政。殿上掛著簾子，慈安太后坐在東面，慈禧太后坐在西面，同受百官朝拜，同理朝政。慈安太后原是一個忠厚人，又是不善於辭令的，凡有王公大臣奏對事項，總由慈禧太后問話。慈禧太后的說話有魄力又有殺氣，大臣們聽了，個個害怕。但是每到了緊要關頭，慈禧太后卻不要自己做主，總要和慈安太后商量了，才肯傳諭。這慈安太后見慈禧的才具聰明都高出自己以上，便凡事盡讓她些。但是每遇慈禧說話有錯的地方，慈安卻正顏厲色的規勸她，從不肯附和的。在慈禧的意思，早想把這聽政的大權攬在自己掌握中了。只怕因為慈安辦事嚴正，沒有機會可以下得手。但她在暗地裡，外面聯繫著侄兒榮祿，內裡買服了安、崔兩總管和李蓮英，叫他們隨時偵探東太后的舉動，預備抵制的手段。

慈安太后辦理朝政，一秉至公，她凡事託恭親王做主，說：「俺們娘兒，原不懂得什麼事體，只請六爺忠心為國，替皇上辦事不錯，遇事奏明一聲便了。」恭親王領了慈安太后的諭旨，便常常進宮奏事，商議朝政。慈安太后知道曾國藩是一個好官，便把他從兩江總督升做大學士。後來何桂清失陷了城池，刑部議定斬罪。何桂清卻暗暗的託同鄉同年同官在京城裡的十七人上奏摺，替他求情，又拿了整萬的銀子去買通榮祿，求他在慈禧太后跟前說好話。他們認定慈安太后是不管事的，便不把慈安擱在心上。誰知這一回，慈安太后獨依了太常寺卿李棠階的奏本，下逾斬了何桂清。諭旨上說何桂清臨陣脫逃，罪無可貸。這樣辦了一辦，把全國的將士嚇得人人膽寒。慈安太后又把李棠階調入軍機，一年之中，官升尚書。將軍勝保打了幾次勝仗，便十分驕傲橫暴，又十分貪淫。李棠階知道了，痛痛地參了他一本，慈安太后赫然震怒，下諭把勝保捉來，關在刑部大牢裡，審問明白了，又下諭賜死。這時曾國藩、李鴻章、左宗棠一班漢大臣，屢立戰功。慈安的主意，便下旨封他們侯爵伯爵。

慈禧太后一向認為慈安太后是懦弱的，如今見她殺殺辣辣的辦了幾樁事，不覺有些膽寒起來，她回宮的時候，便召安德海來，和他商量。那安德海是慈禧太后寵用的人，莫說是宮裡，便是滿朝中，他的權柄最大，常常仗著西太后的勢力，壓迫一班王公大臣。這時恭親王的權柄也不小，那恭親王又是慈安太后親信的大臣。他見安德海如此跋扈，早在心中懷著憤怒。遇到慈安召見的時候，便奏稱安德海如何貪贓枉法，越分專權。那安德海卻睡在鼓裡，依舊是橫行不法，他在外面便處處替慈禧太后拉攏，有許多大臣都入了慈禧的黨。慈禧的同黨一天多一天，那安德海的權柄也一天大一天。

風向不對，慈禧太后便把安德海傳進宮裡，告訴他說，如今慈安太后漸漸的擅權了，動不動殺大臣辦將軍，你須小心些，在外面不要招搖得太厲害，當心犯在東太后手裡不是玩的。誰知那安德海聽了，非但不害怕，還氣憤憤地說道：「害怕她怎的？皇上是俺們太后的皇上，東太后的權威，無論怎的大，總蓋不過俺們太后的上面去。皇太后原是和東太后客氣，凡事盡讓她些，奴才看來，如今皇太后再不能講客氣了，俺太后讓一步，東太后便進一步，照著這樣下去，莫說俺們做奴才的將來沒有飯吃，便是俺太后將來，也沒有立足的地方了。」這幾句話正說在慈禧太后的心眼兒上，便點點頭說不錯。

從此以後，安德海便常常在慈禧太后跟前獻計，如何專權，如何結黨。又常常出宮到榮祿家裡去商量事體。那恭親王也在背地裡隨處偵探安總管的行為。他們的事體，恭親王通通知道，常常去奏明慈安太后，要下安德海的手。那慈安太后總礙著慈禧太后的臉面，不好意思動手。

有一天，恭親王為江南的軍務，進宮去見慈安太后。慈安太后叫他去請慈禧的旨意。那恭親王走到西宮門口，只見安德海在前面走著，也走進西宮去。安德海明明瞧見恭親王的，他也不上前去招呼，竟大模大樣地走進宮去。恭親王心中不覺大怒，但他在宮門外卻被太監們擋住了，說太后有事。恭親王沒奈何，只得忍著氣，在宮門外候著。誰知直候到天色快晚，還不見傳見，把個恭親王氣得不住的頓足，氣憤憤地走出宮去。見了醇親王，便說道：「安德海這奴才如此無禮，俺非殺他不可！」

原來這一天慈禧太后在宮中，盡和安德海商量到山東去採辦龍衣的事體，卻不曾知道恭親王在宮門外請見。那安德海原是看見恭親王進宮來的，卻故意不叫太監們通報，有意捉弄恭親王的。安德海得了慈禧太后的密旨，便悄悄的出京，動身到山東，預備下江南，替慈禧太后置辦龍衣錦緞去。照清宮的祖宗成法，做太監的不許出京城一步，如查得有太監出京的，便立刻就地正法。如今這安德海出得京來，非但不知道隱瞞，反沿途招搖，藉著慈禧太后的威勢，自稱欽差大臣，一路上搔擾地方，逼勒官府。那山東地方官，被他敲詐得叫苦連天。他坐著大號太平船兩只，船上插著日形三足鳥旗，一面船旁又插了許多龍鳳旗幟，帶著許多美貌的童男童女。又沿途傳喚官妓，到船上供差，品竹調絲。船在水中央走著，兩岸閒著的人，站得密密層層，好似打著兩重城牆。

船過德州，正是七月二十一日，是安太監的生日。安德海便在船中大做起生日，在中艙裡陳放著龍衣。有許多男女上船去對他拜著。這消息傳到德州知州趙新耳朵裡，知道太監私自出京是犯法的事體，便親自帶了衙役趕上去查拿，那安太監的船已去遠了。趙知州不敢怠慢，便親自進省去稟報山東巡撫丁寶禎知道。接著又有各府縣的文書寄到，眾口一詞，說安太監如何騷擾地方，逼勒官府。那丁寶禎聽了大怒，一面動公文給東昌、濟寧各府縣，跟蹤追拿；一面寫了一本密奏，八百里文書送進京去，專奏與慈安太后知道。那天恭親王正在軍機處，接到了這一本奏章，一看也不覺大怒。便袖著這本奏本，匆匆趕進宮去請見慈安太后。要知後事如何，且聽下回分解。

清宮十三朝演義，繁華盡落離恨多：

錦瑟年華一夢中，宮闈恩怨幾時空

作　　者：許嘯天
發 行 人：黃振庭
出 版 者：複刻文化事業有限公司
發 行 者：複刻文化事業有限公司
E-mail：sonbookservice@gmail.com
粉 絲 頁：https://www.facebook.com/sonbookss/
網　　址：https://sonbook.net/
地　　址：台北市中正區重慶南路一段六十一號八樓 815 室
Rm. 815, 8F., No.61, Sec. 1, Chongqing S. Rd., Zhongzheng Dist., Taipei City 100, Taiwan
電　　話：(02)2370-3310
傳　　真：(02)2388-1990
印　　刷：京峯數位服務有限公司
律師顧問：廣華律師事務所 張珮琦律師
定　　價：330 元
發行日期：2023 年 12 月第一版
◎本書以 POD 印製

國家圖書館出版品預行編目資料

清宮十三朝演義，繁華盡落離恨多：錦瑟年華一夢中，宮闈恩怨幾時空 / 許嘯天 著 . -- 第一版 . -- 臺北市：複刻文化事業有限公司，2023.12
面；　公分
POD 版
ISBN 978-626-7403-71-6(平裝)
857.457　112020280

電子書購買

臉書

爽讀 APP